개 같은 날은 없다

개 같은 날은 없다

이옥수 장편소설

비룡소

for perfect family

1

녀석이 죽었다!

난 지금도 내게 달려들던 녀석의 그 눈빛을 잊을 수 없다. 열린 동공으로부터 광선처럼 뿜어져 나오던 충혈된 눈빛. 그 눈빛은 삽시간에 내 심장을 틀어쥐고 혈관을 타고 흐르던 피의 흐름을 역행시켰다. 피가 거꾸로 솟는다, 는 말은 딱 그 순간에 해당되는 말이다. 순, 간, 순식간, 그래, 그 순간, 딱, 정말 그때였다. 난 녀석을 죽이고 싶었다. 아니, 나를 노려보던 녀석의 눈동자를 도저히 참을 수 없었다. 너, 오늘 죽었어. 죽여 버릴 거야. 죽어 봐라. 이 개 새끼야. 끝장을 내 줄 테니까.

"컹컹, 와아르왈…… 컹!"

살기를 직감한 녀석이 한껏 독기를 내뿜는 것과 동시에 나는 참을 수 없는 분노로 잔뜩 힘을 준 오른발을 거칠게 들어 올렸고, 녀석도 동시에 나를 향해 무섭게 뛰어올랐다.

아앗! 오른팔에서 주르륵 피가 흘렀다. 녀석의 날카로운 발톱에 살이 움푹 파였다. 그래 너, 오늘 죽으려고 환장을 했구나! 손이 부들부들 떨렸다. 나는 녀석의 뒷덜미를 꽉 움켜쥐고 들어 올렸다. 녀석의 물컹하고 뜨거운 체온이 감지되었다. 눈을 꾹 감았다. 녀석을 높이 들어 방바닥에 힘껏 내동댕이쳤다.

"깨갱!"

방바닥에 떨어진 녀석이 튕겨 나가며 책상 모서리에 부딪혔다. 탁, 뼈가 파열하는 것 같은 둔탁한 소리가 두 귀를 때렸다. 죽었구나, 하는 순간, 녀석은 비실비실 일어났다.

개새끼, 나는 내 앞으로 다가오는 녀석을 다시 한 번 걷어찼다.

"깽, 깨갱!"

녀석은 포기하지 않았다. 두 눈알에 불을 켜고 다시 일어서려고 안간힘을 쓰며 버둥댔다. 나는 녀석을 향해 홍, 비웃음을 날렸다. 감히 개 새끼가! 내 비웃음에도 아랑곳없이 녀석이 또 눈을 부릅뜨고 일어났다.

너, 아주 미쳤구나. 나쁜 놈!

그래, 나 미쳤다. 날 죽여 봐.

아, 난 분명히 들었다. 녀석이 날 죽여 봐, 하는 소리를! 좋아, 죽여 줄게. 너부터 죽여 줄게. 나도 네 녀석의 배신을 참을 수 없어. 나는 버둥거리는 녀석을 다시 낚아채어 바닥에 던졌다. 그리고 침대 위에 있던 베개로 녀석의 머리통을 눌렀다. 그때 난 베개 사이로 보았다. 그 검고 투명한 두 눈에서 떨어지던 투명한 액체를, 녀석은…… 녀석은 울고 있었다. 나는 그제야 정신을 차리고 녀석을 내려다보았다. 녀석의 입에서 힘겨운 숨소리가 흘러나왔다. 녀석이 혀를 내밀어 내 발을 몇 번 핥았다. 그리고 이내 고개를 떨구는가 싶더니 더 이상 움직이지 않았다.

"야, 주, 죽었니? 일어나!"

황급히 녀석의 고개를 젖혔다. 피다!

"악, 찡코가 죽었어. 찡코가 죽었다고!"

나는 문을 박차고 나가며 소리쳤다. 아버지와 형이 달려왔다.

"이 피, 피 좀 봐. 찡코 눈깔에서 피가……."

녀석을 들어 올리던 형이 소리치며 물러섰다. 아버지가 축 늘어진 녀석 옆으로 다가서며 물었다.

"어떻게 된 거야? 왜 이래, 응?"

그 순간, 아버지와 형에 대한 적개심이 다시 일어났다.

"됐어, 다 나가! 죽여 버릴 거야."

"이 새끼, 돌았어."

형이 주먹으로 내 어깨를 쳤다.

"왜 때려, 왜 때리냐고? 죽여 버릴 거라고!"

난 형의 주먹을 피하지 않고 그대로 받아쳤다. 그러나 내 주먹은 형의 손아귀에 잡히고 말았다. 속에서 꾹꾹 가두어 두었던 어떤 것들이 툭 터지듯 끓어올랐다. 나는 마구 발길질을 해 댔다.

"너, 이 녀석. 어디 형한테!"

아버지가 내 뺨을 후려쳤다. 형이 내 팔을 놓고 무섭게 한 번 쏘아보더니 나를 밀쳐 내고 녀석을 안았다.

"정말 죽었냐?"

"몰라."

아버지의 물음에 형이 고개를 저으며 녀석을 안고 밖으로 나갔다. 형에게 안겨 나가는 녀석을 보는 순간 힘이 탁 풀렸다. 죽었구나!

"너 인마, 왜 그랬어, 응?"

"죽여 버릴 거야. 죽여 버릴 거라고!"

"누굴? 씩씩대지 말고 말을 해 봐."

"저 새끼!"

"저 새끼? 왜?"

"……."

"정신 차려, 이놈아!"

저 새끼? 그래, 아버지와 형. 아버지와 형을 죽여 버릴 거라고! 날 괴롭히는 인간들은 모두 죽여 버릴 거라고! 내가 이때껏 얼마나 참고 살아왔는데. 왜 가만있는 나를 자꾸 못살게 구냐고? 왜 난 얻어터지고만 살아야 하는데…… 내가 뭘 잘못했다고…….

"얼른 나가 씻고 자."

씻고 자라고? 언제나 그랬지. 날 죽고 싶도록 만들어 놓고, 아니 죽이고 싶도록 만들어 놓고 기껏 한다는 소리가……. 눈초리를 바짝 올리고 아버지를 노려보았다.

"이놈아, 어디 싸울 놈이 없어서 개 새끼하고 쌈질을 해!"

아버지가 내 등을 한 번 탁 치고는 돌아섰다. 개 새끼하고 쌈질을 했다고? 개 새끼? 맞다. 찡코, 찡코는 어디 갔지? 맨발로 화닥닥 뛰어나갔다. 컴컴한 마당, 아무도 없다. 대문을 열었다. 골목이 조용하다. 우리 찡코를 어디로 데리고 간 거야? 찡코야……. 어디로 간 거야? 찡코야! 어둠이 쌓인 마당에 정적이 흐른다. 움직이는 건 아무도 없다. 찡코야…… 찡코…… 다리가 휘청거렸다. 그 자리에 주저앉았다. 찡코…….

"남강민, 너 정말 왜 이래? 일어나."

결국 아버지의 손에 이끌려 방으로 들어왔다. 아버지가 침대에 멍하니 앉아 있는 내 발바닥을 걸레로 닦았다. 됐다고, 이런 친절한 동정 따윈 집어치우라고! 아직도 내가 어린앤 줄 알아?

"이 녀석이, 가만있어 봐."

아버지는 버둥대는 내 발을 기어이 다 닦은 후, 나를 침대로 밀어 눕히고 나갔다. 안 돼, 이럴 순 없어. 찡코가 어떻게 됐는지도 모르는데 이렇게 누워 있을 순 없다고! 벌떡 자리에서 일어났다. 그런데 뭘 어떻게 해야 하는지 알 수가 없다. 찡코를 어디 가서 찾지? 어디 가서 찡코를…… 무얼하지? 무얼 어떻게…… 왜 형은 안 오는 거야? 미칠 것 같다. 눈을 감았다. 조금 전에 벌어진 일들이 악몽처럼 가슴을 짓눌렀다. 아, 잠들어선 안 된다…… 그렇다고 이렇게 무작정 앉아 있을 수도 없다.

그렇다, 난 밤새 몸부림을 쳤다. 머리가 깨어질 듯이 아팠고, 뭘 어떻게 해야 할지 몰라서 숨이 턱턱 막혔다. 이건 내가 아니다! 불을 켜지 않아도 사방이 불타오르는 것 같은 착각이 들었고, 불덩이가 내 속에서 이글거리는 것 같은 고통이 느껴졌다. 내가 도대체 왜 그랬을까? 그 녀석이 내게 어떤 존재인데…….

창문이 훤하다. 그대로 침대 모서리에 기댄 채 깜빡 잠든 모양이다.

"찡코!"

나는 녀석의 이름을 불렀다. 당연히 달려와야 할 녀석이 없다! 내가 일어나면 용케도 알고 이내 달려와 주둥이를 들이밀던 녀석인데. 녀석이 없는 이 공간이 낯설다. 아니 이렇게 구겨져 그대로 잠들어 버린 내 자신이 비겁해서 견딜 수 없다. 나는 벌떡 일어났다. 형의 방문을 열었다.

"찡코는?"

"아, 문 닫아. 미친놈!"

"찡코, 어디 있냐고?"

"버렸어. 죽은 개 새끼를 어쩌라고!"

이불 속에 파묻혀 있던 형이 머리를 삐죽 들고 노려본다.

"어디다 버렸어?"

"왜?"

"어디다 버렸냐고?"

"밖에 쓰레기통에. 아, 빨리 문 닫아."

나는 대문 밖으로 뛰어나가 골목에 있는 쓰레기통을 열었다. 텅 비었다. 다 가져가고 아무것도 없다! 이럴 수가…… 아, 내가 녀석을 죽였다!

2

 당신은 동물이 보내는 신호를 받아 본 적이 있나요? 어떤 신호냐고요? 가령, 고맙다, 라든지, 사랑한다, 라든지. 네, 받아 본 적은 없지만 텔레비전에서 본 적이 있는 것 같다고요. 네, 나도 그건 보았어요. 지극히 평범해 보이는 하이디라는 여자가 동물과 교감하는 장면이었죠? 그 여자는 주인에게 무지막지하게 발톱을 세우고 달려드는 고양이가 왜, 그런 행동을 하는지를 교감을 통해 알아냈어요. 그 장면을 보면서 경악했죠. 주인에게 버림받았다는 상실감과 상처가 그 고양이를 그처럼 사납게 만들었다죠. 결국 주인과 화해하는 장면을 보고서야 휴, 하고 안도의 숨을 내쉬었고, 솔직히 그 장면에선 눈물샘이 자극을 받아 눈물이 핑 돌기도 했지요. 그 외에도 다른 애니멀 커뮤니케이터에 의해 강아지가 땅을 파고 자꾸 기어 들어가는 원인을 알아내는 것도 보았고. 아, 얼마 전에는 늙은 개가 눈물을 흘리는 이유를 들어 보기도 했지요. 참, 그 개의 말에 가슴이 뭉클했어요. 그 늙은 개가 주인에게 그동안 고마웠다는 깍듯한 인사와 더불어 자기가 죽어도 너무 슬퍼하지 말고 주워 온 다른 개한테 잘해 달라고 유언을 했다죠. 개가 유언을 한다? 뭐, 그럴 수도 있는 일이죠. 세상은 넓고 그 속에 살아가는 인구만 해도 수십 억, 그중에서 별별 희한한 일들이 일어나지 않겠어요.

그런데 이와 비슷한 일이 나에게도 일어났다면 믿으시겠어요? 아, 내가 누구냐고요? 최미나, 올해 나이 스물셋. 네, 그렇지요. 식상한 말이지만 꽃다운 나이 스물셋. 직업요? 그래요. 이 직업이라는 게 좀 애매해요. 전문대학 식품영양학과를 나왔지만 직업은 외삼촌이 하는 지역 정보 신문 전화 상담사라고 해야 하나, 기자라고 해야 하나. 물론, 우리 엄마를 통해 나를 스카웃 할 때 사장인 외삼촌이 제시한 직업은 기자였죠. 정보 신문 기자. 그런데 출근해서 실제로 하루 종일 하는 일은 "여보세요. 거기 정보 신문이죠? 구인 광고 하나 내려고 하는데요.", "거, 중고차 매매 광고 하나 냅시다." 하는 전화를 받고 "네, 네. 말씀하세요." 하며 수화기

너머에서 들려오는 내용과 전화번호를 받아서 적고, 입금 계좌를 알려 주는 거예요. 그래요, 전화 상담원이라고 하는 게 낫겠어요. 한번은 용기를 내어 우리 사장님 들어 보라고 구시렁거린 적이 있지요.

"기자라고 해 놓곤…… 전화만 받으래."

"미나 씨, 불만이 아주 많군요. 기자는 아무나 하는 게 아니에요. 어느 정도 견습 기간을 거쳐서 경력이 붙어야 하는 거지. 그러니 미나 씨는 전화나 착실하게 받으세요."

받으세요오오, 끝말에 힘을 주면서 입을 삐죽 내밀고 흔들어 대는 사장의 장난스러운 대답에 픽 웃고 말았지만 속으론 정말 화가 났어요. 어쨌든, 난 오늘도 하루 종일 전화통을 바라보며 고객을 위해 최선을 다할 준비를 하고 있지요.

그런데 왜 동물의 신호에 대한 얘기를 꺼냈냐고요? 아, 그거요. 그게 그러니까 이렇게 시작된 이야기예요. 어제 정신과 병원에 갔어요. 그 병원은 어제가 두 번째였죠. 지난달에 갔으니까요. 나는 충청도 어느 시골에서 태어나 자랐죠. 아니, 요즘은 시골도 아니죠. 핵심 산업화 단지가 들어선다고 정부가 발표한 후, 개발 바람이 일어나 꽤 유명해진 중소 도시라고 볼 수 있죠. 아 참, 탄산 온천으로도 널리 알려진 곳이기도 하고요. 물론 부모님은 지금도 그곳에 계세요. 그런데 학교를 졸업하고 몇 군데 취직 자리를 알아보던 중, 난 그만 폭식증에 걸리게 되었지요. 그렇지 않아도 먹는 걸 워낙 좋아해서 남 보기에 좀 버거운 몸매였는데 폭식증에 걸리니 정말, 자나깨나 먹는 것밖에 안 보이더라고요. 그러니 몸무게는 걷잡을 수 없이 불어나죠, 거울을 보면 웅크린 짐승 같은 내 자신이 한없이 원망스럽죠, 이건 사는 게 아니었어요. 그때, 외삼촌이 나를 데리고 온 거예요. 서울에 가서 사회생활을 하면 자신을 제어할 수 있는 힘이 생길 수도 있다나요. 그래서 외삼촌을 따라 이곳에 오게 되었고 외삼촌이 하는 정보 신문에서 일하게 됐어요. 말이 신문이지 타블로이드판 기사의 앞면은 여러 중앙지 기사를 짜깁기하고 칠십 퍼센트 이상이 광고, 그러니까 부동산 중개부터 과외 모집까지 온갖 광고를 내주고 돈을 받는 곳이죠. 어쨌든 정신과에 가게 된 것은 외삼촌의 권유와 폭식증에서 벗어나 보려는 내 의지 때문이었어요.

어제는 날씨가 몹시 을씨년스러웠어요. 하늘이 금방이라도 무너져 내릴 듯이 무겁고 바람도 많이 불었죠. 오전에 출근해서 부지런히 일하고 오후엔 조퇴하고 병원에 갔어요. 오 정신과 의원, 오재덕 선생님은 그리 까탈스러운 성격은 아닌 것 같아요. 몸집이 제법 풍성했거든요. 나는 언제부턴지 바싹 마른 사람은 왠지 성격이 까칠하다는 선입감을 가지고 있어요. 마른 사람은 신경이 예민하고, 그 예민함이 트집을 잘 잡고, 그 트집이 타인을 불쾌하고 불편하게 만들기도 하잖아요. 하긴요. 나처럼 풍성한 애들은 성격이 두루뭉술해서 좀 둔하긴 하죠.

"안녕하세요?"

나는 아이보리색 벽에 꽃그림 액자가 걸려 있는 병원에 들어서며 간호사에게 밝은 미소를 보냈어요. 그런데 무안하게도 간호사는 고개를 까딱하면서 내 위아래를 순식간에 쫙 훑었어요. 정말 싸가지 하고는, 입에서 욕이 튀어나올 뻔했다니까요. 난 목소리 듣는 고객이지만 정말 그렇게 예의 없이 대하진 않아요. 최선을 다해 신뢰를 주려고 노력하죠. 몹시 기분이 나빴지만 어쩌겠어요. 속으로만 이 싸가지야, 하면서 쫙 째려 주는 것으로 끝냈죠. 아, 그러고 보니 지난번 처음 왔을 때도 나를 진료실에 들여보내며 "오 원장님, 최미나 씨요." 하면서 필요 이상으로 소리를 질러서 깜짝 놀란 적이 있네요. 오 원장? 보통 간호사들은 선생님, 하고 부르지 않나요? 하긴, 벽에 걸린 의사 면허증에 오재덕이라고 씌어 있으니까 오 원장이 맞긴 하죠. 난 소파에 앉아서 여성 잡지를 뒤적였어요. 늙수그레한 아저씨가 진료실에서 나오자 간호사가 흘낏 나를 보며 말했어요.

"들어가세요."

진료실 문을 들어서자 이번에는 오 원장이 존댓말과 반말을 섞은, 어정쩡한 말투로 인사를 건넸어요.

"어서 와요. 자, 이리 와서 앉지."

정말이지 세트로 내 기분을 긁더라니까요. 내가 듣기엔 어서 와요, 하고 말한 건 의사가 일반적인 환자한테 하는 인사이고, 여기 와서 앉지, 는 그 뭐랄까? 그러니까 대책 없는 어린아이, 아니 철없는 환자에게 건네는 친밀한 어조, 뭐 그런 거 였어요. 아니에요. 그건 분명 자, 이리 와서 앉자. 이런 한심한 몸매의 철없는 아가씨야, 라는 말을 하고 싶었던 거예요. 정말 이 병원에 대한 반감으로 속이 부글거렸어요.

"잘 지냈어요? 좋아 보이네. 미나 씨, 차 한잔 대접해야겠다. 마침 국화향이 좋은 감국차가 있는데."

이건 무슨 시추에이션? 나는 갑자기 친밀감을 나타내는 오 원장을 멍한 표정으로 쳐다봤어요. 정신과 의사는 상대방의 속을 꿰뚫어 보는 독심술도 할 수 있나요? 오 원장이 희끗한 머리를 한 번 쓸어 올리며 일어서더니 옆에 놓인 탁자로 가서 전기 포트를 꽂고 달가닥거리며 찻잔을 준비했어요. 그런데 이상하지요? 오 원장의 옆모습, 그러니까 넓고 시원한 이마와 찻잔을 만지는 두

툼한 손을 보니 조금 전에 치솟았던 그 반감과 비호감이 삽시간에 사라졌어요. 나를 위해 차를 준비한다는 생각에 울컥해졌고요. 직장 생활 한 달, 그동안 별별 인간들이 날 무시할 때가 많거든요. 심지어 내가 전화를 받고 말을 건네기도 전에 "야, 사장 바꿔." 하면서 대놓고 반말을 하는 인간도 있고 장난 전화를 걸어 농담 따먹기를 하는 인간들도 있으니까요. 특히 내 몸매를 두고 비아냥거리는 치졸한 족속들은 강편치를 한 대 날리고 싶을 정도예요. 그런데 저 매너 있는 신사, 오 원장이 즐겁게 나를 위해 국화차를 준비하고 있는 모습을 보세요.

그런데 왜 하필 그때 내 눈길이 거기에 닿았을까요? 그 행복한 순간에. 그건 사진들이었어요. 오 원장의 책상 위에 있는 사진들, 내 눈이 사진에 가 닿았고 나도 모르게 그중에서 하나를 집어들었어요.

"선생님, 강아지 사진이네요."

"아, 그거. 조금 전에 어떤 환자의 보호자가 가지고 온 사진인데."

오 원장이 쟁반을 들고 와서 찻잔에 차를 따르며 사진에서 눈을 떼지 못하는 나에게 말했지요.

"귀엽지? 저렇게 귀여운 강아지를 어떤 녀석이 아주 잔인하게 죽였다니까. 그것도 자기가 기르던 강아지를. 그러고는 말을 안 해요. 왜 죽였는지. 저건 진료에 참고하려고 내가 가져오라고 한 거고."

"예, 죽여요?"

나는 사진을 자세히 들여다보았어요. 분명히 옆집 찡코였어요. 쑥 들어간 찡코의 우스꽝스러운 코만 봐도 단번에 알 수 있어요. 첫 번째 사진은 액자에 넣어 둬도 될 만큼 꽤 큰 찡코 사진. 두 번째 사진은 찡코를 안고 있는 녀석과 찡코. 세 번째 사진은 찡코가 달릴 때 찍은 사진이에요.

그럼 녀석이, 찡코를? 심장이 떨렸어요. 어떻게 그럴 수가! 이, 검고 투명한 눈빛! 금방이라도 사진 속에서 튀어나올 것 같은 강아지를. 나는 입을 꼭 다물었어요. 차마 찡코를 알고 있다고 말할 수가 없었거든요.

"자, 드세요. 시골에서 직접 말려서 보낸 차인데, 향이 아주 좋아."

"고맙습니다."

사진을 내려놓고 찻잔을 잡았어요. 손이 떨려서 하마터면 찻잔을 놓칠 뻔했지 뭐예요.

"왜, 어디 불편한가?"

"아, 예…… 그냥……."

 오 원장은 순간적으로 동요하고 있는 내 감정을 읽어 낸 모양이었어요. 나는 계면쩍은 표정을 감추려고 얼른 차 한 모금을 꿀꺽 마셨어요. 앗, 뜨거워! 이런, 입안이 다 덴 것 같아요. 내가 이렇다니까요. 정말 그 순간 내 모습이 무척 우스꽝스러웠을 거예요. 고통으로 일그러진, 그러나 웃고 있는, 그런 내 모습을 보고 오 원장도 억지로 웃음을 참는 것 같았어요.

"어때? 향이 좋죠. 이 감국은 차로도 마시지만 옛날 어른들은 베개 속에 넣기도 했어요. 감국꽃 베개를 베고 자면 머리가 맑아진다고. 미나 씨, 어땠어요? 지난달 그 약을 먹어 보니."

"아, 예. 조금 괜찮아지긴 한 것 같은데, 아직도……."

"약도 중요하지만 본인의 의지가 아주 중요해요. 스트레스를 받지 않도록 조심하고. 참, 지난번엔 미나 씨가 하도 겁먹은 표정이어서 자세히 물어보지 못했는데 언제부터 이런 증상이 나타나기 시작했나요?"

 언제부터요? 글쎄요. 저도 확실히 잘 모르겠어요. 병이라는 게 그렇잖아요. 딱 언제 몇 월 며칠 몇 시부터 네 몸에서 이런 병이 생길 거다, 라는 예고 같은 거 전혀 없이 어느 날 몸에 뭔가 이상을 느껴서 병원에 가게 되고 그래서 알게 되는 거잖아요. 그런데 언제부터라니? 그래도 의사가 물으니 대답을 하는 게 예의겠죠.

"네, 아마 지난해부터인 것 같아요. 졸업하고 나서."

"졸업하고 뭘 했나요?"

"취업을 하려고 몇 군데 면접을 보러 다녔고."

"취업이 잘 안 되죠. 요즘 청년 실업자가 많아서."

청년 실업자가 많아서, 라는 말을 할 때 갑자기 심각 모드로 전환되는 오 원장의 모습이 귀여웠어요. 청년 실업자가 많은 게 마치 공동의 책임인 양 미안한 표정을 지었으니까요. 그래요, 오 원장은 내가 취업 문제 때문에 스트레스를 받아서 폭식증에 걸렸다고 생각할 거예요. 나도 눈치 하난 빠르거든요. 물론, 청년 실업 문제는 내게도 꽤 민감한 사항이었던 건 맞아요. 졸업하자마자 교수님이 추천해 주는 몇 군데에 서류를 넣었지만 모두 꽝이었거든요.

어쨌든 오 원장은 최악의 청년 실업률 시대를 살아가는 불행한 내 청춘을 위로하려고 애썼지만 난 온통 강아지 사진에만 신경이 쏠려 있었어요. 왜, 왜 죽였지? 그 귀여운 강아지를, 나쁜 놈. 그 녀석 생긴 게 좀 그렇더라니까. 마른 문어 다리처럼 비쩍 마른 게 키는 멀대처럼 커서 늘 고개를 푹 숙이고 다니는 폼이. 불쌍한 강아지, 얼마나 아팠을까?

"약에 의지하면 그것도 중독될 수 있어요. 그러니까 약은 먹되, 의지로 이겨내야 해요. 할 수 있다는 자신감을 가지고. 운동도 꾸준히 하고."

정말 미안했어요. 환자가 의사의 말을 귓등으로 흘리고 딴생각을 하고 있었으니까요. 나는 미안한 마음에 고개를 깊이 숙였어요. 그런데 그때 정말 이상한 일이 벌어졌어요. 글쎄, 탁자 위의 강아지 사진이 마치 순간 이동을 하듯이 내 두 눈에 훅 스며들었어요. 눈앞이 아찔했어요. 나는 재빨리 고개를 흔든 후, 다시 사진을 찬찬히 살폈어요. 정말 이런 걸 뭐라고 표현해야 하나요? 사진은 탁자 위에 그대로 있는데. 분명히 내 느낌은 사진이 내 눈 속으로 순식간에 스캔된 것 같은.

"미나 씨 얼굴이 좀……."

생각의 갈피를 잡지 못하고 멍하게 앉아 있는 내 모습에 오 원장이 당황스러워하는 것 같았어요. 나는 곧 정신을 가다듬고 일어났어요. 그리고 허겁지겁 인사를 하고 약을 받아서는 병원을 나왔어요. 밖에는 비가 제법 세차게 내리고 있었어요. 내리는 빗줄기를 바라보며 그 자리에 서 있었어요. 대체 지금 내가 무슨 생각을 하고 있는 거야? 왜 그 강아지의 두 눈이 이처럼 선명하게 내 눈앞에 떠 있는 거야. 가슴이 답답했어요. 알 수 없는 분노가 속에서 치밀어 올랐어요. 가까운 편의점에서 우산을 사서 쓰고 한참 동안 거리를 헤맸어요. 그러다가 문득, 느껴진 것이 어떤 신호였어요. 맞아요. 분명히 신호였어요. 그 강아지로부터 전해져 오는 것과 같은 어떤 느낌. 그렇다면 사진 속의 그 강아지가 내게 어떤 신호를 보내고 있는 것이 틀림없어요. 그런데 왜 하필 나에게죠?

3

어젯밤엔 내가 왜 그랬을까? 아니, 녀석이 왜 그처럼 사납게 내게 달려들었을까? 날 죽여 봐. 녀석이 분명히 말했다. 아니야, 아무리 그래도 개가 어떻게 말을 해, 잘못 들은 거겠지. 아니야. 난 분명히 들었어. 날 죽여 봐, 하는 소리를.

아침에 학교에 와 앉았어도 정신이 멍하다.

녀석을 잘 묻어 주었어야 하는 건데, 쓰레기통에 그렇게 버려지게 하다니! 사랑스러운 녀석의 비참한 최후, 난 정말 나쁜 놈이다……. 어제저녁엔 내가 확실히 미쳤었나 보다. 아버지와 형이 치고받고 싸우는 것이 하루 이틀 일도 아닌데 왜 참지 못하고 하필 찡코를…… 어제, 저녁을 먹다가 형이 일렉 기타로 대학에 갈 거라고 했고, 음악 학원에 보내 달라고 했다.

"이 정신 나간 놈아, 개나 소나 다 실용음악과냐? 하여튼 텔레비전이 애들 다 버려 놓는다니까. 넌 뉴스도 못 봤냐? 실용음악과의 경쟁률이 이백 대 일도 넘는다고 하더라. 미친놈들, 오디션이니 뭐니 해서 한두 놈 뽑히는 걸 보고 모두 환장을 하고 달려드니. 그리고 그것도 노래 부르는 애들 말이지 너처럼 기타만 쳐서는 꼴이 안 돼. 딴소리 말고 남은 기간 공부나 열심히 해."

아버지가 버럭 소리를 질렀고 형이 대들었다.

"내가 좋다는데 왜 그래. 그리고 나 공부 이미 접었다고."

"뭐야, 이놈의 자식이. 공부를 왜 접어. 대학 입학 시험이 얼마 남았다고, 누구 맘대로. 엉?"

"내 맘대로. 아, 열 받아 정말!"

"이놈의 자식이 그래도."

이래서 앞에 있던 그릇이 날아가고, 의자가 한쪽으로 우당탕 넘어지고…… 난 형이 노랑머리와 귀고리, 갈퀴 머리와 떼로 어울려 다니며 기타를 딩당거릴 때부터 알아봤다. 이미 공부를 포기하고 현실 도피를 위해 기타를 선택했다는 것을.

아버지와 형 사이에 분위기가 험악해지자 난 언제나 그랬듯이 얼른 내 방으로 들어와 죽은 듯이 이불을 뒤집어썼다. 그런데 저렇게 한바탕하고 나면 다음 날 나만 형한테 죽는다. 아버지한테 혼난 화풀이는 반드시 나한테 하는 형이니까. 귀를 막고 누웠는데 내 속에서 뭔가가 불쑥 올라왔다. 에이 씨, 맨날 싸우고 지랄이야. 나도 모르게 벌떡 일어났다. 밖에서 싸우는 소리가 점점 거세졌다. 치밀어 오르는 속을 감당하지 못해 주먹으로 베개를 힘껏 내리쳤다. 그때 밖에서 아구구…… 형의 비명 소리가 들렸다. 아이 씨, 불쑥 솟아 올라온 것이 부글부글 끓었다. 혼자서 방 안을 씩씩거리며 돌았다. 부글부글 끓던 것이 축구공만 한 불덩이가 되어 가슴을 타고 돌았다. 금방이라도 폭발할 것처럼. 움켜쥔 주먹에 시퍼런 핏줄이 빳빳이 섰다. 주먹이 부들부들 떨렸다. 당장에 뛰어나가 아버지와 형을 때려눕히고 싶었다. 아니, 다시는 싸우지 못하도록 아주 끝장을 내고 싶었다. 아, 시벌…… 주먹으로 벽을 쳤다. 또 쳤다. 침대를 내리쳤다. 찡코 녀석이 날 올려다보며 컹 하고 짖었다. 눈이 마주치자 컹컹컹 연거푸 짖어 댔다.

"비켜!"

나는 녀석을 향해 주먹을 들었다. 녀석이 주둥이를 쳐들고 나를 향해 몇 번 짖어 대더니 이빨을 드러내며 으르렁거렸다. 내가 노려보자 녀석이 또 짖었다. 나는 녀석의 배를 차 버렸다. 녀석이 몹시 아픈지 끄응 소리를 내며 한 발짝 물러났다. 밖에서는 점점 고함 소리가 높아졌다. 정말 죽을 것 같다. 그래, 아주 끝장을 내 버리자, 는 생각으로 문고리를 잡았다. 그때였다. 내 눈치를 보면서 혀를 날름거리던 녀석이 짧고 강하게 컹 소리를 내며 펄쩍 뛰어올랐다.

"뭐야, 이 새끼가……."

나는 녀석을 주먹으로 탁 쳐냈다. 녀석이 캑 하고 나가떨어지더니 몸을 부르르 떨었다. 그러고 보니 요즘 이 녀석도 은근히 나를 갈구고 있다. 아니, 이 녀석 때문에 내가 형한테 더 맞는다. 형이 나를 때리거나 나한테 소리를 지르면 녀석이 형한테 막 달려들었다. 그렇게 달려들다가 발길에 차이고 패대기를 당하면서도. 바보 녀석! 결국 녀석 때문에 형이 더 열 받아서 나를 더 때리는 줄도 모르고. 그런데 녀석이 정말 미친 건 아닐까? 왜 그토록 사납게 내게 달려들었을까? 이렇게 내 팔에 상처를 내면서까지.

점심시간에 급식도 먹지 않았다. 속이 쓰렸다. 마지막 7교시에 또 온몸이 가렵기 시작했다. 미칠 것 같다. 손톱을 세워 러닝셔츠 속으로 손을 집어넣어 마구 긁었다. 옆에 앉은 근수 녀석이 인상을 팍 쓰며 쳐다보았다. 나는 얼른 눈을 돌렸다. 바깥 풍경을 살피는 척했다. 손은 살갗을 박박 긁으면서도 눈은 무심한 척, 내 고통스러운 표정을 감추는 방법이다.

하늘

구름

나무

하늘빛

구름빛

검은 나무빛

낱말들을 하나씩 가만히 소리 내어 보았다. 소리에도 색깔이 있으면 좋겠다. 창으로 보이는 저 단조로운 무채색 사물들이 고운 색깔을 덧입을 수 있도록. 하늘이 잔뜩 내려앉았다. 곧 비가 쏟아질 것 같은 날씨다. 한번 긁기 시작하니 온몸의 살갗이 일제히 들고 일어났다. 미칠 것 같다. 책상에 가려진 아랫도리로 손을 옮겼다. 사타구니에서 불이 난다. 빨리 끝나라. 아, 씨. 제발!

"따라라라 라라라~~딴따라 라라라~."

아휴, 다행이다. 나는 끝나는 벨 소리와 함께 가방을 들었다.

"야, 남강민, 오늘도 직행이냐? 같이 가자."

내가 고개를 가로젓자 근수가 인상을 팍 쓰며 소리쳤다.

"인마, 애들도 다 가잖아. 새끼, 쪼잔하게 빼긴, 야."

뭘 쪼잔해 새끼야, 몸이 가려워 죽을 것 같은데 지금 피시방이 문제냐, 속으로 소리치며 신발을 신었다. 녀석이 떨떠름한 표정으로 돌아서며 한마디 했다.

"병신 새끼, 배배 꼬긴."

그래. 새끼야, 온몸이 꼬인다. 네가 나를 알아? 나는 쏜살같이 운동장을 빠져나와 버스 정류장을 향해 달렸다. 아니 날았다. 간신히 출발하려는 버스를 타고서야 안도의 한숨이 터졌다. 정말 미칠 것 같은 이 가려움. 살 껍질을 홀랑 벗겨 버리고 싶다. 버스를 타고 가는데도 연탄불 위에 놓인 오징어처럼 자꾸만 몸이 꼬였다. 빨리 빨리, 좀 더 빨리 달려라 시벌, 에이, 신호가 왜 이렇게 길어. 이봐요, 기사 아저씨, 한 번쯤 신호 무시하고 그대로 좀 달려 봐요. 속에서 터져 나오는 소리를 가까스로 눌렀다. 드디어 버스에서 내렸다. 뛰었다. 집 앞이다. 대문을 밀치고 마당으로 뛰어들어가며 정확하게 열쇠를 현관문에 꽂았다.

"멍멍멍!"

집 안에서 찡코가 날뛰는 소리가 들린다. 그래, 형아 왔다. 잠깐만 기다려라. 나는 현관문을 여는 것과 동시에 마루에다 가방을 던졌고, 신발을 벗는 것과 동시에 교복 재킷을 벗었다. 아, 그런데 날 반겨 줄 찡코는 없고 거실에는 낯익은 떼거지, 노랑머리와 귀고리(귓바퀴까지 뚫어서 한쪽 귀에 세 개씩 달았다.), 갈퀴머리가 형과 함께 인상을 구긴 채 노려보고 있었다. 저 새끼들은 학교에서 왜 이렇게 일찍 온 거야? 아, 노랑머리는 검정고시생이라고 했지? 뭐, 음악을 위해서 학교를 포기했다고? 짜장면 배달하면서 노래 같지도 않은 노래로 악을 써 대는 게 음악 하는 거라고 주접을 떨기는. 귀고리와 갈퀴 머리는 형하고 같은 학교라고 했지? 양아치 같은 것들. 저런 인간들을 학교에서 퇴학도 안 시키나, 완전 썩었다. 썩었어.

아, 죽을 것 같다. 빨리 화장실로 뛰어야 한다. 일단은 샤워를 해서 온몸을 식힌 후, 약을 발라야 한다. 나는 오만상을 찌푸리며 떼거지를 향해 건성으로 고개를 꾸벅하고는 화장실로 향했다.

"야, 남강민."

"어, 쟤 왜 저래? 완전 똥 씹은 표정인데."

"야, 남강민. 괜히 잔머리 굴리지 말고. 여기 이것 좀 치워."

귀고리와 노랑머리에 이어, 형의 거친 목소리가 내 발목을 잡았다. 아 씨, 죽을 것 같은데. 그러나 일단 말이 떨어졌으면 시키는 대로 해야 한다. 그렇지 않으면 또 생난리를 칠 테니까. 나는 발걸음을 엉거주춤 멈추고 형이 가리키는 곳을 힐끔 돌아다보았다. 소파 옆 바닥에 김치 그릇과 컵라면 통이 널려 있었다. 내가 인상을 북 그으며 다가가자 갈퀴 머리가 가소롭다는 표정으로 날 쳐다봤다.

"빨리……."

형의 두 눈알이 올라갔다 내려온다. 개새끼, 형이라는 게……. 마음 같아선 당장이라도 한판 붙고 싶다. 그러나 난 형을 이길 수 없다. 참아야 한다. 치밀어 오르는 속을 꾹꾹 눌렀다. 온몸에 열이 확확 치받쳐 오른다. 킬킬거리는 놈들의 시선을 받으며 쓰레기를 비닐봉투에 담아서 밖에 내놨다.

> *하늘로 날아올라 아무도 막지 못해*
> *세상을 향해 소리 질러 아무도 막지 못해*
> *don't give up your life*
> *yeah, yeah, yeah!*
>
> *꿈이 있어 그 누구보다 아름다운 꿈*
> *그댄 알고 있지, 날 붙잡지 마!*
> *don't give up your life*
> *yeah, yeah, yeah!*

두 대의 기타에 맞춰 찢어질 듯한 노랫소리가 고막을 후벼 판다. 저것도 예술의 한 장르인가? 하여튼 저 무개념 인간들은 한

번씩 우리 집에 오면 마구 소리 지르고 낄낄대다가 온 집 안을 난장판을 만들어 놓고는 사라진다. 그리고 나를 개 취급하면서 부려먹는다. 내가 조금이라도 싫은 내색을 하면 형이라는 인간이 무지막지하게 주먹을 날리며 위협하고.

"야, 저 녀석. 어젯밤에 우리 찡코 죽였잖아. 미친 새끼, 어떻게 개 눈깔이 튀어나오도록 패냐? 독종이지."

휴, 돌아 버릴 것 같다. 그렇지 않아도 내가 하루 종일 찡코 때문에 얼마나…… 한 번만 더 말했단 봐라, 아예 죽여 줄 테니까.

"정말? 오, 남강민. 다시 봐야겠는데. 그런 터프한 면이 있었어?"

노랑머리가 바닥을 쓸고 있는 내게 다가와 실실 웃으며 헤드락을 걸었다.

"애들 땐 다 그래. 저땐 감정 조절이 잘 안 되지. 바야흐로 질풍노도의 시기, 어른도 아닌 것이 그렇다고 아이도 아닌 것이……."

귀고리의 말에 갈퀴 머리가 흐흐거리며 한마디 던졌다.

"녀석, 귀엽다."

나보다 두 살밖에 더 먹지 않은 것들이 똥폼은…… 저 지껄이는 주둥이를 묵사발로 만들어 줘야 하는데. 나는 대충 치운 후, 이빨을 꽉 깨물며 내 방으로 들어갔다. 너무 분해서 눈물이 솟았다. 그러나 절대로 울어선 안 된다. 그럼 저 쓰레기들에게 지는 게 되니까. 아, 미칠 것처럼 가렵다. 샤워를 하려고 해도 또 무슨 트집을 잡으며 놀릴까 하는 생각에 나갈 수가 없다. 우선 급한 대로 보습 크림을 온몸에 발랐다. 미친 음악이 끊임없이 귓가를 때린다. 도대체 저 떼거지의 미친 카오스 인자는 어디에서 비롯되는 걸까? 그렇게 한 시간은 지난 것 같다.

"야, 남강민 이리 와 봐. 너 어젯밤에 한탕 한 얘기 좀 해 봐."

힘이 빠진 녀석들이 또 뭔가를 먹으며 심심풀이로 나를 씹으려고 하나 보다.

"놔둬라. 인마들아. 선량한 청소년을 건들면 안 되지."

"어쭈, 저 녀석이 형들 말을 씹네."

그래, 씹는다. 나는 일어나서 방문을 꽉 눌러 잠갔다. 미친놈들, 맘껏 지껄여라. 뭐, 한탕 한 얘기. 니들이 우리 찡코와 나를 알아?

"야, 남강민. 형들 간다."

엇, 웬일로 오늘은 일찍 간단다. 그래 이렇게 일찍 사라져 주면 나야 고맙지. 불온한 공기가 내 정서를 몹시 불안하게 만들고 있었으니까.

"야, 남강민 나와 봐."

형이 부른다. 싫다. 죽은 척, 숨소리를 죽였다.

"야. 문 열어 봐."

문을 발로 꽝꽝 찬다. 문짝이 떨어질 것 같다. 하는 수 없이 문을 열었다.

"왜?"

"뭐, 왜? 이 새끼가."

일단 머리통에 주먹이 한 대 날아와 주시고.

"아이, 왜 때려?"

"이 새끼가 정말. 너 형이 나와 보라 하는데 왜 안 나와. 죽을래?"

"……."

"하, 이 새끼가 지금 나한테 개기겠다?"

손바닥으로 볼따구니를 탁탁 친다. 아프다!

"야, 남강수 빨리 나와. 가자."

밖으로 먼저 나간 녀석들이 부르는 소리가 들렸다.

"알았어. 좀만 기다려. 너, 아버지 오면 애들 우리 집에 왔단 말 하지 마. 알았어?"

"알았어."

대답을 하면서도 나는 경멸에 가득 찬 눈으로 형을 쏘아보았다. 그 눈길이 못마땅한지 형은 새끼, 하면서 내 가슴에 주먹을 한 번 더 찔러 넣고 나갔다. 무식한 놈. 구타도 세련되고 정교하게 업그레이드 시킬 순 없나. 맨날 주먹 아니면 무지막지한 발길질이다. 어쨌든 이젠 해방이다. 나는 황급히 현관문을 닫아걸고 남방셔츠와 바지를 벗고 러닝과 팬티마저 벗어던졌다. 벌겋게 부어오른 몸! 흉측하다. 다리를 벌리고 앉아 사타구니와 겨드랑이, 무릎과 배를 긁었다.

"아이 씨, 미치겠네."

어디까지 파 버리면 이 가려움, 이 따가움이 바닥날까? 거북이 등껍질 같은 우둘투둘한 피부, 피가 맺히도록 긁고 또 긁었다. 송곳으로 파내고 또 파내도 시원치 않을, 천만년 긁어도 끝나지 않을 것 같은 고통이다. 한참을 긁은 후, 손톱 밑에 붙은 피딱지를 보니 이제 속이 좀 시원해지는 것 같다. 꾸르륵…… 이런, 젠장! 꼭 이렇게 한바탕 난리를 치르고 나면 배에서 신호가 온다. 급히 화장실로 뛰어가 변기에 앉았다. 오랜 아토피 약의 부작용에서 오는 과민성 대장염이다. 나는 눈을 꾹 감았다. 아, 오늘 하루를 넘겼구나! 그런데 없다. 찡코가! 지금쯤 열린 화장실 문 앞에서 왈왈거리며 꼬리 치고 있을 녀석이.

"찡코, 이리 와 엎드려."

녀석이 발밑에 와 앉아야 한다. 그리고 발바닥에 와 닿는 녀석의 보드라운 털의 감촉을 느낄 수 있어야 한다. 나는 발을 살살 돌리며 녀석의 감촉을 느끼려고 했다. 아, 찡코의 따뜻한 체온을 느끼고 싶다! 미안하다. 찡코! 내가 잘못했다. 지금 네가 내 옆에 있다면 난 너를 꼭 안아 주었겠지. 심심했지? 이제 형아가 놀아 줄게, 하고 말했을 텐데. 그러면 넌, 헥헥거리며 기쁨에 들떠서 내 볼을 마구 핥았을 거고. 우린 장난스러운 입맞춤으로 서로를 위로했겠지. 정말이지 힘들고 짜증 나고 미칠 것 같은 나날이지만 그래도 네가 있어서 참 좋았어. 찡코야, 우린 눈빛으로도 다 통했잖아!

"찡코, 형이 샤워할 동안 잠깐 나가 있어. 이 녀석, 알았어. 괜히 떼쓰지 마. 잠깐 기다려, 형이 금방 샤워하고 너도 씻겨 줄게."

내 품에서 떨어지지 않으려는 녀석을 억지로 문밖으로 밀어내었지. 가렵고 화끈거리던 온몸이 세찬 물줄기를 받아 시원해지면 난 너를 불러들였고.

"자, 네 차례야."

네 몸에 샴푸를 잔뜩 묻혀서 문지르면 넌 말간 눈으로 나를 쳐다보며 꼬리를 흔들었지, 장난꾸러기 녀석. 코에 붙은 비누 거품이 네 호흡에 따라 커졌다 작아졌다 하면 넌 푸르르 몸서리를 치며 사방에 비눗방울을 날렸고, 난 그만해, 를 외쳤지. 샤워를 마치면, 난 재빨리 보습 크림을 바른 후, 너를 안고 침대로 갔지. 그리고 우린, 우린…… 세상에서 가장 편안한 원시 그대로의 모습으로 누웠어. 아, 그때의 그 편안함과 포근함, 그게 바로 행복이었을 거야. 그런데 어제까지도 내 옆에 있던 네가…… 보이니, 찡코? 벌거벗고 변기에 앉아서 너를 생각하는 초라한 내 모습이. 찡코야, 미안해……! 내가 잘못했어…… 형을 용서해 줘……. 찡코야!

4

내가 그 녀석과 찡코라는 강아지를 본 것은 며칠 전이었어요.

정확히 말해서 나흘 전, 그러니까 지난주 화요일이었죠. 나는 그날도 아침 일찍 일어나 외삼촌 차를 타고 착실하게 출근했고 하루 종일 충실하게 고객들을 상대로 전화 상담을 했지요. 가끔 가다 팽창해서 부풀어 오르는 혈관 때문에 다리에 쥐가 나서 악 소리를 지르기도 했지만 그때마다 옆에서 일하는 정 씨 아줌마와 연호 씨가 달려와서 내 다리를 주물러 주었고요. 정말 우리 외삼촌 말대로 절구통 같은 내 다리를 붙잡고 끙끙대는 두 여인을 보니 미안하기도 하고 창피하기도 했어요. 그래도 어쩌겠어요. 갑자기 다리에 달걀만 한 게 생겨나서 혈관을 막을 땐 너무 아파서 금방이라도 숨이 넘어갈 것 같은데요. 다리가 좀 풀린 후, 내가 계면쩍게 웃으면 연호 씨는 그래도 픽 웃고 말지만 정 씨 아줌마는 꼭 한마디 해서 사람을 무안하게 만들죠.

"그러니까 독하게 빼야 돼. 운동도 독하게 하고……."

그래요, 독하게 빼야 해요. 살을 빼려면 먹는 것도 줄여야 하지만 운동이 제일 중요해요. 정신과 의사도 운동을 해야 한다고 하고, 외삼촌도 내가 병을 고치려면 운동에 목숨을 걸어야 한다고 닦달을 해 대니까요. 그래서 결심했죠. 운동을 하기로.

마침 집 가까이 공원도 있고 해서 싫다는 외사촌 동생을 억지로 꼬드겨서 데리고 나갔어요. 올해 초등학교 5학년인 외사촌 동생 윤아는 고집이 좀 세지만 주말에 영화를 같이 보러 가 준다는 약속에는 그냥 넘어가죠. 처음 한 바퀴째는 걸었죠. 처음부터 무리하면 안 될 것 같아서요. 그리고 두 바퀴 때부터는 뛰기 시작했어요. 이 체중에 뛴 것이 무리였는지 종아리와 허벅지가 당기면서 아프더라고요. 금방 쥐도 날 것 같고요. 하는 수 없이 아픔을 참으며 살살 걸었어요. 다섯 바퀴를 작정하고 마지막 바퀴를 걸을 때였어요. 저만큼 떨어져 있는 벤치에서 어떤 비쩍 마르고 키가 큰 남자 애가 아주 건방지게 다리를 꼬고 앉아서 강아지를 툭툭 차고 있었어요. 그리 강도가 높은 것 같지는 않았지만 장난으로 보기엔 좀 너무하다 싶을 정도였지요. 개도 인격이, 아니 견격이 있는데. 나는 그 건너편 벤치에 가서 앉았어요. 이 녀석이 발을 바꾸어 가면서 강아지를 자꾸 차는데 기분에 영 거슬리더라고요. 내가 또 한 오지랖하거든요. 소리를 빽 질렀죠.

"야, 그만해!"

내 목소리가 필요 이상으로 높았던 건 사실이지만 녀석이 기분 나쁘게 쩨려보는 거 있죠. 그러고는 날 보란 듯이 또 강아지를 차는 거예요. 발길에 차인 강아지가 넘어졌다가 일어나면 또 차고. 참다못해 나는 달려가서 강아지를 안으며 눈을 부릅떴어요.

"너, 정말 왜 그래? 너 지금 동물을 학대하는 거야, 알아?"

"칫! 뭐야? 아, 이리 줘요. 빨리 달란 말이야."

녀석이 그 큰 두 눈을 치뜨며 나를 노려보더니 내가 안고 있던 강아지를 홱 낚아채는 게 아니겠어요. 난 너무나 놀라서 또 소리쳤죠.

"야, 너!"

녀석은 내 말을 무시하고 강아지를 바닥에 내던지며 소리쳤어요.

"찡코 뛰어!"

그때 마침, 한 바퀴를 더 돌고 뛰어오던 윤아가 녀석에 대해서 알려 주더군요.

"언니, 강민 오빠야. 우리 옆집에 살아."

"옆집? 저 녀석이."

"응, 왜 그래? 저 오빠 착한데."

"착하긴 개뿔, 강아지를 발로 막 차잖아."

내가 열을 내며 씩씩대자 윤아가 고개를 갸웃거리더군요.

"쩡코를 차? 이상하다 쩡코가 뭘 잘못했나?"

윤아의 설명을 덧붙이면 녀석은 쩡코라는 그 강아지를 무척 좋아한다네요. 언제나 그 강아지와 함께 있다고 하더군요. 어쨌든 녀석과의 첫 대면은 그렇게 끝났어요.

그리고 아, 바로 어제였어요. 퇴근하고 집에 오는 길이었어요. 바람이 몹시 차더군요. 한껏 웅크리고 골목 안으로 막 접어들었을 때였어요. 녀석이 자기 집 대문 바로 앞에서 또 강아지를 괴롭히고 있는 게 보였어요. 난 지난번에 황당했던 일이 떠올라 못 본 체 지나치려고 했어요. 그런데 발길에 차인 강아지가 깽, 하고 죽는소리를 치는데 도저히 참을 수가 없더라고요.

"야, 너, 미쳤니? 그만해. 왜 자꾸 그래?"

"상관하지 마요."

녀석이 불퉁해서 나를 노려보더군요. 난 녀석이 또 강아지를 차려고 하자 바람의 파이터처럼 날아가 강아지를 덥석 안았어요. 내가 뭐 동물 애호가도 아니고 평소에 강아지를 그렇게 좋아하는 건 아니지만요. 그러나 왜 그런 거 있잖아요. 강한 자가 약한 자를 괴롭히면 참을 수 없는 정의감 같은 뭐, 그런 거요.

"놔요. 상관 말란 말이야!"

녀석이 날카롭게 소리치며 강아지를 빼앗으려고 했어요. 나는 강아지를 감싸 안고 급히 몸을 웅크렸죠. 그랬더니 녀석이 그대로 나를 밀어 버리지 않겠어요. 어휴, 내 육중한 몸이 그 자리에 엉덩방아를 찧으며 철퍼덕 무너질 때의 그 당혹감이라니! 정말 어이가 없었어요. 아무리 막돼먹은 아이라지만 이럴 순 없는 거잖아요. 녀석도 화가 많이 났는지 나를 내려다보는 목 언저리에 시뻘건 핏대가 불뚝불뚝 서더군요.

"야, 너 이러다 사람 패겠다."

"에이 씨, 빨리 내놓으란 말이야. 빨리!"

올려다보고 내려다보고. 눈에서 불꽃이 강한 스파크를 일으키며 한동안 기 싸움을 펼쳤죠. 그래도 난 강아지를 내놓을 생각이 없었어요.

"너, 정말 너무하는 거 아냐? 이건 동물 학대야, 동물 학대. 동물을 학대하면 처벌 받는 것 몰라? 신고할 거야."

나는 녀석에게 엄포를 놓기 위해 주머니에서 핸드폰을 꺼냈어요. 그런데 녀석이 재빨리 내 손에 있는 핸드폰을 빼앗아 그대로 던져 버리더라고요. 핸드폰이 저만치 떨어지며 퍽 하고 부서져 버리는데 아, 돌겠더라니까요. 나는 벌떡 일어나며 녀석의 멱살을 움켜잡았죠.

"너, 정말! 야, 너희 부모님한테 가자. 뭐 이런 놈이 다 있어."

"왜, 무슨 상관인데, 씨이."

나는 씩씩거리며 녀석을 잡아끌었고 녀석은 따라오지 않으려고 버둥거렸어요. 그러나 제가 그렇게 호락호락하진 않죠. 나는 녀석을 움켜잡은 손아귀에 더욱 힘을 주었어요. 녀석이 주먹을 들어 올렸지만 나를 치지는 못하더군요. 내가 더 세게 잡아끌자 녀석은 얼굴이 시뻘게져서 몸부림을 치더니 나중에는 안 되겠다 싶은지 발길질을 하더군요.

"이 녀석이 어따 발길질을, 너 인마. 오늘 죽을 줄 알아."

"이거 놔. 놓으라고!"

정말 골목 안 결투였어요. 얼마나 치열했던지 지나가던 사람들이 말릴 엄두도 내지 못했다니까요. 어떻게 싸움이 끝났냐고요? 아, 그거요. 그건 녀석의 집 안에서 와장창하는 소리와 함께 비명이 들렸기 때문이죠. 그 소리에 나는 깜짝 놀라서 녀석의 멱살을 놓았어요. 그리고 소리가 나는 곳으로 돌아섰어요. 내가 소리를 쫓아 녀석의 집 대문 안으로 발을 옮기려는 순간, 녀석이 깜짝 놀란 표정으로 내 앞을 막아섰어요.

"에이 씨. 왜 남의 일에 간섭이야. 들어가지 마, 가지 말란 말이야!"

녀석이 기어코 막아서는 것이 미심쩍어서 나는 녀석을 밀치고 용감하게 대문을 열고 마당을 지나 현관문을 열었어요. 아유, 정말 난해한 장면이 연출되고 있더군요. 거실 바닥에 유리와 나뭇조각이 흩어져 있고 러닝셔츠 바람인 아저씨가 몸통이 박살 나서 줄만 너덜너덜한 기타 넥을 들고 고래고래 소리치며 아들을 내려치고 있었지요. 정말 살벌했어요.

"이놈의 새끼가 면허도 없이 오토바이를 타서 사람을 치어?"

아들의 얼굴에 시뻘건 상처가 있었지만 아저씨는 멈추지 않고 고함을 질렀어요. 그동안 외삼촌네 식구들을 통해 옆집 이야기를 들은 적이 있는데 외삼촌네 말에 의하면 옆집 사람들이 마음씨는 좋은데 싸움이 좀 잦다고 하더니 정말이었어요.

"아니야. 난 사람을 치지 않았다고."

"그래도 이 자식이. 방금 경찰서에서 전화 왔잖아. 다친 사람이 병원에 있다고. 헛소리 집어치우고……."

"정말이라니까. 나만 낳았다고."

"시끄럿!"

아저씨가 또다시 아들을 강타했어요. 아들이 꼬꾸라졌지만 아저씨는 막무가내였어요.

"그만하세요."

나도 모르게 소리가 튀어나왔어요. 일단은 애를 잡을 것 같아서 말리고 봐야 한다는 생각에.

"뭐야?"

그제야 아저씨는 갑자기 나타난 불청객을 바라보았죠.

"저, 저, 여, 옆집에 사, 사는……"

아저씨의 벼락같은 고함에 내 목소리가 덜덜거렸죠.

"당장 나가. 왜 남의 집에 들어와서……!"

아저씨가 어이없다는 듯 나를 쳐다보았어요. 나는 아저씨의 거친 눈길에 겁이 덜컥 났어요. 아저씨의 부리부리한 두 눈이 등잔만 했거든요. 기세로 보아 한마디 더 했다간 나도 한 방 맞을 것만 같았어요.

"아, 안녕히 계세요. 싸, 싸우지……"

마세요, 라는 말을 끝내지도 못하고 뒷걸음질을 쳤어요. 녀석이 마당에 우두커니 서서 나를 노려보더군요. 나는 녀석을 거들

떠보지도 않고 도망치듯 대문 밖으로 나왔어요. 아유, 지금 다시 생각해 봐도 영 찜찜하네요. 그래도 이웃사촌인데 구타의 원인이라도 물어보고 뭔가 액션을 취해야 하는 건데……. 그 녀석도 그렇지, 형이 아버지한테 맞고 있으면 장렬하게 몸을 던져서라도 막아야지 저 혼자 밖에 나와서 강아지만 괴롭히고 있다니. 녀석에게 발길질을 당하고 핸드폰도 박살 나서 못 쓰게 되고.

정말 재수 없는 저녁이었어요. 내 성격상 일상의 리얼리티를 인정한다고 해도 이건 아니죠. 다시는 내 기억 속에서 불러내고 싶지 않은 황당한 스토리를 겪었으니 그 사진을 보는 순간 녀석과 강아지를 단번에 알아볼 수 있었던 거죠. 그런데 참 이상하네요. 그 강아지, 아니 그 사진 속의 강아지 눈망울이 왜 제 눈에 그처럼 또렷이 스며든 것일까요?

5

 내가 찡코를 처음 만난 것은 초등학교 6학년, 가을이었다. 그 날 난 2박 3일의 수학여행을 마치고 피곤에 절어서 집으로 돌아오던 길이었다. 학교 앞 개천 다리를 건널 때였다. 둑 위에서 어떤 꼬마 애들 둘이서 강아지 한 마리가 담긴 상자를 사이에 놓고 풀잎을 뜯어 던지며 장난을 치고 있었다. 나는 꼬마들에게 가까이 다가서며 물었다.
 "야, 강아지한테 왜 그래? 너희 강아지야?"
 꼬마들이 놀란 눈으로 고개를 가로저었다.
 "그런데 왜 괴롭혀."
 내가 목소리를 좀 높이자 꼬마들이 일어나 달아났다. 강아지는 하얀 털에 갈색 점이 있는 코가 유난히 못생긴 시츄였다. 그 벌렁거리는 못생긴 코와 유리 구슬처럼 까만 두 눈동자에 물기가 어린 녀석을 보니 마음이 짠했다. 내가 앞에 앉아서 손을 내밀자 녀석이 분홍빛 혀를 내밀어 내 손바닥을 핥았다. 난 녀석이 퀭한 눈으로 힘없이 혀를 날름거리는 모습에서 허기를 읽을 수 있었다. 어떡하지, 집으로 데려갈까? 아니지, 주인이 있을지도 모르는데. 만약 버려진 강아지면? 경찰서에 데려다 줄까? 잠깐 생각을 해 봤지만 경찰서는 안 된다는 생각이 들었다. 경찰서에 데려다 주면 유기견 보호소로 보내는데 열흘 안에 주인이 안 찾아가면 안락사 시킨다는 소리를 들었으니까. 그래, 모른 척하고 그냥 집으로 가자. 나는 낑낑대며 애절한 눈빛을 보내는 녀석을 외면하고 일어섰다. 그러나 몇 발자국 옮기지 않아서 뒤돌아보니 어느새 녀석은 내 뒤를 졸졸 따라오고 있었다.

"야, 가, 가라고."

발을 굴리며 으름장을 놓았지만 녀석은 나를 빤히 쳐다볼 뿐이었다. 내가 걸으면 또 졸랑졸랑 뒤따라오고 내가 뒤돌아서면 멈춰서 나를 쳐다보았다.

"그래, 좋아. 일단 배가 고픈 모양이니 먹을 것은 좀 줄게, 따라와."

결국 나는 녀석을 데리고 집으로 왔다. 녀석을 베란다에 두고 우유를 데워 주었다. 그런데 박스 안에 있을 때는 몰랐는데 한쪽 엉덩이와 다리, 배에 털이 뭉텅뭉텅 빠지고 피부가 벌겋게 짓물러 있었다. 나는 약장에서 소독약을 꺼내 상처를 소독하고 연고를 발라 주었다. 내가 약을 발라 주자 녀석은 꼬리를 치며 내 다리 사이로 주둥이를 들이밀며 파고들었다. 녀석은 깽깽 소리를 내면서도 잘 참았다.

"야, 못생긴 강아지. 너도 여기서 잠깐 쉬어. 나도 좀 쉬자. 그리고 널 어떻게 해야 할지 생각하자."

나는 녀석을 베란다에 그대로 둔 채, 소파에 누워서 깜빡 잠이 들었다. 사실, 수학여행 내내 아토피 때문에 몸이 가렵고 밤마다 애들이 떠들어서 별로 잠을 자지 못했다. 얼마나 잤을까? 폭탄이 터지는 것 같은 소리에 눈을 번쩍 떴다.

"야, 남강민. 이게 뭐야?"

녀석이 베란다 여기저기에 물똥을 찍찍 갈겨 놓았다.

"야. 저 병든 개 어디서 가져왔어? 당장 똥 치우고 갖다 버려라."

형이 악을 쓰며 녀석을 발로 찼다. 나는 일단 똥을 치운 후, 녀석을 빈 상자에 담아 안고 밖으로 나왔다. 넌, 다시 제자리로 돌아가는 거다. 나는 녀석을 개천가, 처음 발견한 그 자리에 놓아두고 두 눈을 질끈 감고 뛰었다. 그러나 녀석은 어느새 내 앞에 와서 뛰었다.

"야, 따라오지 말라고! 네 주인 찾아가. 따라오면 안 돼. 알았지?"

녀석을 붙잡고 단단히 당부한 후, 다시 일어섰다. 그러나 녀석은 포기하지 않고 쫓아왔다. 나는 하는 수 없이 녀석을 안고 삼거리 큰길가에 있는 동물 병원으로 갔다.

"이런 피부병이 심하네. 왜 진작 병원에 데려오지 않았어. 이거, 전염성 피부병이라 격리를 시켜야 할 것 같은데. 일단 입원을 시키고 지켜보자."

동물 병원 수의사가 녀석을 살피며 말했고, 나는 입원이라는 말에 놀라서 주운 개라는 말을 해야 할 타이밍을 놓쳐 버렸다.

"저 상태로 집에 가면 사람한테 전염될 수도 있어. 곰팡이 균은 사람들한테도 옮거든. 참, 너도 집에 가서 깨끗이 씻고 특히, 강아지 진물이 묻은 데는 잘 닦아 내야 돼. 알았지? 그럼, 너희 집 전화번호 적어 놓고 가."

나는 일단 강아지를 치료해야 한다는 생각에 전화번호를 적어 놓고 집으로 왔다. 집으로 돌아오는 길에 앞으로 녀석의 거처에 대해서 몇 가지를 생각했다. 첫째는 집에 가서 아버지를 졸라 보는 거다. 난 무척 강아지를 키우고 싶다. 내가 강아지에 대한 일은 전적으로 책임질 테니 허락해 달라. 형도 녀석을 깨끗이 치료한 후 데리고 오면 그리 싫어하지는 않을 것이다. 그래도 아버지가 허락하지 않는다면 그때는 주인을 찾아보자. 상자에 담아서 개천에 내어놓았다면 주인이 그리 멀리 살지는 않을 것이다. 아마, 지금쯤 양심의 가책을 느끼고 강아지 사진이 찍힌 인쇄물을 전봇대에 붙이러 다닐지도 모른다. 그러면 다시는 배신하지 말라고 얘기한 후, 강아지가 있는 병원을 가르쳐 주면 된다. 그것도 아니라면 동물 병원 의사한테 사실 나는 주인이 아니라고 정직하게 밝히면 된다. 그러면 그 의사가 알아서 할 거다.

난 정말 녀석을 키우고 싶은 마음이 간절했다. 나를 졸졸 따라오던 녀석, 그 까맣고 커다란 두 눈, 귀엽게 달라붙은 코, 앙증맞게 작은 몸집. 딱 내 취향이었다. 나는 그동안 강아지를 키우고 싶어서 몇 번이나 아버지를 졸랐다. 아버지는 내가 아토피 피부염을 앓고 있어서 애완동물을 키울 수 없다고 했다. 그러나 애완동물이 아토피에 큰 영향을 주지 않는다고 과학자들이 말한 걸 책에서 읽은 적이 있다.

저녁에 아버지한테 물었다.

"아버지, 우리 강아지 키우면 안 돼?"

"정신없는 소리 하고 있네. 누가 닦고 씻길래? 안 그래도 바빠 죽겠는데."

"내가 다 할게. 제발!"

"안 돼. 절대 안 돼."

단번에 거절하는 아버지에게 더 이상 말을 꺼낼 수 없었다. 혼자서 속을 끓였다. 다음 날, 나는 동물 병원이 보이는 곳에 멀찍이 서서 안의 동정을 살폈다. 유리창 너머로 녀석이 설핏 보였다. 그 모습을 보니 마음이 울컥했지만 그대로 돌아섰다. 집으로 돌아오며 전봇대와 담벼락을 살폈지만 어디에도 강아지를 찾습니다, 라는 인쇄물은 보이지 않았다. 어쩐다! 이제는 정직하게 의사한테 말할 수밖에 없다. 아니, 굳이 찾아가서 말을 하지 않더라도 그냥 찾아가지 않으면 의사가 알아서 처리하겠지. 제 발로 따라온 강아지를 포기하기엔 아까운 생각이 들었다. 정말 키우고 싶었다. 그런데 지금 생각해 보니 녀석은 나와 함께 살아야 할 운명이었는지 아니면 녀석의 간절한 바람과 내 마음이 서로 통했는지, 학교에서도, 길을 가다가도, 집에 와서도 자꾸만 머릿속에서 맴돌았고 꿈에도 출현했다.

이틀 후, 드디어 올 것이 오고 말았다. 그냥 모른 척 찾아가지 않으면 동물 병원에서 알아서 처리할 것이라는 생각은 정말 어린애 같은 착각이었다. 병원에서 전화가 걸려 온 것이다.

"잘못 거셨습니다."

아버지가 점잖게 한마디 하고 끊었지만 곧 전화벨이 다시 울렸다.

"이 양반아, 아니라니까."

아버지가 짜증스럽게 전화기를 탁 놓으며 별 미친, 하고 말했다. 나는 미리 짐작을 하고 조마조마한 가슴을 누르며 슬쩍 화장실로 피했다. 화장실에 앉아 있는 내 머릿속에는 이미 전화기를 경계로 안팎의 상황이 필름처럼 차르르 돌아가고 있었다.

"왜?"

"우리보고 개 찾아가란다. 개는 무슨."

"개?"

잠시 침묵이 흘렀다. 그리고 이어지는 형의 목소리.

"야, 남강민. 너 혹시 그 개 동물 병원에 맡겼어?"

나는 대답하지 않았다.

"무슨 소리야?"

아버지의 목소리다.

"저 녀석이 엊그제 병든 개 한 마리 주워 와서 온 데 똥 싸 놓고 난리도 아니었어. 갖다 버리라고 했는데."

"남강민. 야, 강민 너, 그 강아지 어쨌어?"

형의 목소리가 귓가에 닿기도 전에 아버지가 화장실 문을 벌컥 열었다.

"너, 그 강아지 병원에 맡겼니?"

"아니……."

"그럼?"

"버렸어. 개천에."

아버지가 눈을 부릅뜨자 나는 엉겁결에 거짓말을 했다.

"정말이지?"

"응."

그렇게 넘어갈 줄 알았다. 그런데 내 거짓말은 또다시 걸려 온 전화로 들통이 났다. 형이 전화를 받은 것이다. 또박또박 적어 놓고 온 우리 집 전화번호와 내 이름. 그리고 형이 봤던 그 강아지 모습을 수의사가 자세히 설명하는 바람에.

"애가 주워다 준 모양인데 우린 강아질 키울 형편이 못 됩니다. 미안합니다."

아버지가 전화를 건네받아 정중히 사과했다. 그런데 문제는 그날 밤에 일어났다. 강아지에 대한 죄책감과 강아지가 어떻게 될지 모른다는 불안함이 과민성 대장염을 악화시켰다. 나는 밤새도록 화장실을 들락거렸다. 새벽에는 탈수 상태가 되어 응급실에 갔고 결국 학교에도 가지 못했다. 아버지는 빗발치는 가스 주문 전화에도 '대오 가스' 가게를 열지 못하고 나를 간호하느라 기진맥진했다.

"아유, 이놈의 자식!"

그냥 두었다간 내 대장에 구멍이 뚫릴지도 모른다는 의사 선생님의 말에 아버지는 나를 앞세우고 동물 병원에 갔다. 정말 우연히 발견한 녀석을 우리 집에 받아들이기까지 꽤나 진을 뺐다. 아버지와 형 앞에서 각서까지 썼으니까. (사실 난 그때 각서란 말이 뭔지도 몰랐지만.)

각서

1. 개, 오줌 똥은 내가 치운다.
2. 방에 들여놓지 않고 베란다에서만 키운다.
3. 개 때문에 식구들이 힘들지 않게 한다. 만약 식구들이 개 때문에 힘들면 갖다 버린다.

그런데 지금 생각해 보니 각서는 그냥 폼이었다. 솔직히 아버지가 나보다 더 많이 배설물을 치웠다. 나중엔 녀석이 운동 나갈 때 큰 것을 해결하고 작은 것은 화장실에서 혼자 해결하는 센스를 발휘했지만. 또 녀석은 어느 날부터 슬그머니 내 방에 들어와서 동거하게 되었다. 물론 이것도 녀석이 원했고 그래서 내가 받아들였지만. 아니다, 이 말에는 솔직히 자신이 없는 게 나도 녀석을 원했다는 것을 완전히 부인하지는 못하겠다. 그리고 3번은 그 문장 자체가 모호할뿐더러 구체적이지 않아서 그리 신경 쓰이지 않았다. 그리고 생각해 봐도 개 때문에 식구들이 힘든 것은 없었다. 아버지가 녀석의 사료를 사 오느라고 약간의 경제적 비용을 지불했지만 예방 접종은 내 용돈을 모아서 해결했기 때문에 그리 힘들게 하진 않은 것 같다. 그런데 치사한 것은 아버지와 형이 때때로 녀석을 앞세워 나를 괴롭혔다는 거다. 너 그렇게 하면 개 새끼 갖다 버릴 거다, 라고 협박했고 가만히 있다가도 성질만 나면 떨어진 털을 주워서 내 코앞에 들이밀며 온 집 안이 개털투성이라고 짜증을 박박 냈다. 그리고 아버지는 가끔 가다 뜬금없이 녀석을 노려보며 개 새끼를 집 안에서 키우는 게 말이 되냐고 변덕을 부리기도 했다. 그러나 이 모든 압박에도 불구하고 녀석과 나의 동거는 나름대로 행복하게 자리를 잡아 갔다.

6

 글쎄, 내가 그 어린 녀석을 상대하게 되었다니까요. 정말이지 어린애들을 상대한다는 것이 얼마나 힘든 일인지 모르실 거예요. 녀석이 얼마나 뻣뻣하게 구는지 존심이 많이 상하네요. 그 비열한 눈빛하며 벌레 씹은 것 같은 표정을 보셨어야 한다니까요. 그런데 내가 그 건조하고 까칠한 녀석과 이상하게 얽히고 있어요. 아예 눈 딱 감고 상관 말라고요. 아유, 나도 그러고 싶은데 그게 안 되니까 그렇죠. 일단 내 말을 좀 들어 보세요.

 그러니까 그게 말이죠. 어제저녁이었어요. 퇴근 무렵, 사장이 한 턱을 쏘겠다네요. 이번 달 광고가 많이 들어와서 사장 기분이 좋았거든요. 그래서 근처에 있는 삼겹살 집에 갔고, 다들 삼겹살을 먹을 때 난 사장의 애정 어린 배려로 기름기 없는 팍팍한 목살을 꾸역꾸역 먹어야만 했죠. 어쨌거나 괜찮은 회식이었어요. 오랜만에 고기로 배를 불렸으니까요.

회식을 마치고 외삼촌과 함께 집에 도착한 시각이 밤 10시 45분. 안방에는 이미 불이 꺼져 있었죠. 우리 외숙모는 저녁 연속극만 끝나면 곧바로 잠자리에 들죠. 노친네 같다고 놀려도 저녁잠이 많아서 어쩔 수 없다나요. 윤아가 문을 열어 주더군요. 외삼촌과 나는 외숙모의 잠을 방해하지 않으려고 조심했지요. 외삼촌은 외숙모를 요즘 들어 여왕 마마로 모시거든요. 남의 부부 사정이라 잘은 모르겠지만 외숙모가 친정에서 물려받을 재산이 좀 있다는 소식을 엄마한테 얼핏 들은 것 같네요. 어쨌든 외삼촌과 나는 거실에서 헤어졌고, 방으로 들어온 후, 옷을 훌훌 벗어서 의자에 걸쳐 놓고 곧바로 욕실로 들어갔어요.

외삼촌네 집은 지은 지 꽤 오래되었지만 센스 있게도 내가 사는 건넌방에 욕실이 따로 있어서 편리하죠. 나는 모처럼 몇 잔 마신 소주 때문인지 괜히 기분이 좋았어요. 그래서 다른 날과 달리 욕조에 물을 틀어 놓고 거품 폼을 몇 방울 떨어뜨린 후 살며시 몸을 담갔지요. 로즈마리 향이 은은하게 퍼지는 욕조에 우아하게 몸을 뉘었는데……. 그때였어요. 뭔지 모르게 내 머리인지 마음인지 모르지만 어떤 강력한 신호가 왔지요. 나는 화들짝 놀라 몸을 일으키며 가슴에 달라붙는 거품을 양손으로 걷어냈어요. 이게 뭐야? 내가 술에 취했나? 아니에요. 그래요, 맞아요. 그날 오 정신과에서 강아지 사진을 봤을 때의 느낌, 바로 그런 느낌이었어요.

그 앨 사랑해.

미세하게 전해 오는 소리! 웃겨, 누가 누굴 사랑한단 말이야. 정말 깜짝 놀랐어요. 이런 판타지 같은, 비현실에서나 존재하는 일이…… 온몸에 소름이 쫙 끼쳤어요. 하지만 곧 웃음이 나왔죠. 술기운 때문에 내가 이러는 것 같아서요. 나는 피식 한 번 웃고는 이내 밀어냈던 거품을 두 팔로 다시 끌어안으며 몸을 뉘었지요.

그 앨 사랑해.

또 신호가 느껴졌어요. 아니, 내 머릿속을 빙빙 도는 강력한 어떤 느낌요! 정말 거짓말 같은 현실이었어요. 그 강아지의 동그란 눈동자가 내 눈 앞에 보이는 것 같기도 하고요. 아, 이럴 수는 없는 거다. 아니야, 아니야……. 나는 정신을 차리기 위해 고개를 흔들며 숨을 크게 들이쉰 후, 눈을 똑바로 떴어요.

그 앨 사랑해.

그래서 어쩌라고! 나도 모르게 소리를 빽 질렀죠. 아고, 외숙모가 안 들었는지 모르겠어요. 자, 자. 최미나. 진정하자. 진정해. 마음을 가라앉히고 천천히 호흡을…… 최미나, 아무 일도 아니야. 너, 요즘 너무 열심히 일을 해서 그래. 내일도 무지 바쁠 텐데 빨리 씻고 자야지. 금요일에 인쇄 들어가잖아. 야근할지도 몰라. 최미나 힘내자. 그리고, 그리고…… 나는 생각나는 대로 막 중얼거렸어요. 그런데 참 이상하죠. 내가 일부러 신호를 밀어내려고 하면 할수록 그 미세한 소리는 더 강하게 머리에서 공명되어 울렸어요.

그 앨 사랑해!

나는 이 괴기스러운 일을 도저히 받아들일 수 없었어요. 손으로 욕조의 물을 힘껏 내리쳤어요. 분명히 그 강아지였어요. 그 죽은 강아지가 자꾸만 내 머릿속을 맴돌며 신호를 보내고 있는 게 확실해요. 그래요 확실하다고 말하면서도 왜 확실한지는 나도 잘 모르겠어요. 세상에 불가사의란 게 있긴 있나 봐요. 썩, 꺼지란 말이야! 나는 욕실에 들어갈 때의 그 우아함을 상실한 채 소리를 빽빽 지르며 욕조에서 나오고 말았어요.

목이 말랐어요. 따뜻한 물을 마시려고 발소리를 죽이며 주방으로 갔어요. 불을 켜자 깔끔한 주방이 한눈에 들어왔어요. 우리 외숙모, 살림은 끝내주게 한다니까요. 주전자에 물을 끓여서 컵에 따랐어요. 그리고 방으로 들어와 천천히 물을 마시며 노트북을 켰어요. 메일을 체크할 생각이었거든요. 몇 군데 포털 사이트에 있는 메일을 체크하면서 이런저런 인기 검색어들을 살피다 보면 괜찮아질 거라고 생각했어요.

그 앨 사랑해!

아주 끈질겼어요. 나의 이런 의도적이고 의식적인 행동에도 불구하고 더 강력하게 신호가 느껴지는 거예요. 오죽했으면 내가 미친 게 아닐까 하는 생각마저 들었다니까요. 그래서 난 미치지 않았다는 것을 확인하려고 거울 앞으로 갔어요.

찬찬히 내 얼굴을 들여다보았어요. 최미나, 최미나지. 분명 최미나 맞지? 아버지 최상기, 어머니 김순옥, 오빠, 최, 민…… 욱, 목구멍이 울컥했어요. 오빠, 오빠…… 갑자기 두 눈에 눈물이 핑 돌았어요. 눈물만 핑 돈 게 아니에요. 가슴도 뭔가에 짓눌리는 것처럼 우리하게 아파 왔어요. 난 강하게 고개를 저었어요. 오빠에 대한 기억들은 되도록 생각하지 않으려고요. 네, 그건 오빠와 나의 사적인 일이고, 남매간의 일을 함부로 얘기할 순 없잖아요. 언젠가 내가 오빠 얘기를 하니까 엄마가 그러더군요. "그만 잊어버려. 이젠 안 그러잖아. 오빠 얘기 자꾸 해 봐야 누워서 침 뱉기야." 라고요. 그래요, 나도 이젠 다 잊었는걸요. 가끔 지난날이 생각날 때만 뜨거운 뭔가를 삼킨 것처럼 속이 확 올라오긴 하지만요.

최미나, 이제 그만 자자. 오늘 모처럼 술을 좀 마셨더니 정신이 이상해진 거야. 나는 두 눈을 꾹 감고 침대에 몸을 뉘었어요.

그 앨 사랑해.

살포시, 잠든 것 같은데 또…… 눈을 번쩍 떴어요. 눈앞에 또렷하게 보이는 검은 눈동자. 그 눈동자에 가득 찬 슬픔…… 오소소 몸이 떨렸어요.

"뭐야?"

나는 눈을 꼭 감고 그 눈동자를 보지 않으려고 세차게 도리질을 했어요. 제발 딴 데 가 봐. 나 미칠 것 같다고. 미칠 것 같다? 그래, 내일 오 정신과를 찾아가서 오재덕 원장을 만나야겠어. 그 녀석이 오 정신과에 왔었다고 했지. 나는 마음을 진정시키려고 가슴을 쓸어내리며 천천히 숨을 쉬었어요. 오 원장을 만나면 뭔가 실마리가 풀릴 것 같았어요.

두 눈을 감고 다시 잠을 자려고 안간힘을 썼어요. 살짝 잠들었는가 싶은데 이번에는 아주 이상한 꿈을 꾸었어요. 꿈속에 강아지가 자꾸 나타나는 거예요. 그런데 이상하죠? 꿈속에 나타난 주인공은 그 녀석이 아니라 어린 여자아이였어요. 강아지 한 마리가 그 여자아이를 따라 폴짝폴짝 뛰고 있었어요. 여자아이는 강아지와 함께 이리저리 깔깔대며 햇살이 가득한 뽀얀 마당도 뛰어다니고, 넓은 들판도 마구 뛰어다녔죠. 그런데 섬뜩한 것은 아이의 웃음소리는 들리는데 얼굴은 또렷이 보이지 않고 이상하게도 그 아이의 두 눈엔 눈물이 맺혀 있었어요. 난 꿈속에서도 그렇게 말했다니까요. 울지 마, 얘, 울지 말라니까, 하고요. 정말 공포 영화의 한 장면 같았어요. 도대체 이 꿈이 의미하는 게 뭘까요? 나는 아침에 눈을 뜨자마자 머리맡에 있던 노트북을 켰어요. 그리고 자판에 '꿈'이라고 쳤어요.

-잠자는 동안에 깨어 있을 때와 마찬가지로 여러 가지 사물을 보고 듣는 정신 현상-

 정신 현상? 정신 현상이라? 왜 이런 정신 현상이 내게 나타나는 걸까요? 머릿속에 벌 떼가 온통 집을 지은 것처럼 왕왕거리네요.
 "그러니까 왜 애한테 소주를 마시라고 해요. 애 몸도 저런데…… 외삼촌이라는 사람이……."
 출근할 시간이 되었는데도 내가 일어나지 못하고 끙끙대자 외숙모가 잔소리를 했어요. 저는 억지로 일어나서 외삼촌과 함께 출근했어요. 그런데 회사에서도 지난밤 꿈이 자꾸만 생각났어요. 아니, 내게 전해지던 그 이상한 신호가 자꾸만 느껴지는 것 같아요. 정말 미칠 것 같네요. 혹시, 내가 「엑스 맨」 영화에 나오는 인간들처럼 어떤 초능력을 지니고 있는 건 아닐까요…….

7

 수학 학원이 끝나고 학원 버스를 탔다. 아무래도 수학 학원을 끊어야겠다. 고등학교 선행학습을 하는데 진도가 너무 빨리 나가서 따라가기가 벅차다. 한번 대충 훑고 나서 다시 한 번 더 가르쳐 준다는데 뭐가 뭔지 잘 모르겠다. 그날 찡코가 그렇게 가 버린 날도 수학 학원에서 잔뜩 스트레스를 받고 온 날이다. 그래서 요즘 학원 버스에서 내려 집으로 갈 땐 녀석이 더 생각난다. 자꾸 가슴이 먹먹해지면서.

 골목 입구 분리수거함 앞을 지나려는데 낯익은 물건이 눈에 들어왔다. 혹시? 가까이 갔다. 아, 이럴 수가! 맞다 이건 분명 찡코의 집이다. 찡코의 빨간 집 속에는 녀석의 옷과 밥그릇까지 그대로 담겨 있었다. 속이 울컥 올라왔다. 찡코의 집을 들어서 바닥을 손으로 탈탈 털었다. 분명히 아버지가 버렸을 것이다. 나는 찡코의 집을 들고 오면서 핸드폰으로 '대오 가스'에 전화를 했다.

"왜?"

"왜 버렸어?"

"뭘?"

"찡코 집."

"그럼 버려야지 됐다 뭘 해?"

"씨, 왜 아버지 맘대로……"

목이 콱 막혀서 전화를 끊어 버렸다. 곧 핸드폰이 울렸지만 난 받지 않았다. 찡코야 미안하다! 인마. 형이 미안하다고…… 걸레를 빨아서 찡코의 집을 깨끗하게 닦았다. 찡코 옷도 빨아서 널고, 밥그릇도 깨끗하게 씻었다. 녀석이 가지고 놀던 장난감들은 닦아서 침대위에 나란히 놓고 녀석을 생각했다. 학교에서 돌아오면 경중경중 뛰며 반겨 주던 녀석, 내가 우울할 때는 책상 밑에서 조심스러운 눈빛으로 올려다보던 녀석, 형한테 얻어맞고 억울해서 이를 갈 땐, 내 발을 혀로 핥으며 위로해 주던 녀석. 그 녀석의 따뜻한 체온을 느끼고 싶다. 단 한 번만이라도.

내가 "찡코, 형아 배." 하고 소리치면 냉큼 침대로 뛰어올라 내 배 위에 앉아서 그 부드러운 속살을 내 아픈 배 위에 밀착시키며 따뜻한 체온을 나눠 주던 녀석. 내가 됐어, 하고 말하기 전까지는 절대로 내려오지 않았지. 눈까지 지그시 감은 채로……. 어떤 땐 정말 녀석이 징그럽게 느껴졌다. 생긴 모습만 개였지 사람처럼 모든 것을 다 알고 있는 듯해서.

"찡코, 자꾸 돌아다니지 말고 가만히 앉아 있어."

아버지가 설거지를 할 때면 아버지의 말이 떨어지기가 무섭게 싱크대 밑에 앉아서 다소곳이 고개를 조아렸다.

"아주 개가 아니라 사람 같다니까요."

아버지도 가끔 사람들에게 찡코를 자랑했다. 그리고 형도 녀석의 아양에 끔뻑 넘어갈 때가 많았다. 식구들에게 쥐어박혀도 온갖 아양을 다 떠는 녀석을 보고 형이 말했다.

"야, 너. 개남이 아니라 개녀지? 수컷이 온갖 아양을 다 떨고 있어. 채신머리 없게."

생각할수록 녀석이 그립다. 보고 싶다. 그런데 내가 찡코를 죽였다! 내가…… 그 녀석이 왜? 왜 내게? 아니, 나는 왜 찡코를……. 아니야, 난 죽이지 않았어. 정말이야. 그 녀석이 내게 달려든 거라고! 봐, 이게 찡코가 할퀸 자국이라고. 나는 찡코의 흔적을 들여다보며 기어이 참았던 눈물을 쏟고 말았다. 눈물 속에 녀석의 눈동자가 또렷이 보였다.

저녁에 아버지와 또 한바탕 실랑이가 벌어졌다.

"너, 그거 안 버려? 빨리 버리고 와서 밥 먹어. 더럽게 쓰레기통에 버린 걸 다시 주워 와서는……. 이놈아, 불알 찬 남자 새끼가 좀 대범해야지 그런 걸 가지고 쪼잔하게. 개 새끼가 뭐가 그리 대단하다고. 아, 빨리 아버지 말 안 들어!"

"싫어 싫다고."

나도 지지 않고 악을 썼다. 대범, 찡코를 잊는 게 대범한 거라고? 어떻게 찡코를 단번에 잊어버릴 수가 있어. 아버지가 고함을 질러 대자 형이 짜증을 내며 소리쳤다.

"아, 그만 놔둬. 지치면 안 그러겠지. 그깟 개집 하나 갖고 왜들 그래."

"넌 인마, 왜 소리를 지르고 그래."

"됐다고, 그만하라고."

"이놈의 자식이 어디서 눈알을 부라리고!"

아버지가 형을 향해 주먹을 들었고 형이 아버지를 노려봤다.

"그만해. 그만하라고!"

내가 악을 쓰자 아버지가 슬그머니 팔을 내렸다.

"씨, 저 녀석 앞에서는 꼼짝도 못하면서."

형이 아버지를 보며 빈정댔지만 아버지는 못 들은 척 돌아섰다. 그러고는 싱크대로 가서 설거지를 했다. 늘 이런 식이다. 정말 아버지와 형, 대책 없는 인간들이다. 좋게 말해도 될 일을 꼭 저렇게 으르렁거려야 하나? 집 안이 사막 같다. 황량한 사막……아, 이럴 때 엄마가 있었으면……. 엄마! 엄마는 없다. 엄마는 내가 초등학교 2학년 때 돌아가셨다. 교통사고였다. 시장에 갔다 오다가 신호등 앞에서 미친놈이 몰던 차에 치였다. 아니, 브레이크가 고장 난 차라고 했다. 어쨌든 엄마를 죽게 한 놈은 미친놈이 틀림없다. 난 그놈을 알지는 못하지만 죽을 때까지 증오할 거다. 그 미친 차를 만든 자동차 회사도. 엄마는 사고를 당한 후, 오랫동안 병원에 있었다. 머리를 다쳤기 때문에. 사람들은 엄마가 식물인간이 됐다고 했다.

 식물인간? 어린 난, 식물인간이 무엇인지 몰라서 혼자서 온갖 상상을 다 했다. 식물, 동물, 내가 생각한 건 그 차원이었다. 엄마가 식물인간이 된다면 식물처럼 파랗게 변해 갈 것이라고 생각했다. 그래서 늘 공포에 떨었다. 엄마 머리에서 나뭇가지가 뻗어나고, 잎이 달려서 바람에 흔들리고, 두 다리에서는 뿌리가 생겨나 마구 엉키게 될 거라고 생각했다. 가끔 엄마가 누워 있던 중환자실에 갈 때마다 나는 눈을 꼭 감았다. 금방이라도 엄마가 파란 나무로 변할 것 같아서. 어떤 땐, 엄마가 어떻게 나무로 변할지 궁금해서 발도 만져 보고 손도 만져 보았다. 엄마가 나무로 변하는 모습은 꿈에서도 나타났다. 아, 아마도 그때, 「반지의 제왕」이라는 영화를 본 탓일 거다. 그 영화에서 나무들이 걸어 다니는 모습이 나오는 것을 보며 우리 엄마도 저렇게 될 것이라고 생각한 것이다. 그래서 나는 엄마 얼굴을 종이에 그리고 엄마가 나무로 변하는 모습도 그렸다. 「반지의 제왕」에 나오는 그런 흉측스러운 나무가 아닌 예쁜 우리 엄마 나무를. 그때 가장 궁금했던 게 엄마가 나무가 되면 말을 할 수 있을까 하는 거였다. 식물은 식물이지만 사람이니까 반드시 말은 할 수 있을 거라는 생각에 좀 안심되기도 했다. 엄마가 나무가 되면 우리 마당에 심어 놓아야 할 것 같은 생각에 마당에 앉아서 엄마를 어디에 심을까도 생각해 본 적이 있었다.

"엄마는 언제 나무로 변해?"

"왜, 엄마가 나무로 변해?"

"나도 다 알아. 그런데 너무 오래 걸리는 것 같아."

아버지와 형은 내 물음을 대수롭지 않게 받아넘겼다. 내 머리에서 일어나는 온갖 상상들이 그때는 정말 심각하고 심오한 것들이었는데. 아, 또 생각나는 게 있다. 엄마가 병원에 있을 때, 시골에서 올라온 할아버지와 아버지가 툭하면 큰 소리를 내며 싸웠다. 할머니는 그 모습을 보고 나를 끌어안고 눈물을 닦아 냈고.

"아버지, 자꾸 그러지 마시라니까요. 내가 알아서 해요."

"알아서 한다는 게 뭐야? 괜한 고집만 부리지 말고 애비 말 들어."

"고집이 아니라니까요. 십 년이 지나서 소생한 사람도 있고요. 아니, 이삼 년 있다가 깨어난 사람도 있다잖아요."

"그게 말이 되냐? 의사도 그러더라, 가망이 없다고. 저렇게 놔두는 건 오히려 환자한테도 고통이라고!"

"어쨌든 안 돼요. 난 그 사람 그렇게 보낼 수 없어요."

"이놈아, 막무가내로 고집만 부린다고 되는 게 아녀. 네가 그만큼 했으면 에미도 원망 없이 갈 수 있을 거다."

"아버지가 뭐라고 해도 그렇게 할 수 없어요. 전 그 사람 꼭 다시 일으켜 세울 거예요."

"쯧쯧, 저런 고집머리하고는. 니가 애들을 생각해서라도 이러면 안 되는 겨."

지금 생각해 보니 할아버지와 아버지의 싸움은 엄마 때문이었다. 내가 언제 우리 엄마가 나무가 될까 기다리는 동안, 할아버지는 엄마의 인공호흡기를 제거하자는 거였고, 아버지는 엄마를 살려야 하기 때문에 절대로 그럴 수 없다고 고집을 부린 모양이다. 그렇게 한 일 년은 보낸 것 같다. 내가 초등학교에 막 입학한 후, 사고가 났고 일 년 후에 엄마의 장례식이 있었으니까.

엄마가 죽었다! 나는 그때, 엄마가 죽었다는 것을 이해할 수 없었다. 엄마는 식물이 되어, 아니 식물인간이 되어서 우리 집 마당에 심겨야 하는데, 그래서 우리하고 말도 할 수 있어야 하는데 죽어 버렸단다. 이건 대체 뭐란 말인가? 아버지도 울고 형도 울고 할머니 할아버지, 고모들도 그리고 장례식장에 온 사람들도 다 울었다. 난 울지 않았다. 나는 장례식에 온 사람들 사이에서 두 팔을 벌리고 빙빙 돌기만 했다.

형은 그런 내가 못마땅해서 억지로 끌어다 앉히며 눈을 부라렸다.

"야, 이리 와서 앉아. 앉으라고. 왜 빙빙 돌고 야단이야, 창피하게."

그러나 난 다시 일어났다. 그리고 또 돌았다. 그땐 지구의 자전이 내 머리에 또렷이 느껴지면서 모든 게 빙빙 돌아가고 있었을 테니까. 그렇게 함께 빙빙 돌아가는 것이 옳다는 생각에.

엄마가 죽은 후부터 형은 신경질을 더 부렸다. 그리고 하루라도 그냥 넘어가는 날이 없었다. 괜히 나한테 트집을 잡고 발로 차고 주먹으로 쳤다. 아버지한테도 소리를 꽥꽥 지르며 대들기 시작했다. 아버지는 그런 형을 용납하지 않았다. 형이 뭐라고 하면 손부터 올라갔다. 어느 날부터 우리 집에서 아버지와 아들의 정다운 대화는 사라졌다. 집 안은 폭력의 현장이 되어서 패고 맞고, 소리치고 부수는, 개 같은 날들이 이어졌다. 나는 저녁이 무서웠다. 차라리 낮에는 형한테 맞으면 된다. 물론 잘못도 없이 맞을 땐 죽이고 싶도록 형이 미웠다. 형한테 맞으면서 속으론 온갖 욕을 다 했다. 그리고 나중에 크면 꼭 복수할 거라고 다짐도 했다. 그러나 저녁이 되면 형을 때리는 아버지가 더 무서웠다. 형한테 맞고 아팠던 생각은 어느새 사라지고 형을 때리는 아버지가 미워서 울었다. 어린 마음에도 아버지가 저렇게 형을 때리니 형이 나를 때린다는 생각이 들어서 아버지가 더 미웠다. 제발 아버지만 지구 밖으로 사라졌으면 좋겠다는 생각을 했다. 그런데 아버지는 언제나 형보다 나한테 더 관대하다. 왜일까?

8

출근하자마자 오 정신과에 전화를 걸었어요.

"네, 오 정신과입니다."

"저, 선생님과 잠깐 통화할 수 있을까요?"

"선생님 아직 출근 안 하셨는데요. 오늘은 오후에만 진료를 보십니다."

간호사가 전화를 끊었어요. 역시 그 싸가지 간호사는 전화 매너도 꽝이네요. 언제 한번 제대로 걸리면 가만두지 않을 거예요. 그런데 어쩌지요? 정보지 전화 상담은 오전보다는 오후가 훨씬 더 바쁘거든요. 아침에도 꾸물대다 늦게 출근했는데 오후에 또 빠져나가면 정 씨 아줌마와 연호 씨가 안 좋아하겠죠. 그렇지 않아도 내가 사장 조카라고 툭하면 "미나 씨는 외삼촌이 있잖아." 하면서 자기들끼리 눈길을 주고받는데.

염치불구하고 오 원장의 명함에 있는 핸드폰 번호로 전화를 했어요. 내게 일어난 이 4차원적인 문제를 해결해야만 숨통이 트일 것 같거든요.

"여보세요? 오재덕 선생님이시죠?"

"네, 말씀하세요."

다행히 오 원장의 목소리가 밝게 들렸어요. 나는 목소리를 가다듬어 최대한 상냥한 목소리로 말했어요.

"안녕하세요? 며칠 전에 진료를 받으러 갔던 최미나입니다. 선생님께서 오늘은 오후에만 진료를 하신다 해서요. 저는 오전에 꼭 선생님을 뵙고 싶거든요. 죄송하지만 어떻게 안 될까요?"

수화기 저편에서 흠흠거리며 잠시 시간을 계산하는 듯하더니 오 원장이 평소보다 굵은 목소리로 대답했어요.

"음, 그럼 11시 30분쯤 오세요."

"네, 감사합니다. 안녕히 계세요."

나는 갑자기 오 원장의 목소리에 위축되어 목소리가 작아졌어요. 진료실에서 마주 보고 앉았을 땐 정말 부드러운 목소리였는데 수화기를 통해 들려오는 목소리는 톤이 굵고 묵직하게 느껴졌거든요.

"사장님, 저 잠깐 나갔다 올게요."

"어디? 병원?"

"잠깐이면 돼요."

"이런, 회식을 시켜 줘도 탈이군. 너 이제부터 술 마시지 마라. 고거 몇 잔 마셨다고, 쯧쯧쯧……."

"아니에요. 남자 친구 만나러 가요."

병원일 거라고 성급하게 단정하는 사장이 미워서 엉뚱한 말로 톡 쏘아붙였어요.

"남자 친구? 일하다 말고?"

"그래요. 남자 친구랑 데이트하러 가요. 됐어요?"

"저게 사장한테……."

우리 외삼촌, 꼬치꼬치 캐묻는 덴 선수라니까요. 하긴, 공공연하게 제 보호자라고 떠들고 다니니까 왜 안 그러겠어요. 데이트, 아, 나도 남자 친구가 있었으면 좋겠어요. 손을 잡으면 백만 볼트가 흐르고, 내겐 너무나 가벼운 그녀를 외쳐 줄 그런 남자.

오전 11시 30분 정확히 병원에 도착했어요. 오늘은 오후 진료만 봐서 그런지 사람들이 없더군요. 그 싸가지 간호사 말고는 아니, 지난번에도 느낀 거지만 오 정신과에는 정말 사람이 별로 없어요. 이래서 어떻게 병원을 유지하나 싶을 정도예요. 그것도 장소가 유흥가 주변이라 건물세가 꽤 나갈 것 같은데, 하긴 밤에만 붐비는 이런 유흥가에 정신 치료를 받으러 올 사람들이 어디 그리 많겠어요. 어쨌든 이 병원, 대기하는 환자가 없으니 의사를 만나는 부담은 적어서 좋아요.

"안녕하세요, 선생님. 지난번, 그 강아지 사진을 한 번 더 볼 수 있을까 해서요."

"아, 그 강아지 사진. 왜, 그 사진을 꼭 봐야 하는 이유를 물어봐도 되나?"

"죄송해요. 선생님께서 그렇게 말씀하시니 솔직하게 말씀드리죠. 제 말을 믿으실지는 모르지만. 사실, 지난번에 본 그 강아지, 그러니까 사진 속의 강아지가 제게 자꾸 신호를 보내는 것 같아서요."

"허어. 그거 재밌네. 죽은 강아지가 미나 씨에게 신호를 보낸다. 아는 강아지인가?"

"아, 아니요. 잘 몰라요. 다만 신호 때문에."

"무슨 신호?"

"그게…… 일단 제 착각일 수도 있어서. 사진을 한 번 자세히 더 본 후에……"

"그래요. 그럼 잠깐 기다려요. 이거 환자의 진료 자료라서 함부로 보여 주면 안 되지만 어쨌든 미나 씨도 내 환자고 그 강아지 때문에 문제가 생겼다면……. 어디 보자, 그때 그 아이 이름이…….."

남강민이요, 하마터면 내가 먼저 말해 버릴 뻔했지 뭐예요. 내가 시침을 뚝 떼고 있는 사이에 오 원장이 책상 서랍에서 사진을 꺼냈어요.

"어디 보자, 어. 여기 있네. 자, 이 사진."

"아, 네."

오 원장이 내미는 사진을 받는데 손이 떨렸어요. 맞아요. 이 눈동자. 무지막지하게 앞으로 튀어나온 검고 큰 눈.

"선생님, 강아지도 영혼이 있을까요?"

"으응? 강아지의 영혼이라. 허허허, 강아지한테 무슨 영혼이 있어. 뭐 언젠가 텔레비전에서 보았던 애니멀 커뮤니케이터 같은 사람은 애완동물과 교감한다고 하니 그 정도겠지……. 허허허, 미나 씨 엉뚱한 생각, 재밌네."

오 원장이 놀리듯 나를 바라보았어요. 정말 내 심각함을 의사도 모르더라니까요.

"그런데 선생님, 이 강아지의 눈빛을 보면 또 다른 어디서 아주 많이 본 듯한 눈동자, 아니 익숙하다고 해야 하나, 뭐 그런 어떤 기시감……. 아무튼 말로 설명하기 힘든 어떤 게 느껴져요."

내가 정색하고 진지하게 이야기를 꺼내자 오 원장은 직업의식이 발동했는지 의자를 바짝 당겨 앉으며 물었어요.

"혹시, 미나 씨 애완견 키워요?"

"아니요. 안 키워요."

"그럼, 어릴 때 키우지 않았나?"

"어릴 때요?"

오 원장의 물음에 갑자기 지난밤 꿈이 생각났어요. 그리고 꿈속에 나타났던 그 아이의 눈물이 생각나면서 알 수 없는 어떤 답답함과 공포에 가슴이 조였어요.

"키운 것 같긴 한데……. 맞아요. 어릴 때 사진 보면 강아지와 같이 찍은 게 있어요. 그런데 강아지에 대한 별다른 추억은 없는데……."

정말 이상하네요. 어젯밤 꿈에 강아지가 계속 나왔고, 어릴 때 앨범에도 강아지 사진이 꽤 있는데 왜 난 생각이 잘 나지 않는 걸까요? 내가 고개를 갸우뚱하며 대답하자 오 원장이 내 눈을 똑바로 바라보며 말했어요.

"미나 씨, 성인 아이라는 말 들어 봤나요? 어른이 되었지만 무의식의 한구석에는 아이 때의 어느 시점에서 벗어나지 못하고 그대로 굳어진 상처를 가지고 살아가는 것, 본인은 자각하지 못하고 기억 속에도 없지만 무의식에는 그때의 기억이 잠재되어 있다가 어느 시점에 자신도 모르게 불쑥 튀어나오는 것 같은……."

무슨 말이에요? 성인 아이? 무의식? 어렵고 모호하네요. 도통 감을 잡을 수 없어서 나도 오 원장을 빤히 쳐다보았죠. 오 원장은 잠시 후, 다시 말을 이었어요.

"생각보다 그런 사람 많아요. 성인 아이, 그런데 이상한 것은 어릴 때 각인될 만한 그 어떤 충격, 그러니까 어린 나이로 감당할 수 없었던 어떤 충격을 겪으면 스스로 그 충격에서 벗어나기 위해 망각 속에 감춰 버리지. 그리고 자신은 까맣게 잊어요. 그런데 잠재의식 속에는 그 기억이 그대로 존재하다가 자신이 의식하지 못하는 사이에 어떤 계기를 만나면 밖으로 다시 돌출되고. 그러면 본인 스스로 놀라서 또 다른 충격을 받기도 하고."

"아니에요. 모르겠어요. 전, 전 다만 그 강아지가 자꾸 제게 신호를 보내서. 자기가 죽은 것이 그 애 잘못이 아니라고, 자기가 그 애를 사랑해서 그런 거라고……."

"참 이상하네. 강아지가 왜 하필 미나 씨에게 신호를 보낼까? 이런 경우는 보통 자신이 겪었던 비슷한 경험 때문에 돌출될 수는 있지만."

나는 오 원장의 말을 들으면서 기분이 나빴어요. 마치 오 원장이 내 속을 꿰뚫어 보려는 것 같은, 아니, 내가 뭘 숨기고 있는 것처럼 자꾸만 의심의 눈초리로 빤히 쳐다보았거든요. 나는 오 원장의 눈길이 당혹스러웠어요.

"잘 생각해 보세요. 미나 씨와 강아지에 대한 일들을."

저, 오 원장의 단정하는 것 같은 말투 좀 보세요. 나를 정말 무슨 이상한 사람으로 취급하는 것 같지 않으세요? 나를 한쪽으로 몰아붙이며 추궁하는 것 같은 저 태도, 정말 이건 아니죠. 나는 괜히 병원에 왔다는 생각이 들면서 마음이 몹시 상했어요.

"전혀 생각이 나지 않나요?"

"네."

"좋아요. 만약 생각나면 다음에 와서 다시 이야기해 줘요. 그리고 미나 씨, 약 잘 먹고 운동은 꾸준히 하고 있지요?"

"네, 선생님. 그럼 안녕히 계세요."

인사하고 나오면서도 왠지 이상한 기분이 자꾸 들었어요. 가슴이 헛헛하고 뭔가 울컥울컥 올라올 것 같은, 울고도 싶고 웃고도 싶은 그런 기분 있잖아요.

"자신과 비슷한 경험 때문에 돌출될 수 있다?"

비슷한 경험, 오 원장의 그 말이 자꾸만 가슴을 압박해 오네요. 그 압박은 도저히 내 힘으로 밀어내지 못할 것 같은 어떤 단단한 바위 같은 것. 그러면서도 뭔가가 떠오를 것 같은 그런 아련함. 정말 답답하네요. 왜 이렇게 마음이 울적해지는지 모르겠어요. 사무실에 들어가지 말고 어디 가서 실컷 울고만 싶어요.

9

중학교 마지막 시험인 기말고사가 시작되는 월요일 아침.

며칠 전부터 아이들은 이번 시험은 배짱으로 보겠다고 떠들어대며 분위기를 몰아가고 있다. 그래서 공부하는 아이들은 멋쩍어하며 괜히 반 아이들 눈치를 봐야 했다. 담임도 이런 반 분위기를 눈치채고 기말고사를 잘 보지 않으면 고등학교 원서 쓸 때 각오해야 할 것이라고 윽박질렀다. 하지만 어차피 우리 반에서는 특목고 갈 애들이 없으니 숨 막히는 시험의 공포에서 벗어나 자유와 평화를 만끽하자는 분위기가 압도적이었다. 벌써 몇몇 녀석들은 시험지를 받아서 폼 나게 일렬로 몰아 찍기, 지그재그, 사다리 채우기 등 개성과 취향에 따라 찍기 동맹까지 맺었다.

이런 반 분위기는 그동안 찡코 때문에 푹 꺼져 있던 내 기분도 조금 나아지게 끌어올렸다. 앞으로 고등학교에 가면 열나게 또 시험을 봐야 하는데 중학교 졸업을 앞두고 마지막 한 번만이라도 긴장과 초조, 그딴 것 완전 해제하고 되는 대로 놀고 싶었다. 오늘 아침 교실은 공기마저 한껏 부풀어 아이들의 장난스러운 호흡을 그대로 담아내고 있는 것 같았다. 나는 가방을 내려놓고 털썩 앉았다. 옆에서 핸드폰으로 게임을 하고 있던 근수가 곁눈질을 하며 물었다.

"넌 어떻게 찍을 거야?"

"그냥, 넌?"

"난, 뽀대나게 일렬로 쫘악!"

근수가 손가락으로 허공에 빗금을 치며 웃었다. 근수가 일렬로 찍는다면 나는 지그재그로? 나는 머릿속으로 OMR카드를 그려 보며 씩 웃었다.

"참, 남강민 너, 여친 소개해 줄까?"

"웬 여친?"

"응, 우리 동아리 누난데, 누나가 괜찮은 애 소개해 달래. 한 살 연하라도 괜찮다는데."

"코브라 그 댄스 동아리? 됐어."

"아, 무식한 놈. 코브라가 아니고 인렉케브라, 라틴어로 유혹이라는 뜻이야 인마. 야, 정말 괜찮은 누나 소개해 준다니까. 아, 새끼, 사람 말을 못 믿어?"

"아, 됐다니까."

내가 귀찮은 표정을 짓자 근수가 핸드폰 문자를 찍어서 내 코앞에 내밀었다.

"자, 봐."

누나, 내가 말한 남강민. 지금 이 번호로 문자 보내 봐.

근수가 핸드폰 발신 번호에 있는 자기 번호를 지우고 내 번호를 찍은 후, 확인 버튼을 눌렀다. 일 분도 지나지 않아서 내 핸드폰 진동이 울렸다.

"야, 왔어, 왔어."

갑자기 높아진 근수 목소리에 옆에 있던 녀석들이 고개를 내밀었다.

안녕! 나 서인이야.

"봤지? 봤지? 내가 강민이 여친 소개해 줬어."

근수가 빙글거리며 고개를 빼고 있는 녀석들에게 내 핸드폰으로 온 문자를 보여 주었다.

"야, 얼른 답문 보내."

"야, 강민 너 좋겠다. 인마. 빨리 찍어."

둘러선 녀석들이 재촉하자 나도 장난스럽게 문자를 찍었다.

안녕하세요. 저 강민인데요.^^

"자식, 촌스럽게, 처음부터 좀 세게 나가 봐. 아, 너 핸드폰 이리 줘 봐."

근수가 내 핸드폰을 빼앗아 문자를 찍었다.

누나 사진 보낼 수 있어요?

근수가 문자를 보내자 모두들 핸드폰에 눈을 고정한 채 숨을 죽였다. 잠시 후, 진동이 울렸다.

"어디, 어디 봐."

"같이 보자."

너가 먼저 보내, 너 사진 보고 나도 보낼게. ^^

"에이, 뭐야."

"야, 찍어 보내. 내가 찍어 줄게."

근수가 핸드폰 카메라를 들이댔다.

"자, 가만있어 봐. 아니 머리 이쪽으로 조금 더 숙여, 턱 내려, 45도! 됐어."

"야, 어디 봐, 그대로 보내면 안 돼. 뽀샵해야지."

내가 핸드폰을 뺏으려 하자 근수가 싱글거리며 말했다.

"인마, 뽀샵할 시간이 어딨어. 그냥 보내는 거야."

근수가 전송 버튼을 눌렀다. 모두들 숨을 죽이고 핸드폰 화면에 시선을 고정했다. 곧바로 또 문자가 왔다.

사진 봤어. 미안, 나 지금 수업 시작해서 나중에 보낼게.

"에이, 뭐야? 이 누나 생까는 것 아니야."

"설마?"

아이들의 실망과 기대에 근수가 오른 주먹을 치켜들며 말했다.

"인마. 이 누나 의리 있는 누나야."

그때 시험 시작 벨이 울렸다. 시험 감독이 핸드폰을 거둬 갔지만 난, 주머니에 넣고 내놓지 않았다. 1교시 국어 시험이 시작되었다. 아이들이 문제지를 받아 들고 서로 눈빛을 교환하며 실실거렸다. 아, 얼마만의 긴장 해제인가! 초등학교에 입학해서 지금까지 아니, 그 무수한 학원에서 보는 시험까지도 온통 불안과 초조 속에 떨어야 했던 공포의 시간들이었는데. 나는 OMR카드에 이름을 쓰면서 아이들의 탁월한 선택에 적극 동의하는 자세를 취했다. 그러나 막상 시험지를 읽어 내려가니 생각이 달라졌다. 녀석들이 아무렇게나 찍을 때 내가 제대로 찍는다면? 그것도 꽤 괜찮은 방법일 것 같았다. 나는 눈빛을 빛내며 차분히 문제를 읽어 내려갔고 OMR카드를 선명하게 메워 나갔다.

시험이 끝나고 시험 감독관이 교실 문을 미처 나서기도 전에 또 아이들이 내 옆으로 모여들었다.

"야, 사진 왔어?"

"몰라."

"빨리 핸드폰 꺼내 봐."

"어, 왔다."

내가 핸드폰을 꺼내자 근수가 먼저 낚아챘다. 화면 가득 담긴 어여쁜 얼굴! 쌍거풀 진 동그란 눈에 갸름한 턱과 짙은 눈썹까지,

완전 요즘 뜨는 아이돌 그룹 가수를 닮았다.

"야, 죽인다, 죽여. 빨리 답장 찍어."

"와, 대박, 완전 대박이다."

누나 사진 봤어요. 완전 얼짱.^^

문자를 찍는 내 손가락이 떨렸다.

"야, 인마. 떨지 말고. 여자들에겐 틈을 주면 안 돼. 처음부터 무조건 밀어붙여야 돼."

근수 이 녀석, 정말 나에게 여자 친구를 소개해 주려는 걸까? 의아한 생각이 들었지만 이미 핸드폰으로 확인한 이상 좋게 생각하기로 했다. 내가 녀석을 순수하게 백 퍼센트 믿지 못하는 것은 녀석의 인간성을 알기 때문이다. 녀석과 난, 2학년 때부터 같은 반이었다. 그동안 녀석 때문에 기분 나쁠 때가 많았다. 아니, 나뿐만이 아니라 다른 애들도 녀석에게 당했다. 녀석은 필요할 때마다 애들한테 돈을 빌렸다. 그러나 절대로 갚지 않을 뿐만 아니라 돈을 달라고 하면 어김없이 표나지 않게, 은근슬쩍, 녀석의 주먹을 받아 내야만 했다. 찍소리 못하게, 장난처럼 애들을 가격하는 곳은 배나 옆구리같이 상처가 남지 않는 곳이었다. 얼굴색 하나 변하지 않고 애들을 괴롭히는 그 뻔뻔함에 나는 녀석이 죽이고 싶도록 미울 때도 있었다. 그러나 덩치로 보나 머리 회전 속도로 보나 나는 녀석의 적수가 되지 못했다. 그래서 오늘 같은 뜬금없는 녀석의 시혜를 어떻게 받아들여야 할지 모르겠다. 어쨌든 녀석은 연애에 대해선 달인이다. 그동안 한 학기에 한 번씩은 여자 친구를 갈아 치우는 걸 봤다. 그렇다면 뭐, 그 많은 여자애들 중에 한 명을 소개받는다고 생각하면 이상할 것도 없다. 그래, 좋아. 녀석을 한번 믿어 보자. 나는 묘한 기쁨에 들떠 결국 2교시 시험부터는 눈으로 쓰윽 훑으며 감이 오는 대로 대충 답을 찍고 말았다.

다음 날, 기말고사는 의외의 결과를 낳았고 담임의 얼굴이 활짝 펴졌다.

"짜아식들, 끝날 때가 돼서야 담임 체면을 좀 살려 주네. 이번 기말고사에서 우리 반이 3학년 중에서 2등을 했다. 물론 전체 평균은 이전 시험보다 낮지만 그래도 꼴찌 탈출이라는 게 어디냐. 수고했다."

뜬금없는 담임의 말에 녀석들은 눈알을 굴리며 이리저리 고개를 돌렸다. 마치 그렇게 주변을 살피는 것이 나는 절대 배신자가 아니다, 라는 것을 증명하듯이. 그러나 내겐 시험 결과 따위는 중요하지 않았다. 서인 누나가 보내오는 기분 좋은 문자 때문에.

남강민, 너 멋있는 것 같아.

연하는 처음인데 꽤 괜찮을 것 같은 예감이 ㅋ ㅋ…….

너, 여친 처음 사귄다며? 난 순진한 애가 좋긴 해.

나는 책상 밑에서 가만히 핸드폰을 열었다. 서인 누나, 정말 예쁘다. 서인 누나, 목소리 듣고 싶다. 그런데 서인 누나는 문자는 보내도 전화를 받지는 않는다. 어떻게든 한 번 통화를 하고 싶다. 무엇보다 누나와 처음 만날 약속을 정할 때는 직접 누나의 목소리로 듣고 싶다. 나는 담임의 눈치를 보며 재빨리 문자를 찍었다.

누나 쉬는 시간에 전화 좀 받아요. 딱 25분 후에, 플리즈~~!

그러나 답장이 없다. 속이 탔다. 핸드폰 배터리가 나갔나? 핸드폰, 담임한테 뺏겼나? 궁금해서 미칠 것 같았다. 점심시간이 끝나 갈 무렵 문자가 왔다.

강민, 너 나 사랑하니?

예?

사랑하냐고? ㅋㅋ

아, 예~ 무슨 말?

정말 이 누나 당돌, 발칙의 극치다. 한번 만나지도 못했는데 사랑하냐고? 혹시 똘아이 아냐, 라는 생각이 문득 들었지만 설마 그럴 리가, 하는 생각에 곧 문자를 보냈다.

아, 네 사랑해요 엄청. ㅋ

엄청, 이거 순전히 아부다. 그래, 아부면 어때 누나가 좋아하면 되는 거야. 그대로 문자를 보냈다. 더 이상 문자가 오지 않았다.
궁금했다.
답답했다.
기다렸다.
잠시도 핸드폰을 놓지 못하고. 문자를 썼다 지우고 또 썼다 지우며······.

그렇게 주말이 지나고 월요일 아침.

화나고, 설레고, 떨리고, 기대되는…… 복합적인 감정을 감추고 아무렇지도 않은 듯 문자를 보냈다.

>누나, 어제 뭐했어요?

금방 답장이 왔다.

>나 미국 가. ㅠㅠ

>예?

>교환 학생으로.

뭐야? 갑자기 교환 학생으로 미국에 간다니? 이제껏 그런 말은 한마디도 없었는데. 속으로는 깜짝 놀랐지만 그래도 남자의 여유를 보여 주고 싶었다. 그리고 누나를 꼭 한번 만나고 싶었다.

>하, 좋겠다. 누나 가기 전에 한번 만나요.

미안 시간이 없어.

며칠 날 가는데요?

 더 이상 답문이 없다. 내가 뭘 잘못한 게 있나? 아무리 생각해 봐도 잘못한 건 없다. 저녁 학원 시간에는 문자하지 말라고 해서 안 했고, 밤에도 공부에 방해되니까 하지 말라고 해서 안 했다. 문자를 주고받은 것은 학교에서 쉬는 시간만이다. 그런데 왜? 서인 누나를 꼭 만나고 싶다. 아무리 기다려도 답문이 오지 않았다.
 기분이 급하강선을 그었다. 몇 번이나 핸드폰을 열어서 서인 누나의 사진을 보았다. 수업 시간에도 온통 핸드폰에 마음이 쏠렸다. 한번 만나지도 못하고 이대로 헤어진다고 생각하니 허무했다. 아니, 서인 누나가 이제껏 날 가지고 논 것 같은 생각에 화가 났다. 그래, 끝내면 돼, 한번 만나 보지도 못했지만 이대로 쿨하게 끝내면 돼. 마음을 정리했지만 쉽게 포기할 수가 없었다. 그동안 혼자서 짝사랑한 여자애들은 있지만 이렇게 문자로라도 사귀어 본 여자는 처음이라서 그럴까?

2교시 졸업 앨범 단체 사진 촬영함. 전원 운동장에 집합.

1교시를 마친 후, 사회 선생이 칠판에 커다랗게 써 놓고 나갔다. 아이들은 교실 뒤편의 거울 앞에 모여서 머리를 손질하느라 야단법석이다. 아침에 아토피 약을 먹지 않은 게 생각나서 약을 먹으려고 급식실로 갔다. 복도에 있는 정수기는 고장 난 지 꽤 되었지만 아직 방치 상태다. 막, 약을 먹고 나오는데 급식실 모퉁이에서 얼핏 내 이름이 들렸다.

"야, 남강민 있잖아. 3반 남강민."

나는 그 자리에 멈춰 섰다.

"그 새끼 완전 낚였대. 근수한테. 그 새끼 그것도 모르고 병신같이 열라 문자 보낸다는데."

"나도 들었어. 그 번호 현호 거라며. 그 자식 똘아이 아냐? 히히히."

"현호가 이젠 귀찮아서 그 누나 미국 간다고 뻥쳤대."

"나한테 남강민이 보낸 문자 있어. 현호가 전달했거든. 열라 웃겨, 사랑한대 엄청. 이것 봐, 완전 미친 고백 작렬이지. 히히히."

"와, 쩐다!"

낚였다! 그럼, 그 치사한 근수 녀석이! 두 주먹이 부르르 떨리면서 귀에서 웅웅 소리가 났다. 이가 딱딱 부딪쳤다. 그대로 뛰었다. 교실 문을 왈칵 열었다. 교실에 남아 있던 아이들의 시선이 쏠렸다. 녀석이 있다! 나는 어금니를 꽉 깨물고 일단 자리에 앉았다. 녀석을 노려봤다.

녀석이 나를 보고 빙긋 웃었다. 나는 눈에 핏대를 세우며 불끈 쥔 주먹을 들었다. 녀석이 같잖다는 표정을 지으며 입 모양으로 뭐, 뭐 하면서 고개를 쑥 내밀었다. 나는 참지 못하고 녀석의 머리통에 주먹을 날렸다.

"어, 이게?"

녀석의 상체가 휘청하더니 가까스로 제자리로 돌아왔다.

"뭐야?"

녀석의 외침과 동시에, 나는 그 자리에서 벌떡 일어나 한 발 뒤로 물러나며 의자를 들어 그대로 날렸다.

"악!"

녀석이 나가떨어졌다. 나는 펄쩍 날아서 녀석의 의자를 뛰어넘었다. 단번에 녀석을 깔고 앉아서 주먹으로 내리쳤다.

"악!"

아이들이 한쪽으로 몰리면서 비명을 질렀다. 언제 왔는지 담임이 뒤에서 두 팔로 내 허리를 감았다.

"야, 빨리 옆 반 선생님 불러!"

담임이 다급하게 소리쳤다. 화닥닥 아이들이 뛰어나가고 쿵쿵

발소리가 들렸다. 옆 반 선생과 체육 선생이 뛰어와서 양쪽에서 나를 붙잡았다. 그제야 나는 겨우 정신을 차리고 녀석의 머리통에서 교실 바닥으로 흘러내리는 피를 보았다.

나는 상담실에 감금되었고 녀석은 앰뷸런스에 실려 병원에 갔다. 나쁜 새끼, 도저히 용서할 수 없어, 죽여 버릴 거야. 날, 이렇게 웃음거리로 만들어 버린 녀석과 녀석의 사주를 받은 몇몇 녀석들, 아니 바보 같은 나를 보고 신이 나서 낄낄댔을 녀석들 모두를.

"개새끼들!"

나는 아프도록 주먹을 움켜쥐었다.

머릿속으로 그려 보니 지금까지의 시나리오는 이렇다. 근수 녀석이 아는 누나를 소개해 준다고 뻥을 쳤고, 그 뻥에 내가 걸려든 것이다. 녀석은 옆 분단의 현호와 몇몇 아이들과 작당하여 나를 놀려 먹으려고 했고 이런 음모를 알 리 없는 나는 마음을 다해 문자를 보내며 구애를 했던 것이다. 그동안 내가 열나게 보낸 문자는 현호 핸드폰으로 전송되었고 현호는 내가 보낸 문자를 보고 근수 녀석이 소개한 누나인 양 답장을 보냈던 것이다. 이런 사실은 교과 진도도 이미 끝나고 아침부터 자습을 하거나, 대충 영화나 보면서 시간을 죽이고 있던 3학년 아이들 입에서 입으로 신속하게 전해져 퍼져 나갔을 것이다. 녀석들은 문자를 돌려 보며 얼마나 킬킬댔을까?

"야, 인마. 지금 연락 왔는데 근수 머리통 열세 바늘이나 꿰맸단다. 선생들도 체벌 금지라 애들 못 때리는데 새끼, 완전 돈 거 아냐? 너 인마, 이제 어떡할래, 응?"

상담실에 들어온 체육 선생이 조롱과 위협을 섞어서 눈을 부라렸다. 그러나 나는 이 년 동안 녀석에게 갚을 것이 많다는 소리를 목구멍에 걸쳐 두고, 체육 선생을 쏘아보았다.

"야, 눈 내리깔아라."

체육 선생이 독기 뻗친 소리를 내뱉으며 손바닥을 들어 올렸지만 나는 눈길을 돌리지 않았다. 체육 선생이 내 머리통을 겨냥했던 손을 내리며 가소롭다는 표정으로 "미친놈!" 한마디를 내뱉고는 사라졌다.

미쳤다! 그래 나는 지금 미쳤다. 언제까지 밟히고만 살 수는 없다. 나는 눈을 꾹 감고 깊은 숨을 몰아쉬었다. 찡코의 벌겋던 눈동자가 보인다. 내가 찡코를 죽였다! 겁낼 것 없다. 누구든 걸리면 죽는다!

10

참다못해, 내가 그 녀석에게 먼저 문자를 보냈어요. 어떻게 녀석의 전화번호를 알았냐고요. 녀석이 바로 옆집에 사는데 왜 몰라요. 외사촌 동생한테 물었더니 금방 가르쳐 주던데요. 난 정말이지 그 녀석과 다신 만나기 싫었어요. 하지만 시도 때도 없이 신호를 보내는 그 불쌍한 강아지를 위해서 녀석을 만나기로 한 거예요. 녀석에게 강아지가 보내는 신호를 전해 주면 그것으로 모든 게 끝날 것 같으니까요.

강아지에 대해서 할 말 있음. 우리 만나자. 네가 시간과 장소 정해.

이렇게 간단한 문자였죠. 그런데 녀석이 내 문자를 그냥 무시하는 거예요. 난 화가 나서 또 문자를 보냈지요.

강아지에 대해서 할 말 있다고.

곧바로 녀석한테서 전화가 왔어요. 난 얼른 전화를 받았죠.
"야. 자꾸 장난 문자 보내면 죽는다."
녀석이 빽 소리를 지르고는 전화를 탁 끊어 버리지 않겠어요. 정말 예의를 물 말아 처먹은 녀석이죠. 하, 열이 뻗쳐서.
"야, 너 정말 거칠다. 내가 지금 전화로 뭐라고 설명하기는 힘들고, 어쨌든 우린 만나야 돼. 네 강아지에 대해서……."
이런, 나쁜 놈이. 아, 글쎄, 내 말이 끝나기도 전에 전화를 탁 끊어 버리잖아요. 정말 열 받아서 죽는 줄 알았다니까요. 그래도 이 최미나 끈기 하난 끝내주잖아요. 그래, 네가 이기나 내가 이기나 어디 한번 해 보자, 하는 심정으로 또 전화를 걸었죠. 그런데 녀석이 또 끊었죠. 무려 다섯 번이나 걸었지만 전화를 받지 않더군요. 나중에는 내가 더 안달이 나는 것 있죠. 꼭 만나야 한다고, 내가 그 강아지 때문에 잠을 잘 수 없다고. 강아지가 신호를 보낸다고. 애원하고 싶더라니까요. 다시 문자를 보냈죠.

일단 만나자.

그래도 답장이 오지 않았어요. 녀석이 그렇게 얘기를 하는데도 무조건 거절하다니! 당장 쫓아가 멱살이라도 잡아 지구 밖으로 던져 버리고 싶었어요. 요, 쥐방울 같은 녀석이! 자존심도 상하고 괜한 모멸감도 들어 미칠 것 같더라니까요. 그래, 더 이상 생각하지 말자. 끝이다, 끝.

그러나 사람이 살다 보면 자신의 의지와 상관없이 자꾸 일이 꼬여 돌아갈 때가 있잖아요. 그 눈동자 말이에요. 그 강아지의 돌출된 검고 둥근 눈동자가 껌딱지처럼, 아니 아예 강력 본드로 딱 붙여 놓은 것처럼 눈앞에서 떠나지 않으니 어쩌면 좋아요? 그리고 그 미세한 소리……. 그날 밤도 강아지는 계속 그 슬픈 눈빛으로 신호를 보내서 잠을 이룰 수가 없었어요. 그리고 뭔가 가물가물한 기억 속에 생각날 듯 말 듯한 과거의 한 지점. 도저히 알 수가 없는 그 무엇이 계속 날 괴롭혔고요. 정말 잠이 오지 않았어요. 자리에 누웠다가 다시 일어나 살그머니 거실로 나가 외삼촌이 마시던 와인을 한 잔 마셨지만 눈은 더욱 말똥거렸죠. 시계를 보니 밤 11시 48분, 그래, 오늘이 가기 전에 끝장을 내자. 괜한 오기가 생기면서 나도 모르게 또 녀석에게 전화를 걸고 말았죠.

"늦은 시간에 미안하다. 널 꼭 만나야 돼. 넌 믿지 않겠지만 강아지가 자꾸 신호를 보내고 있어. 그걸 너한테 말해 줘야 된단 말이야."

분명히 전화를 받은 것 같은데 수화기 저쪽에서 아무 소리도 들리지 않았어요. 혼잣말을 했나, 하는 머쓱함에 나는 전화기를 눈앞에 대고 빤히 바라보았어요. 그때였어요. 소리가 들렸어요.

"내일 6시에 공원 입구에 있는 엄마 분식요. 거기로 와요."

"알았어. 내일 꼭 만나."

오호 이런, 다차원적이고 난해한 캐릭터를 봤나. 하지만 녀석의 약속을 받아 낸 게 어디예요. 그래, 내일이면 끝난다. 일단 머릿속에 박힌 그 신호를 녀석에게 내 입으로, 정확하게 전해 주면 끝나니까. 더 이상 그 신호, 또 그 눈동자에 따라붙는 어떤 기억들이 나를 괴롭히지 않을 거예요.

다음 날 오후, 난 약속이 있다고 사장한테 말했어요. 사장이 옆 사람들 눈치를 흘낏 보더니 묻더군요.

"너, 요즘도 우울증이 심하니?"

"아니, 그렇진 않아요."

"그러니까 인마, 춥다고 웅크리지만 말고 운동을 좀 꾸준히 하라고. 약은 잘 챙겨 먹고 있니?"

"예."

사장이 내 속을 살피듯 빤히 쳐다보았어요.

"가 봐."

픕, 외삼촌은 내가 요즘 우울증 때문에 이러는 줄 아나 봐요. 물론 폭식증은 반드시 우울증을 동반하죠. 정신없이 먹고 난 후에, 암담하게 밀려오는 우울한 마음, 정말 걷잡을 수 없는 고통이었죠. 그러나 정신과 처방 약을 먹고 난 후부터는 그리 우울하진 않아요. 무엇보다 내 의지로 이 병에서 헤어나려고 무지 노력하고 있으니까요. 폭식, 우울, 정말 말도 마세요. 마구 쓸어서 위장으로 흘려보낸 후 캑캑거리며 변기통에 매달려 쏟아 낼 때, 그 더러운 기분, 죽고 싶도록 비참한 모습……. 내 자신에 대한 경멸로 그 자리에서 콱 죽어 버리고 싶을 때도 있었어요. 그래도 내가 워낙 낙천적인 성격이라 금방 털고 일어나긴 했지만요. 정말 하루하루 살아가는 게 전쟁이었죠.

공원 입구에 있는 엄마 분식에 도착한 시간은 6시 5분. 녀석은 나타나지 않았죠. 6시 15분, 이 녀석이 사람을 놀리나! 6시 27분, 이거 고의로 물 먹이는 거야? 6시 32분, 드디어 녀석이 나타났어요. 내 인내의 한계를 실험하듯 미적거리며 나타난 녀석을 보자 그렇게 얄미울 수가 없었어요.

"아휴, 정말……."

비쩍 마른 문어 다리 같은 녀석이 사람을 갖고 놀다니. 그러나 어린 녀석한테 화를 낼 수도 없어서 억지로 표정 관리를 하며 인사를 건넸죠.

"잘 있었니?"

"뭐, 그냥."

"너, 정말 너무하지 않니? 도대체 뭐가 그리 대단하다고 그렇게 만나자고 해도……."

"왜 그래요. 만나기 싫다는데 자꾸."

"그래, 나도 너 만나기 싫어. 솔직히 말해서 난 너같이 막돼먹은 애들은 질색이야."

"재수 없어, 씨……."

녀석이 의자를 삐딱하게 돌려 앉으며 여차하면 일어나 나갈 자세를 취했어요. 정말이지 저런 녀석은 평생 만나지 않아도 좋을 것 같다는 생각이 들었지요. 난, 저런 애송이한테 눈곱만치도 관심이나 애정이 없고, 녀석도 나 같은 사람은 충분히 무시하고 싶을 테니까 서로 마주 앉아도 뜨아, 했지요.

"그러니까 지난번에 네가 발길질하고 내 핸드폰 망가뜨린 것은 일단은 접어 두겠어. 오늘은…… 야, 내가 너 때문에 미칠 것 같다."

최대한 마음을 가라앉히려고 애를 썼는데도 또 소리가 빽 터져 나왔어요. 내 소리에 녀석이 어이없다는 표정으로 입가에 비웃음을 흘렸죠.

"아줌마, 여기 떡볶이하고 오뎅 좀 주세요. 아, 이 인분을 따로따로 일 인분씩 접시에 나눠 담아서요."

나는 빼질이 저 어린 녀석이랑 같은 접시에 음식을 담아서 나눠 먹고 싶지도 않았어요.

"어쨌든, 단도직입적으로 말할게. 너 강아지 죽였지? 네가 키우던 강아지 말이야. 찡코 있잖아."

내 입에서 찡코라는 말이 나오자 녀석의 얼굴빛이 단번에 변했어요.

"날 속이려 하지 마. 넌 나를 잘 모르겠지만 난 널 잘 알아. 그러니까 날 속일 생각 말고 바른 대로 대답해."

난, 속사포같이 녀석에게 엄포를 놓으며 밀어붙였지요. 그러나 녀석도 만만치 않았어요. 나를 노려보는 두 눈이 금방이라도 튀어나올 것같이 돌출되더니 씩씩 거친 소리를 뱉어 내더라고요.

"너 그 강아지 어떻게 죽였어? 때려서 죽였지? 아님 칼로 찌른

거니?"

"미친…… 무슨 상관이야? 어쩌라고?"

녀석이 나를 한 대 칠 기세로 주먹을 쥐고 목소리에 힘을 실었어요. 나도 지지 않았죠.

"양심도 없는 놈! 뭐가 잘났다고."

나는 녀석의 돌출된 두 눈에서 시선을 떼지 않았어요.

"그래, 나도 너 같은 놈 만나서 얘기하려니 화가 나 미치겠다. 네 강아지 네가 죽였는데 내가 왜 이래야 하는지 말이야. 그런데 그 강아지가 자꾸 나한테 신호를 보낸단 말이야. 널 만나 보라고. 알아? 그 강아지가 나에게 무슨 신호를 보내는지 알기나 하냐고?"

우습죠? 그 말을 하는데 내 눈에서 물기가 핑그르르 돌더라고요. 녀석도 갑작스러운 내 눈물을 마주 보기 민망한지 고개를 내리더군요.

"사랑한대, 널……. 그게 다야. 그 말 전하라고 자꾸 날 괴롭힌단 말이야."

내 말을 들은 녀석이 대번에 얼굴이 하얘져서 주먹을 풀더군요.

"정말이요? 우리 찡코가……."

"……?"

녀석이 감정을 자제하려는 듯 입을 굳게 다물고 숨을 몰아쉬었어요. 그렇게 한참이 지난 후 녀석이 고개를 들고 물끄러미 나를 바라보더니 물었어요.

"누나, 애니멀 커뮤니케이터예요?"

나는 짐짓 모른 체하고 되물었어요.

"그게 뭐야?"

"칫, 텔레비전도 안 보나?"

녀석이 고개를 돌리며 맥빠진 소리로 중얼거렸어요. 그런 녀석에게 나는 얼굴을 바짝 들이대며 목소리에 힘을 실었어요.

"난 그런 거 몰라. 어쨌든 너 말이야. 정신 똑바로 차리고 잘 살아라. 네가 그 강아지 죽였지만 그 강아지는 널 사랑한대. 알았어? 이제 난 분명히 전했다."

"……"

"그래, 너도 어이없겠지. 이 말 딱 한마디 전하려고 그 난리를 쳤으니. 하긴, 뭐 세상을 살아가다 보면 별별 일이 다 있잖아. 야, 나도 이러는 내 자신이 한심해 미치겠다."

"순 사기야……"

찌그러져 있던 녀석이 갑자기 태도가 돌변해서 벌떡 일어났어요. 다시 꾹 거머쥔 주먹이 떨리는 걸 보니 금방이라도 한 방 날릴 것 같은 사나운 기세였어요. 녀석이 소리쳤죠.

"씨, 자꾸 이딴 식으로 장난치면 가만 안 둘 거예요. 에이 씨."

"뭐, 장난? 야!"

나도 벌떡 일어나며 녀석을 향해 소리쳤지요. 그러나 녀석은 거친 숨소리를 내며 분식집 문을 열고 그대로 뛰쳐나갔어요.

"너, 너. 거기 안 서!"

황급히 녀석을 쫓아 나갔을 땐 이미 녀석은 공원을 가로질러 저만큼 뛰어가고 있었어요. 어둠 속으로 사라지는 녀석의 뒷모습을 보고 있는데 갑자기 내 가슴으로 차고 시린 바람이 왈칵 달려들었어요. 온몸이 막 떨렸어요.

11

 문제아, 그래 난 문제아가 되었다. 외부에서 상담 선생이 왔고, 상담 선생은 내가 얼마 전에 우리 찡코를 죽였고, 그 일로 미칠 것 같다는 고백에 아버지를 학교로 불렀다. 그리고 정신과에 가서 진료를 받아 보라고 했다. 웃긴다. 내가 정신병 환자로 몰리다니. 학교에서도 그동안 별 말썽 부린 것도 없고 졸업도 몇 달 남지 않았으니 정신과 진단서를 가지고 오면 좋은 쪽으로 사건을 처리하겠다고 했다. 어쩔 수 없이 아버지와 함께 정신과에 갔다.
 오 정신과.
 완전 이상한 건물이다. 중년 나이트클럽, 미시 클럽, 장미 주점, 앗싸 노래방까지, 유흥 주점이 몰린 곳에 정신 병원이 있었다. 6층에 있는 정신과는 출입문에 초록색 조명을 넣어 '오 정신과'라고 새긴 글씨가 붙어 있었다. 문을 열고 들어서니 간호사가 앉아서 고개만 까딱했다.

"어제 전화로 예약하고 왔는데, 남강민요."

아버지가 간호사 앞으로 다가서며 말했다.

"처음 오셨죠. 이거 기록해 주세요."

간호사가 내민 종이를 아버지가 받아서 내게 건넸다.

"네가 써라. 여기 네 이름하고 주소, 집 전화번호 적고, 네 핸드폰 번호 적고, 정신과 약을 복용한 적 있습…… 여기부터는 한 개 한 개 읽어 보고 체크해야겠네."

진료실에서 머리가 희끗한 중년 남자가 나오고 20대 남녀가 들어갔다 나온 후, 간호사가 내 이름을 불렀다. 진료실에 들어가서 의자에 앉자 의사가 책상 위에 있는 모니터에서 눈을 떼며 물었다.

"어떻게 오셨어요?"

"그게, 그러니까."

아버지가 의사와 나를 번갈아 보며 멈칫거렸다.

"괜찮습니다. 말씀하세요."

의사가 아버지를 보며 천천히 말했다.

"아, 그러니까 애가 남의 애, 머리통을 의자로 내리치고, 키우던 찡코를……."

애가 우리 찡코를 죽인 범인입니다. 처벌해 주세요, 하고 호소하는 듯한 말투가 거슬려 아버지를 쏘아보았다.

내 싸늘한 눈초리를 읽은 의사가 조용히 말했다.

"아버지는 잠시 바깥에 나가 계세요. 제가 학생 이야기를 좀 들어 보고 싶습니다."

의사의 말에 아버지가 언짢은 표정으로 내 얼굴을 힐끔 본 후 밖으로 나갔다.

"이제 우리 둘뿐이다. 의사는 무슨 일이 있어도 환자의 비밀을 지킨다는 것 알지? 자, 무슨 일로 병원에 왔니?"

의사가 부드러운 목소리로 물었지만 가식적인 것 같아 별로 대답하고 싶은 마음이 없었다. 침묵이 흘렀다. 의사도 무덤덤한 표정으로 앉아 있었고 나도 창을 통해 들어온 하늘만 멀거니 바라보았다.

"얘기하기 싫음 안 해도 좋다. 이건, 내가 궁금해서 그러는데 아까 너희 아비가 말한 찡코가 뭐야?"

"강아지요."

"강아지? 강아지가 왜?"

"강아지를 죽였다고요."

"누가?"

"아, 짜증 나……."

"그래, 짜증 나면 대답 안 해도 좋아? 그런데 네가 강아지를 죽인 거니? 왜 죽였지?"

"그냥요."

"그냥? 그냥 왜?"

"아, 짜증 나서요."

찡코 이야기가 나오자 신경이 곤두서서 말이 곱게 나오지 않았다.

"그래. 그럴 수도 있겠다. 그런데 말이야. 네가 무슨 일로 병원에 오게 됐는지 자세하게 말하지 않으면 널 치료할 수가 없어. 어때, 얘기해 줄 수 있겠니?"

"아니요."

나는 의사를 똑바로 바라보며 강하게 고개를 저었다.

"그러면 나도 어쩔 수 없다. 그러니까 언제든 네가 얘기해 줄 수 있을 때 병원에 와라. 무슨 일인지 모르지만 난 너를 돕고 싶다."

정신과에 온 것 자체가 기분 나빠서 그래요, 왜요? 속에선 대답을 했지만 입을 열지는 않았다.

"그럼, 생각해 보고 다음 주에 올 수 있음 와라. 간호사, 보호자

들어오시라 해요."

의사가 아버지를 불렀다. 그 소리가 마치 너 같은 건 꺼져! 아버지하고 말할 테니까, 로 들려서 더 기분이 나빴다. 아버지가 들어오자 의사가 내 눈치를 슬쩍 보더니 말했다.

"청소년기에 나타나는 품행 장애는 타인에게 심한 신체적 상해를 입히게 되죠. 특히 이런 증상들은 친구나 동물에게 잔인하게 나타납니다. 친하게 지내던 친구나 애완동물도 어느 날 무자비한 폭력으로……. 조기에 치료 받는 게 중요하죠. 그렇지 않으면 나중에 어른이 되어서도 그 폭력성이 나타나게 되는데……."

웃긴다. 저 의사가 아주 나를 정신 장애아로 몰아가고 있다. 좋을 대로 생각하십시오. 나는 더 이상 상관하지 않기로 했다. 어차피 진단서 한 장 떼다가 학교에 갖다 주면 끝나니까. 진료실을 나와 계산을 하고 병원 문을 나서며 아버지가 말했다.

"일주일 후에 다시 와야 돼. 예약해 놨다. 그때 진단서도 떼 준대."

"또 와야 돼?"

"그럼, 시작했으면 끝을 봐야지."

"뭘 끝을 봐? 씨, 맘대로 해."

나는 화가 나서 엘리베이터도 기다리지 않고 씩씩대며 계단으로 걸어 내려왔다. 벌써 거리는 유흥가답게 네온으로 번쩍거렸다. 1층 현관을 나서는데 빨간 윗도리를 입은 나이트클럽 직원들이 바람을 잔뜩 넣은 광고판을 세우느라 길을 막고 있었다. 아버지는 길이 열릴 때까지 기다렸지만 나는 신경질적으로 사람들을 비집고 걸었다.

"거기 서서 기다려. 차 빼 올 테니까."

나는 뒤통수에 와 닿는 아버지 목소리를 듣고도 걸음을 멈추지 않았다. 대리 운전자들이 바람막이 천막을 치느라 또 길을 막았다. 씨이, 도로를 전세 냈나, 안 그래도 짜증 나 죽겠는데. 아니, 환자가 왔으면 알아서 약을 주든지 주사라도 놔 줘야지. 말을 하라고? 사기다 사기. 하긴, 그 의사가 맞는 말을 하는지도 모른다. 아무 증상도 없는 멀쩡한 사람을 정신 병원에 데리고 왔는데 뭘 어쩌라고. 정말이지 나를 정신 장애아로 몰아가는 의사나 의사의 말에 고개를 끄덕거리며 동조하는 아버지나 다 짜증 난다. 물론 쩡코가 죽고 나서 문득문득 녀석이 떠오를 때면 미칠 것 같기도 하다. 어떤 땐, 내가 나를 용서할 수 없어서 온몸을 와지끈 부숴 버리거나 확 죽어 버리고 싶은 충동을 느낄 때도 있다. 그러나 그렇다고 내가 미친, 정신 이상자는 아니다. 난 지극히 평범한 사람일 뿐이다.

빵빵, 아버지가 경적을 울렸다. 못 들은 척 그냥 걸었다.

빵빵, 아 씨, 알았다고. 가스 배달 용달로 창피하게 자꾸. 조수석에 올라 일부러 차 문을 쾅 닫았다.

"문 부서져 인마."

내가 알 게 뭐야 부서지든 말든.

"자, 이거 병원에서 주더라. 집에 가서 찬찬히 읽어 보고 체크해서 다음에 올 때 가져오래."

아버지가 성격 검사와 인성 검사지라고 쓰인 종이를 내밀었다.

"야, 팽개치지 말고 한번 읽어 봐. 그 검사 꼭 해야 한대. 아니, 저 새끼 깜빡이도 안 넣고 끼어들면 어떡해!"

내가 검사지를 받아서 뒷자리에 휙 던지자 아버지가 욕을 해 대며 급브레이크를 밟았다.

"알았다고, 운전이나 똑바로 해."

"하여튼 애새끼가 고분고분 하는 게 없어. 네가 뭐가 그리 잘났다고 틱틱대? 병원에 와 준 게 그게, 그리 유세야? 나도 이제 자식 새끼고 뭐고 질린다. 질려."

아버지가 화를 내며 가속 페달을 힘껏 밟았다. 난 집에 도착할 때까지 아버지와 한마디도 하지 않았다. 오늘따라 녀석이 무척 보고 싶다, 찡코야······.

12

 정말 난 아직 멀었나 봐요. 그 어린 녀석 하나 제대로 다루지 못하고 감정을 마구 쏟아 내다니요. 내가 조금만 더 감정을 절제할 줄 알았다면 녀석과 제대로 이야기를 나눌 수도 있었을 텐데요. 녀석이 그렇게 뛰어가는 모습을 바라보면서 난 내 자신이 실망스러웠어요. 녀석이 뭐라고 생각하겠어요. 괜히 남의 강아지 일에 끼어들어서 떠들어 댔으니까 완전 똘아이라고 하지 않겠어요. 나도 이런 내 자신을 이해할 수 없어요.
 집으로 돌아오면서 녀석이 말한 애니멀 커뮤니케이터가 생각나는 거예요. 애니멀 커뮤니케이터? 불현듯 나도 애니멀 커뮤니케이터를 찾아가 볼까 하는 생각이 들었어요. 정신과 의사 선생

님은 성인 아이니, 무의식, 옛 기억이 돌출될 수 있다느니, 도대체 이상한 말만 하고 내 궁금증을 속 시원히 해결해 주지 못하잖아요. 그러니까 나는 왜 그 강아지가 나한테 자꾸 신호를 보내는지, 그게 정말 알고 싶거든요.

집에 와서 인터넷을 검색했지요. 아, 역시 사이트가 있더군요. 동물과 교감했던 사례들이 쫙 떴어요. 꼼꼼하게 읽어 보았죠. 믿어지지 않는 부분이 많았지만 어쩌겠어요. 의심하려고 들면 끝이 없죠. 그런데 동물이 죽고 없어도 사진만 보면 교감할 수 있다는군요. 사진? 어떻게 구하지? 나는 외사촌 동생 방으로 갔어요.

"윤아야, 너 혹시 옆집 오빠 싸이나 블로그 알아?"

"큰오빠? 작은오빠?"

"작은오빠."

"응, 작은오빠랑 나 일촌이야. 왜?"

이 맹랑한 동생은 두 눈을 똘망거리며 이유를 물었어요. 잠시 대답이 궁했죠.

"그, 그게, 저. 아, 뭘 좀 볼 게 있어서."

"뭘?"

하여튼 요즘 애들은 만만치가 않다니까요.

"응, 그 집 강아지 좀 보려고? 귀엽잖아."

"찡코? 맞아 찡코 짱 귀여워! 참, 언니가 키우던 강아지도 귀엽던데!"

"내 강아지? 내 강아지를 네가 어떻게 알아?"

"언니 사진에서 봤어. 봐, 여기 있잖아."

윤아가 책상 서랍에서 앨범을 꺼내더니 사진 한 장을 보여 주었어요. 아, 내 어릴 때 사진이에요. 외삼촌과 같이 찍었네요. 군복을 입은 우리 외삼촌, 완전 풋풋한 훈남이네요. 외삼촌이 뒤에서 어깨를 보듬고 있는 단발머리 여자아이가 바로 저예요. 내가 강아지를 안고 있네요. 강아지를 안고 사진을 찍었다? 강아지를 별로 좋아한 적도 없고, 강아지에 대한 기억도 나지 않는데.

"언니 어릴 때 짱 귀엽고 예뻤어."

윤아가 날 쳐다보며 활짝 웃었어요. 녀석, 언니 어릴 땐 뚱뚱하지 않았네,라는 말을 하고 싶었겠지요. 윤아가 내 사진을 자기 앨범에 끼워 둔 저의가 보이네요. 지금 내 모습과 너무나 다른 어릴 때 사진을 보고 내 외모에 대한 혐오감에서 벗어나 그나마도 위안을 받으려는 건 아닐까요? 어쩐지 외삼촌과 외숙모가 걸핏하면 윤아에게 애, 미나가 어릴 때는 정말 날씬하고 예뻤어, 하고 강조하더라니까요. 하긴, 윤아도 창피하겠죠. 나 같은 친척 언니가 같은 집에 산다는 게. 윤아야, 너무 그러지 마, 이 언니도 이 엄청난 몸매 때문에 힘들지만 곧 괜찮은 모습으로 돌아올 거야, 라는 말은 속으로 꿀꺽 삼켰죠.

"자, 여기 있어. 찡코."

어느새 윤아가 강민의 싸이에서 강아지 사진을 찾아서 보여 주었어요.

"윤아야, 이거 출력할 수 있지, 좀 크게 해 줄래?"

"알았어."

됐어요. 이제 이 사진으로 애니멀 커뮤니케이터한테 상담 신청을 할 거예요. 그럼 왜 내가 그 강아지의 신호를 받게 되었는지 알게 될 거예요. 나는 블로그에 있는 상담 신청서를 작성했어요. 동물에게 하고 싶은 말을 쓰라는 칸이 있더군요.

넌 왜 나에게 자꾸 신호를 보내니?

정확하게 한마디만 썼죠. 아, 상담비가 만만치 않더라고요. 어쨌든 온라인으로 상담 비용을 입금했어요.

그리고 며칠 후, 드디어 문자가 왔어요. 애니멀 커뮤니케이터가 만나자는 말에 난 서둘러 퇴근을 하고 곧장 달려갔어요. 꽤 멀리 있더군요. 버스를 타고 반시간 이상은 갔으니까요. 문자로 보내온 약도를 따라가니 5층 건물이 있었고, 건물 바깥으로 난 계단에 아크릴 판으로 '상담실 5층'이라는 글씨가 보였어요. 가슴이 두근거렸죠. 상담실 문을 열고 들어서자 30대 후반이나 40대 초반 정도로 보이는 젊은 남자가 맞아 주었어요.

"어서 오세요. 여기 앉으시죠?"

남자가 자리를 권했어요. 난 자리에 앉아서 잠시 주위를 살폈어요. 하얀 페인트 칠을 한 벽면에 남자가 강아지와 고양이를 안고 찍은 사진이 여러 장 붙어 있었어요. 이목구비가 뚜렷한 남자는 곱슬머리가 잘 어울렸어요. 남자가 턱에 난 거뭇한 수염을 왼손으로 문지르며 나를 바라보더니 입을 열었어요.

"최미나 씨죠? 상담 내용은 대충 봤는데."

"네. 선생님 블로그에 보니까 사진만 보고도 강아지가 보내오는 메시지를 알 수 있다고 해서. 여기 이 사진."

내가 가방에서 찡코의 사진을 꺼내서 건네자 남자는 사진을 들여다보며 말했어요.

"예, 아주 눈이 특이하게 생긴 강아지군요. 그런데 강아지는?"

"지금은 이 세상에 없어요. 얼마 전에……."

나도 모르게 말해 놓고 보니 또 의심이 들더군요. 이봐요, 강아지가 살아 있으면 데리고 오지 사진을 가져왔겠어요, 하는 생각과 함께.

"상담 신청서에 보니까 왜 신호를 보내는지 알고 싶다고요?"

"아, 예. 강아지가 제게 자꾸 신호를 보내서."

"이 강아지가 주인을 많이 사랑했나 봐요. 그런 강아지가 신호를 보내는 경우가 종종 있지요."

"아, 예. 뭐 좀……."

주인이라니! 한참 잘못 짚었네요, 이거 정말 사기 아니야? 적어도 동물과 교감할 수 있다면 내가 주인이 아니라는 것쯤은 알고 있어야 하는 것 아닐까요? 자꾸 의심이 들어서 속이 좀 꼬였지만 이왕 여기까지 왔으니 참아 보기로 했어요.

"자, 그럼 제가 강아지의 신호를 받아 보도록 하겠습니다. 기다리세요."

애니멀 커뮤니케이터가 탁자 위에 두 팔을 올려놓고 강아지의 사진을 양손으로 들었어요. 그리고 시선을 고정하더니 그대로 정지하여 한동안 있는 거예요. 저도 숨을 죽이고 앉아 있었어요. 애니멀 커뮤니케이터가 사진을 바라보며 침묵하는 시간은 생각보다 길었어요. 작은 공간이 두 사람의 호흡으로 팽팽해졌어요. 나는 애니멀 커뮤니케이터의 눈을 주시했어요. 애니멀 커뮤니케이터는 미동도 없이 가끔 눈만 깜빡거렸거든요. 그런 그의 모습에서 미묘하면서도 강렬한 정서가 흘렀어요. 저, 사람은 지금 무슨 생각을 할까? 정말 뭔가 신호가 올까? 뭐야, 가늘게 떨리고 있는 저 손은? 침묵이 길어지자 손에서 땀이 났어요. 귓가에는 애니멀 커뮤니케이터의 심장인지 내 심장인지 모르지만 심장 뛰는 소리가 쾅쾅 들렸고요.

 사람이란 게 참 간사하죠. 마음 한편에서는 애니멀 커뮤니케이터의 그런 심각한 표정이나 행동이 쇼를 하는 것 같은, 아니 미친 짓 같아서 헛웃음이 나오기도 했고요. 그래도 여기까지 왔는데 믿어야지, 혹시 내 의심 때문에 일을 그르치면 안 된다고 타이르기도 했어요. 그러고 보니 짧은 시간에 참 많은 생각을 하게 되네요. 갑자기 찡코도 많이 생각났어요. 처음 찡코를 공원에서 본 날, 가슴에 안았을 때의 그 따뜻한 체온, 폴짝 뛰어내려서 깜짝 놀라게 하던 일, 그날 저녁 골목에서 강민의 발길에 차이던 찡코, 그 녀석 그때 무척 떨고 있었거든요. 아, 그 느낌은 아주아주 익숙한, 마치 내 몸의 일부분이었던 것 같은 착각이 들기도 해요. 그리고 그날 밤 욕조에서 느낀 찡코의 신호, 그런데 생각해 보니 참 이상해요. 그 신호는 강민에게, 아니 나에게 보내는 익숙한, 그러나 간절한 어떤 메시지 같다는 생각을 떨쳐 버릴 수가 없어요. 언제더라. 언제 내가 강아지와…… 그 생각에 빠져들다 보니 가슴이 답답해지면서 찬바람이 싸아 불어오는 것 같은 느낌이 드네요. 마치 잃어버린 그 어떤 것. 뭔가가 보일 듯 말 듯한 그런 느낌이요. 드디어 애니멀 커뮤니케이터가 고개를 들고 입을 열었어요.

"저, 강아지 이름이 뭐라고 했지요?"

"찡코요. 찡코."

"그래요. 찡코, 찡코가 뭔가 신호를 보내고 있네요. 저, 당연한 질문이겠지만 찡코의 주인인가요?"

"아, 아니요. 주인은······."

나는 당황해서 고개까지 저으며 대답했어요.

"어쨌든 좋습니다. 저도 찡코가 전하는 메시지만 전하면 되니까요. 그리고 그 메시지는 누가 들어도 괜찮은 거네요. 그러니까 찡코는 지금 굉장히 행복하다고 하네요."

"넷, 행복하다고요?"

나도 모르게 되물었죠.

"네. 행복하대요. 그런데 주인을 많이 그리워하고 있다는데요. 찡코에 대해서는 걱정하지 않아도 되겠네요. 아주 잘 있다고 하니까. 그런데 아까 찡코가 어떤 신호를 보낸다고 했지요?"

"네."

"어떤?"

"사랑한다는."

"맞아요. 저한테도 그런 신호가 와요. 사랑한다는. 그런데 찡코가 누굴 그렇게 사랑하는지 알고 있나요?"

"강민, 아니 주인이겠죠."

"주인이라, 잠시만요. 다시 한 번 찡코의 신호를 받아 볼게요."

애니멀 커뮤니케이터가 또다시 찡코의 사진으로 시선을 옮겼어요. 동물과의 교감도 한꺼번에 이루어지는 게 아닌가 봐요. 나는 뭔지 모를 간절한 마음으로 애니멀 커뮤니케이터를 지켜보았어요. 곱슬머리 아래로 보이는 애니멀 커뮤니케이터의 눈빛이 참 편안해 보였어요. 잠시 시간이 흐른 후, 애니멀 커뮤니케이터가 다시 입을 열었어요.

"사랑한다고요. 원망하지 않는다고, 자기가 선택한 것이라고 하는데요."

"그럼, 찡코가 강민의 손에 죽었는데도 강민을 사랑한다고, 강민을 원망하지 않는다고요. 찡코가 강민의 손에서 죽는 걸 선택했다고, 말도 안 돼, 그렇지 않나요?"

내가 왜 갑자기 흥분하는지 모르겠어요. 내 목소리가 약간 높아지자 애니멀 커뮤니케이터가 빙그레 웃으며 잠시, 흥분이 가라앉기를 기다려 차분하고 조용하게 말하더군요.

"아, 그렇게 생각해요? 그런데 어쩌나. 찡코가 어떻게 죽었든, 나는 그대로 전한 것밖에 없는데. 하긴, 일반적으로 생각할 때는 믿어지지 않을 수도 있지요."

"말도 안 돼, 정말……."

나는 다시 한 번 강하게 고개를 저었어요. 이상하죠. 내가 왜 이렇게 흥분하고 있나요? 속이 답답해지네요. 내가 이러면 안 되는데. 내 자신을 추스를 겨를도 없었어요. 갑자기 내 머릿속에서 혼란이 일면서 강하고 아득한, 어떤 곳에 급히 빨려 들어가는 듯했어요. 블랙홀 같은……. 어떻게 하지? 아, 어떡해……. 한참을 그렇게 혼미한 가운데 두 귀를 막고 앉아 있었어요. 그리고 뭔가 희미한 안개 속에서 점점 선명하게 떠오르는 기억들…….

"아가씨 얼굴이……?"

애니멀 커뮤니케이터가 나를 바라보며 깜짝 놀란 표정을 지었어요. 나는 두 눈을 꼭 감았어요. 아, 그때 내 눈앞에 어떤 영상이 떠올랐어요. 그 영상은 어떤 확신으로 다가왔어요. 마치 타임머신을 타고 과거의 한 시점으로 돌아간 듯한.

"맞아요. 그랬어요. 정말 그랬어요. 내가……."

나는 눈을 번쩍 뜨고 외쳤어요. 내 소리와 함께 차갑고 날카로운 바람 한 줄기가 정수리를 타고 내려와 어깨에 부딪혔어요. 그 순간 무겁고 질척거리는 절망이 나를 덮치면서 온몸이 그 자리에 폭삭 무너져 내리는 것 같았어요.

저건 찡코가 아니야. 찡코가 아니라고. 아니 찡코가 맞아. 찡코잖아. 사진 속의 그 강아지, 윤아가 보여 준 그 사진 속의 강아지야! 봐, 내가, 단발머리, 꿈 속에서 보았던 그 아이가 강아지를 안고 있잖아. 어린 내가…… 그래, 내 강아지야. 이름이…… 이름이 생각 안 나…… 아, 내가 강아지를 강아지를……

"그래요, 내가 죽였어요!"

나는 그 자리에서 벌떡 일어서며 소리쳤어요.

아, 어떻게 이럴 수가!

13

 우리 찡코에 대해서 할 말이 있다고, 설마 사 년 전에 찡코를 버린 임자가 이제 와서 강아지를 찾으러 왔다고 하는 건 아닐 테고. 찡코에 대해서 말만 해도 확 돌아 버릴 것 같은데 도대체 누가 이런 문자를 보내는 거야. 일단은 장난 같아서 그대로 씹었다. 그런데 또 문자가 왔다.
 나는 참을 수 없어서 통화 버튼을 눌렀다. 그리고 소리를 빽 질러 주고는 전화를 끊었다. 그렇지 않아도 근수 녀석이 밤만 되면 자꾸 문자를 보내서 화가 나 있던 참이다.

 야, 나 대갈통 무지 아프거든, 기다려라, 깔끔하게 발라 줄게.

남강민. 각오는 되어 있냐.

너네 아버지 나한테 무릎 꿇고 빌었다, 이 찌질아.

 나쁜 녀석. 요즘 학교에서 붕대를 두른 머리통에 손바닥을 얹고 꼬나보고 앉아 있는 꼴이란! 혹 이 새끼 머리통이 잘못된 건 아닌지 모르겠다. 며칠 전부터 꼭 밤에만 문자를 보내고 난리를 치는 걸 보니.
 또 전화다. 조금 전에 왔던. 어느 놈인지 정말 끈질기다. 그냥 무시하자. 미친…… 찡코에 대한 일은 식구들 외엔 아무도 모른다. 그런데 누가 안다는 말이야? 설마 누군가 우리 찡코를 앞세워 날 협박하려는 건 아닐까? 어쨌든 난, 찡코에 대해서는 더 이상 누구와도 얘기하고 싶지 않다. 또 전화다. 그래 좋다, 어떤 인간인지 목소리나 한번 들어 보자. 통화 버튼을 누르고 가만히 있었다. 뭐야, 이건 지난번 옆집 그 하마? 그럼 강아지에 대해서 할 말 있다는 두 번의 문자도 모두? 웃긴다니까! 남의 일에 참견하는 꼴을 보니 약간 똘끼가 있다고 생각은 했지만 이렇게까지 똘아이인 줄은 몰랐다.
 찡코가 죽기 전 그 일만 해도 그렇다. 물론 나도 찡코를 찬 게 잘한 건 아니다. 지금 생각해도 미안하고 마음이 아프다. 첫날 공원에 갔을 때도, 난 녀석 때문에 몹시 화가 났었다. 아니, 녀석보다는 형 때문에 화가 난 거다. 그날 저녁 때 학원에서 돌아오는데 몸이 가려워서 죽을 것 같았다. 그런데 내가 현관에 들어서는 소리를 듣고 형이 방에서 고개를 빠끔 내밀며 소리쳤다.

"야, 라면 좀 끓여."

"알았어."

나는 급하게 라면 물을 올리고 옷을 벗고 욕실로 뛰어들었다.

"야, 라면 다 됐어?"

"어. 조금만 기다려."

"뭐해. 빨리."

"알았다니까."

나는 대충 물을 뒤집어쓰고는 재빨리 보습 크림을 바르고 옷을 입었다. 그리고 냄비 뚜껑을 열었다. 벌써 냄비의 물이 반으로 줄어 있었다. 다시 물을 더 붓고 기다리는데 형이 눈곱을 뜯으며 나왔다.

"야, 아직도 안 됐어. 뭐야, 아직 물도 안 끓잖아. 비켜 인마, 라면 끓이라는 게 언젠데, 새끼!"

형이 내 등짝을 주먹으로 때렸다. 나는 라면 봉지를 뜯으며 속으로는, 형이면 다냐? 새끼, 지가 좀 끓여 먹으면 되지, 하고 욕을 했다.

"비키라니까, 새끼가."

형이 어깨로 미는 바람에 휘청 한 걸음 물러났다. 그때였다. 찡코가 형을 향해 으르렁거렸다.

"뭐야, 이 새끼가."

"왈, 와르르렁, 캥. 캥."

형이 사납게 짖어 대는 녀석을 걷어찼다. 녀석이 깨갱 비명을 지르며 냉장고에 부딪혀 나가떨어졌다. 그때 내 입에서 생각지도 않은 말이 튀어나왔다.

"아이, 나쁜 새끼야. 왜 그래?"

"어, 이게……."

형이 옆에 있던 젓가락을 날렸다.

"너 다시 한 번 말해 봐. 뭐, 나쁜 새끼? 이 새끼가 오늘 죽으려고……."

아차, 죽었다! 난 그대로 얼어붙었다.

"컹! 컹!"

형이 주먹을 쥐고 내 옆으로 다가서자 녀석이 또다시 형을 향해 사납게 짖어 댔다.

"조용히 안 해, 이 개 새끼가 정말!"

형이 옆에 있던 플라스틱 반찬통을 찡코에게 던졌다. 탁 하고 반찬통이 튀면서 조각이 날았다. 그래도 용케 피한 찡코가 또 무섭게 짖어 댔다.

"아, 씨발…… 이젠 개 새끼까지 사람 기분 더럽게 만드네. 야, 저 개 새끼 당장 치워!"

형이 내 머리통을 힘껏 쥐어박았다. 눈에서 불이 번쩍하더니 눈물이 찔끔났다. 녀석은 눈치 없이 계속 짖어 댔다. 형이 또 녀석을 걷어찼다. 그러나 녀석은 다시 일어나 형에게 대들었다. 녀석을 그대로 두면 오늘 형한테 맞아 죽을 것 같았다. 나는 얼른 녀석을 안고 밖으로 나왔다. 딱히 갈 곳이 없었다. 공원으로 갔다. 점퍼를 입지 않아서 몹시 추웠다. 그런데도 녀석은 좋아서 펄쩍펄쩍 뛰었다. 나쁜 녀석, 왜 눈치 없이 형한테 달려들고 지랄이야. 너 형한테 한 번만 더 달려들었단 봐라. 죽는다. 말귀를 알아듣지도 못하는 녀석이 나를 쳐다보고 헥헥거리는 게 얄미웠다. 나는 녀석을 찼다. 녀석은 장난인 줄 알고 달려들었다. 난 장난할 기분이 아니거든, 나쁜 새끼야. 그래도 녀석은 꼬리를 치며 또 달려들었다. 이게 장난인 줄 아나, 난 달려드는 녀석을 또 차 버렸다. 그때, 그 하마가 내게 천둥같이 소리를 친 것이다.

또다시 하마랑 맞닥뜨렸다. 공원에서 만나고 며칠 지나지 않았는데. 그날도 집 앞에서 녀석을 혼내는 중이었다. 정말 그 즈음 녀석이 왜 그랬는지 모르겠다. 집 안에 큰 소리만 나면 녀석이 미친 것처럼 짖어 댔다. 아니, 짖어 댈 뿐만 아니라 물어뜯을 기세로 달려들었다.

그날 형 때문에 난리가 났다. 형이 오토바이 사고를 낸 것이다. 형이 친구 오토바이를 빌려 타고 달리다가 사람을 친 것이다. 형은 사람을 보고 급히 핸들을 꺾어서 자기만 날았다고 했다. 형의 얼굴과 팔, 다리에 상처가 심했다. 그래도 다쳤다는 사람이 병원에 갔다니 형은 꼼짝없이 당할 수밖에 없었다. 형은 자기 말을 믿어 주지 않는 아버지를 원망하고 아버지는 형이 거짓말을 한다고 야단을 했다. 아버지와 형의 언성이 높아지자 녀석도 짖어 대기 시작했다. 그대로 녀석을 두면 정말로 형한테나 아버지한테 맞아 죽을 것 같았다.

난 녀석을 일단 데리고 나가는 게 낫겠다는 생각을 했다. 악을 쓰며 짖어 대는 녀석을 데리고 밖으로 나갔다. 그러나 아버지와 형이 걱정되어 멀리 갈 수 없었다. 나는 화가 나서 녀석을 땅바닥에 팽개쳤다. 흥분이 가라앉지 않은 녀석이 깨갱거리며 달려들었다. 녀석을 힘껏 찼지만 녀석은 멈추지 않았다. 그때 또 옆집 하마가 나타난 것이다. 지금 생각해 보니 하마가 보기엔 내가 동물을 학대하는 이상한 아이로 보일 수도 있었겠다. 만날 때마다 내가 녀석에게 발길질을 해 대고 있었으니. 그런데 그 하마, 정말 만만치 않았다. 내 멱살을 잡고 끌어당기는데 힘이 장난이 아니었다. 나는 하마가 잡아끄는데 당황해서 발길질을 했다. 아, 거기서 끝났으면 좋았을걸. 하마는 결국 우리 집 현관까지 쳐들어갔다. 그리고 난장판이 된 적나라한 우리 집을 다 보고 말았다. 정말 쪽팔렸다.

도대체 하마는 우리 찡코의 얘길 누구한테 들었을까? 아이, 골치 아프니까 어쨌든 무시하자. 몇 번이나 하마한테서 전화가 왔지만 받지 않았다. 자정이 다 되어 막 자려고 누웠는데 또 진동이 울렸다.

강아지가 신호를 보내서 미칠 것 같다? 하마의 황당한 말에 난 웃음이 픽 났지만 귀찮아서라도 한번 만나 주기로 했다. 다음 날, 약속 시간이 다가오자 갈등이 생겼다. 똘아이 같은 하마를 만나서 또 황당한 말을 듣는 게 아닐까? 나갈까? 그냥 가지 말까? 내가 이렇게 갈등을 하는 이유는 하마의 정신 상태가 의심스럽기 때문이다. 어떻게 보면 정상으로 보이기도 하지만 또 어떻게 보면 약간 뭔가 이상이 있는 것 같기도 하다.

신호는 무슨? 자기가 무슨 애니멀 커뮤니케이터라도 되나? 애니멀 커뮤니케이터? 그럴 수도 있겠다. 텔레비전에 나오던 애니멀 커뮤니케이터도 뚱뚱했는데 하마도 뚱뚱하다. 아니지 뚱뚱한 것과 애니멀 커뮤니케이터는 상관없을 것 같다. 그래, 하마가 하는 행동을 보면 아무래도 4차원적인 데가 있긴 있다. 그럼 한번 나가 봐? 혹시 녀석이 4차원적인 그 하마를 통해 뭔가의 신호를 보낼 수도 있을 테니. 생각이 거기에 미치자 나는 벌떡 일어났다.

약속 시간이 지났다. 하마가 기다리지 않고 가 버렸음 어떡하나. 갑자기 마음이 바빠졌다. 황급히 대문을 나섰다. 벌써 공원 가로등 불빛이 밝아졌고, 그 불빛 아래에서 낙엽이 바람에 쓸리고 있었다. 나는 한걸음에 분식집으로 달려갔다. 그런데 이게 뭐야? 하마는 다짜고짜 사람 불러다 놓고 시비다. 역시 괜히 나왔다. 만나자고 그 난리를 치더니 지금 장난하는 것도 아니고. 애니멀 커뮤니케이터도 모르는 저 무식함이라니. 뭐, 찡코 녀석이 날 사랑한다고. 우리 찡코가? 웃겨, 죽은 찡코가 어떻게 말을 해. 아니야…… 말을 했어. 그날 저녁 난 분명히 찡코가 하는 말을 들었어. 그래도, 그럴 리가 없어. 저 여자에게 어떻게 찡코가? 아, 갑자기 머리가 복잡해져서 돌아 버릴 것 같다.

"널 사랑한대……."

찡코야, 내가 널 죽였단 말이야, 그런데도 날 사랑한다니! 한껏 놀림을 당한 것 같은 참담함에 몸이 떨렸다. 난 더는 참을 수 없어서 자리를 박차고 뛰쳐나왔다. 공원을 돌아나온 바람이 나뭇가지를 거칠게 훑고 있었다.

14

 만약 생각나면 다음에 와서 얘기해 줘요, 오 정신과 의사가 분명히 그렇게 말했지요. 그래요, 이렇게 나 혼자 고민해 봐야 소용 없을 것 같아요. 그날 애니멀 커뮤니케이터 앞에서 생각난 과거의 기억들이 혹 진실이 아닌 또 다른 허상일 수도 있으니까요.
 올해는 추위가 일찍 찾아온다고 하더니 정말 날씨가 대단하네요. 얼굴에 부딪히는 찬바람이 살결을 에는 것 같아요.
 "어서 와요."
 오 원장은 여전히 부드러운 미소로 나를 맞아 주었어요. 나는 가슴이 몹시 떨렸어요. 마치 무슨 죄를 지은 것처럼. 아니, 무서웠어요. 나의 유년 시절로 되돌아가서 과거 속의 사건들을 들춰

낸다는 것이.

"선생님, 그때 그 강아지 얘기요. 선생님께서 나중에 생각나면 이야기해 달라고 해서요."

"아, 생각이 났나요?"

"네, 저도 어릴 때 강아지 한 마리를 키웠어요. 이때껏 까맣게 잊고 있었는데 그 강아지가 다시 기억 속에 떠올라요. 그런데 이게 정말 제 기억인지, 아니면 또……."

"그래요. 일단 미나 씨의 기억 속에 떠오른 이야기를 들어 봅시다. 자, 편하게 얘기해 봐요. 아, 참 우리 오늘도 국화차를 한 잔 마실까?"

오 원장이 지난번에 마셨던 그 국화차를 내왔어요.

"오늘같이 추운 날은 감국향이 더 진하게 느껴지지."

나는 오 원장의 부드러운 목소리에 마음이 좀 놓여서 국화차를 한 모금 마셨어요. 오 원장도 내게서 눈을 떼지 못하고 조용히 차를 마셨지요.

"그런데, 그 강아지를…… 제가 키우던 그 강아지를, 제가 죽인 것 같아요."

"……."

"그런데요 선생님, 그게 확실한 것 같기도 하고 허상인 것 같기도 해서 마음이 참 답답해요. 며칠 동안은 확실하다고 생각하고 막 괴로웠는데 또 생각해 보니까 내가 허상을 만들어 낸 것 같아서 답답하기도 하고요."

"왜 자신이 강아지를 죽였다고 생각하나요?"

오 원장이 내 눈을 똑바로 쳐다보고 물었어요.

"그건, 그러니까…… 오빠가 무서워서. 오빠 때문에 그랬던 것 같은데."

"오빠가 미나 씨를 괴롭혔나요?"

"네, 많이요. 그런데 이상한 것은요. 오빠가 절 괴롭힌 것은 다 기억나요. 그런데 강아지 사건만 기억에 없어요. 참 이상해요. 왜 그런지……."

"그럴 수도 있죠. 오빠가 어떻게 미나 씨를 괴롭게 했나요?"

"오빠가 날 때렸어요. 주먹으로도 때리고 목도 조르고, 발길질도 하고. 전 무척 아팠어요. 오빠를 보면 무서웠어요. 겁이 났고요. 오빠가 동네 애들하고 막 돌아다니다가 집에 와서는 씩씩거리며 저를 때렸어요. 다짜고짜……."

나는 복받쳐 오르는 서러움을 참으려고 입술을 꼭 깨물었지만 눈물이 흘러내렸어요. 그런 내 모습을 보고 오 원장이 조용히 말했어요.

"그래요. 미나 씨, 감정을 억누르지 말고 울고 싶으면 울어요. 울어도 괜찮아요. 마음껏."

오 원장의 그 말에 내 온몸에 숨어 있던 아픔과 분노가 한꺼번에 올라오려는 듯 몸이 마구 떨렸어요. 그 떨림과 눈물 속에 어린 여자아이의 비명 소리와 싸늘한 오빠의 웃음이 겹쳐 보였어요. 오빠의 그 싸늘함은 손으로 만지면 쨍 하고 깨질 것 같은 차가움이었죠. 그리고 그 웃음은 비웃는 것 같기도 하고 분노에 찬 어떤 것이기도 했어요.

"그런데 엄마, 아빠는 제 마음을 몰라줬어요. 나빴어요. 정말 나빴어요. 그럴 순 없어요. 제가 오빠가, 오빠가…… 흐흑, 날 때린다고 말했지만 엄마, 아빠는 제 말을 듣지 않았어요. 미나야, 오빠 말 잘 들어. 그럼 오빠가 안 때릴 거야. 네가 오빠한테 자꾸 대드니까 그렇잖아, 하면서 그냥 지나쳤어요. 엄마가 바라는 것은 얌전하면서도 멍청한, 그래요. 얌전하고 멍청한 아이였을 거예요. 오빠의 주먹과 발길질에도 무감각한…… 가끔 제 몸에 난 상처를 보고 오빠를 야단치기도 했지만 그러면 오빠가 일렀다고 나중에 더 때렸어요."

"오빠가 왜 그렇게 동생을 때렸을까?"

"몰라요. 나쁜 애들하고 돌아다녔으니까요. 엄마 아빠가 맞벌이여서 우리를 돌봐 줄 사이가 없었어요. 지금도 생각나는 건, 제가 초등학교를 졸업하던 날, 식구들이 왔는데 전 오빠가 너무 싫어서 같이 사진을 안 찍으려고 숨었어요. 맞아요. 그런데 엄마는 그런 제 마음도 모르고 화를 냈어요…… 흑흑흑……. 왜 오빠를 미워하냐고, 못됐다고 야단을 치기도 했어요. 엄마는 늘 오빠 편이었어요. 나만 혼냈어요. 어린 나만……. 오빠가 대학에 입학했을 때도, 군대에 갈 때도, 엄마는 오빠를 축하해 줘야 한다고 했지만 저는…… 저는, 다 싫었어요. 정말 싫었어요. 엄마 아빠까지도."

"그래요, 미나 씨 마음 알 것 같아요. 자, 차 한 모금 마셔요. 그리고 천천히 얘기해요."

오 원장은 아직 남아 있는 내 찻잔에 차를 더 따랐어요. 찻잔에 찻물이 떨어지는 소리가 쪼르록 들리자 내 눈에서도 굵은 물방울이 뚝뚝 흘러내렸어요. 오 원장이 내 앞으로 티슈 통을 밀어 주었어요. 나는 티슈를 뽑아서 흐르는 눈물을 닦고 허공을 향해 후우, 숨을 내뱉고는 차분히 말을 이었어요.

"선생님, 기억나요. 우리 앞집에 살던 수진이 엄마가 우리 엄마한테 말하던 소리가요. '미나 엄마, 이상해요. 미나는 우리 수진이하고 놀다가도 민욱이가 오는 소리만 나면 기겁하고 일어나요. 그리고 어쩌다 민욱이가 우리 집에 오면 자기가 놀던 장난감을 민욱이한테 다 밀어 주고 오빠 가져, 하면서 눈치를 자꾸 봐요. 미나가 오빠한테 놀란 일이 있는지 한번 살펴 보세요.' 그때도…… 그때도 엄마는 그저 웃기만 했어요. 제가 옆에서 쳐다보고 있는데도요……."

"그랬군요. 정말 미나 씨가 슬펐겠어요. 어린 나이에 얼마나 마음이 아팠겠어요. 지금이라도 부모님을 대신하여 어른의 한 사람으로서 어린 미나 씨에게 진심으로 사과하고 싶어요."

오 원장의 눈가에 슬핏 눈물이 비쳤어요. 정말 원장님은 제 이야기에 공감하고 있었더라고요.

"선생님, 그런데 그때 강아지가 제 옆에 있었던 것 같아요. 나는 오빠가 무서워서 언제나 강아지를 꼭 안고 다녔는데, 오빠는 화가 나면 강아지도 막 팼어요. 그럴 때마다 강아지는 오빠한테 달려들면서 짖어 댔고요. 나는 그게 너무너무 무서웠어요. 강아지가 오빠한테 사납게 달려들고 오빠가 사정없이 강아지를 때리는 게."

"그런데 왜 강아지를 죽였나요?"

"그러니까. 그게…… 그게. 맞아요. 내가 분명히 강아지를 죽인 것 같아요. 강아지가 오빠한테 막 달려들고, 오빠가 강아지를 차고. 난 그것이 무서웠어요. 어느 날 오빠가 씩씩대며 집에 들어서는 소리를 듣고 강아지를, 강아지를 꼭꼭 쌌어요."

"예?"

"긴 끈 같기도 하고 포대기나 목도리 같기도 하고, 하여튼 전 강아지가 짖지 못하게, 오빠한테 달려들지 못하게 얼굴을 꼭꼭 싸맸어요. 그러곤, 그러고는 베개로 강아지를 꾹, 눌렀던 것 같아요."

"아, 그래서 죽었군요."

"그래요. 죽었어요. 죽은 게 맞아요. 맞아요, 죽었을 거예요. 오빠가 강아지를 죽였다고 나쁜 계집애하고 소리치며 나를 때렸으니까요. 엄마도요. 그런데 선생님, 전 왜 그 기억을 이제껏 잊고 살았을까요. 그리고 이제 와서 그 기억이 떠오른 건 왜죠?"

"흠, 기억이란 경험을 통해 얻은 정보를 저장했다가 현실에서 활용할 수 있게 하는 것인데 기억의 과정은 등록, 저장, 회상의 단계로 나뉘어요. 이중 한 부분이라도 결함이 생기면 기억 장애가 나타나게 되죠. 제가 보기엔 미나 씨도 그런 일종의 장애를 가지고 있었던 것 같아요. 이것을 정신과에서는 심리적 원인으로 오는 해리성 기억 상실증이라고 해요. 정신적인 충격에 의해 기억 정보가 갑자기 단절, 그러니까 끊어진 상태라고 할 수 있지요.

이런 장애는 어린아이들에게서 더 많이 나타나죠. 이것을 다른 말로는 '선택적 기억 상실증'이라고 해요. 그러니까 기억하기 싫은 기억을 없애려는 의식의 방어 작용이랄까, 어떤 사건이나 특정 시기의 기억을 일시적으로 상실하고 잊고 지내는 거죠."

"그런데 왜 잊었던 기억이 지금 이렇게 다시……."

"그것은 어떤 과거와 맞닿아 있는 단서를 포착하거나 정서적 자극이 주어지면 다시 생각나게 되는 거죠. 그리고 감정과 관련된 기억은 언젠가는 되살아나요. 미나 씨, 어릴 때 그 강아지를 많이 사랑했나 봐요?"

"예, 지금, 그 강아지를 안았을 때 털의 감촉이, 부드러웠던 감각이 손끝에서 만져질 듯 느껴져요. 뭔가 아련하고 슬프고 안타깝고……."

"그렇겠군요. 그럼 제가 미나 씨 이야기를 다시 한 번 정리해 볼까요. 아빠, 엄마는 직장에 나가서 미나 씨 남매를 돌봐 주지 않았다. 그런데 오빠가 미나 씨를 때리고 괴롭혔다. 그럴 때마다 강아지가 오빠한테 달려들었다. 그래서 미나 씨는 오빠가 강아지를 때리는 게 싫어서 강아지 입을 막고 눌렀다. 강아지가 죽었다. 그 강아지는 미나 씨가 정말 사랑하고 의지했던 강아지였다. 맞지요?"

"네, 그런데 그 강아지가 어떤 신호를 보내오고 있어요. 전 제게 보내는 신호인 줄도 모르고……. 그래요. 그 강아지가, 까맣게 잊고 있었던 그 강아지가, 제게 신호를 보내고 있었어요. 그 앨 사랑한다고, 어릴 적 최미나를 원망하지 않는다고요."

내 이야기에 갑자기 원장님이 당황스러운 표정을 지었어요. 그러나 곧 표정을 바꾸어서 한층 부드러운 목소리로 위로를 건넸어요.

"그래요, 미나 씨. 미나 씨의 어린 시절을 나도 정말 위로하고 싶어요. 많이 힘들었을 것 같네요. 어떻게 하면 그 상처가 치유될 수 있을 것 같은가요?"

"글쎄요. 이 가슴을 꽉 막고 있는 응어리진 무언가를 뚫고 싶은데……. 생각 같아서는 지금이라도 오빠한테 막 소리치며 따지고 싶어요. 아니, 부모님한테요. 왜 내 말을 안 믿어 주었냐고. 앞집 아줌마 말이라도 귀담아들어 볼 수 없었냐고. 나쁜 놈, 넌 어린 동생을 그렇게 괴롭혀 놓고 양심의 가책도 없이 잘 살고 있냐고요."

또다시 내 두 눈에 눈물이 차올랐어요. 오 원장도 더 이상 위로의 말을 찾지 못하고 잠시 입을 꾹 다문 채, 고개를 숙였고요. 진료실에 침묵이 흘렀지요. 한참 후, 오 원장이 다시 고개를 들고 천천히 말했어요.

"미나 씨, 당연히 이젠 그렇게 하셔도 됩니다. 맺혔던 것은 풀어야 해요. 이제라도 서로 풀어야 마음의 상처가 치료될 수 있으니까요. 그럼 어떻게 이 문제를 해결할지는 우리 서로 생각해 보고 다음에 만나서 이야기하기로 합시다. 그런데 미나 씨, 이런 말 하긴 좀 그렇지만 오빠도 그때 어렸잖아요. 그 어린 오빠가 왜 미나 씨를 그렇게 때렸는지 한번 생각해 봐요. 오빠에게도 뭔가 아픔이 있을 거예요. 지금도 아파하고 있을지도 모르고. 이렇게 서로가 상처를 덮어 놓고 사는 것은 참 외로운 일이지요. 어쨌든 미나 씨, 고마워요. 그 아픔을 잘 견뎌 주어서. 그리고 힘든 이야기를 내게 들려주어서."

오 원장은 진심으로 내게 위로의 악수를 청했어요. 오 원장의 손에서 전해 오는 따뜻한 느낌이 내 마음을 위로하는 것 같았어요.

15

 현호 녀석, 그날 근수 녀석과 붙을 때 녀석도 같이 날려 버렸어야 했다. 그 계집애같이 생긴 녀석이 거짓 문자를 보내고, 소문을 퍼뜨렸으니까. 언제 한번 걸리면 반쯤 죽여 놓을 생각이다. 녀석도 이런 내 생각을 눈치챘는지 줄곧 나를 피해 다닌다. 그런데 오늘 화장실에 갔다 오는데 녀석이 내 옆을 지나가며 작은 소리로 재빨리 말했다.
 "남강민, 너 몸조심해라. 근수가 계획을 세우고 있대."
 "새끼야, 너나 몸조심해!"
 "정말이라니까."
 녀석이 걸음을 멈추고 자기 말을 믿어 달라는 듯 내 눈을 쳐다보았다. 웃긴다. 지금 이 간사한 녀석이 내게 사죄의 의미로 적의 계획을 밀고하는 건가? 생각 같아서는 녀석을 불러서 근수 녀석이 세우고 있다는 그 계획을 물어보고 싶었다. 그러나 근수 주위만 맴도는 녀석을 믿을 수가 없어서 그냥 넘겼다. 만약 근수 그 녀석이 또 나와 한판 붙을 계획을 세웠다면 지난번 아버지와 함께 녀석의 집에 찾아간 건 뭐야?

아버지는 그 녀석이 첫날 구급차에 실려 갔을 때부터 담임의 연락을 받고 병원에 간 모양이다. 응급실에서 상처를 꿰맬 때도 옆에 있었고 머리통이 잘못되지 않았는지 MRI를 찍을 때도 옆에 있었다고 했다. 그날, 병원에서 돌아온 아버지가 나를 앞에 앉혀 놓고 평소에 안 마시던 술을 마시며 넋두리를 했다.

"자식 잘못 키운 내가 죽일 놈이여. 강민아, 너, 인마. 왜 그랬어? 그리고 애를 패도 그렇게 무지막지하게 패면 어떻게 해? 미치겠다. 이놈아, 너 정말 그러면 안 되는 거야. 아버지를 생각해서라도 내가 널……"

그리고 며칠이 지난 후, 아버지는 내 손목을 잡아끌고 기어이 근수네 집으로 갔다. 정말 가기 싫었다. 그러나 내가 한 일 때문에 아버지가 힘들어하는 걸 알기에 반항할 수 없었다.

"친구라도 잘못을 했으면 용서를 빌어야지."

난 그날 저녁 근수네 집에 가서 근수 부모님과 근수에게 잘못했다고 말했다. 근수 아버지는 "다신 그러지 마라." 하고 타일렀지만 근수 엄마는 "당장이라도 경찰에 고소하고 싶은데 네 아버지를 봐서 참는다."며 잡아먹을 듯한 눈으로 노려봤다. 단순하고 소박한 우리 아버지가 근수 엄마의 사나운 눈길에 엄청 쫄고 있었다. 그 모습을 보니 잘못했다는 말을 하면서도 속이 끓었다. 내가 뭘 잘못했는데? 우리 아버지가 치료비 다 물어 줬다며?

학교에서 녀석을 볼 때마다 날 비웃는 듯한 그 야비한 웃음, 그리고 선생들의 은근한 비난, 반 아이들의 비아냥에서 비롯되는 거리감, 폭력에 대한 후유증이 끈질기게 날 괴롭혔다. 정말 요즘은 교실에 앉아 있는 그 자체가 죽을 맛이어서 개인 독립 선언이라도 하고 싶다. 그런데 현호의 말대로 녀석이 나에 대한 어떤 계획을 세우고 있다면? 어쩔 수 없지 뭐. 패면 맞고 걸리면 또 한 번 붙으면 되는 거지. 어, 남강민, 너 언제부터 그렇게 배짱이 두둑해졌니? 왜? 난 우리 찡코도…… 찡코를 이 내 손으로…… 그렇게…….

아, 생각할수록 화가 난다. 찡코 그 녀석이 그 하마한테 말을 걸어왔다면 왜 나한테는 그러지 않는 걸까? 왜 나한테 직접 말하지 않는 거냐고? 물론 녀석은 날 원망하고 있겠지. 그래서 나를 외면하고 싶겠지. 그런데 왜 사랑한다고 하는 거야! 아니, 아니야. 찡코, 너도 알잖아. 내가 널 얼마나 좋아했는지. 그날 밤엔 갑자기 머리가 돌아 버려서 내가 실수한 거야.

사실 난 찡코가 그렇게 간 후, 꿈에서라도 녀석을 한번 만나 보기를 간절히 원했다. 찡코한테 진심으로 용서를 빌고, 또 녀석에게 하고 싶은 말이 너무나도 많았기에. 하지만 찡코는 몇 번인가 꿈에 나타나긴 했지만 늘 희미하게 보여서 잠에서 깨어 보면 기억이 잘 나지 않았다. 그래, 찡코는 나를 미워하는 거야. 어쩌면 내가 두려워서……. 정말 다시 돌아갈 수 있다면 결코 그런 잔인한 일은 되풀이하지 않을 텐데. 아, 그날 밤의 영상을 필름 잘라 내듯 싹둑싹둑 잘라 버리고 싶다.

그래, 그건 악마였어. 내가 아니야! 내가 아니라고! 녀석은 왜 내게 그토록 사납게 달려들었을까? 나쁜 녀석! 그렇게 달려들지만 않았어도. 녀석이 날 먼저 배신한 거야. 넌 인마, 누구보다도 내 마음을 잘 알고 있었잖아. 나는 지금도 믿고 싶다. 결코 찡코가 나를 배신하거나 공격한 게 아니라고. 아니 찡코마저 나를 배신했다고 생각하면 내 자신이 미치도록 더 비참해질 테니까.

아니다. 찡코는 늘 형을 공격했다. 형이 날 때릴 때면 정신없이 달려들었다. 그날 밤에도 밖에서 아버지와 형이 싸우는 소리를 듣고 녀석이 흥분했던 게 틀림없다. 그런데 왜, 내가 화를 참지 못하고 문을 열고 나가려고 했을 때 녀석이 내게 달려들었을까? 아무튼 이 모든 게 형 때문이다. 아니, 아버지 때문이다. 아버지는 형을 때리고, 형은 나를 때리고. 형, 정말 징글징글하게 날 때리고 괴롭힌다. 괴물 같은 놈!

형이 날 때린 것 중에서 가장 잊히지 않는 것은 초등학교 3학년 때다. 지금 생각해 보니 그 황소개구리같이 생긴 선생만 아니었어도 형이 그렇게 날 패진 않았을 거다. 수업 시간에 배가 아팠다. 그런데 마침 황소개구리가 두 눈을 부릅뜨고 끊임없이 뭔가를 늘어놓았던 것 같다. 그 어린애들이 뭘 안다고, 난 황소개구리의 폭풍 잔소리에 참지 못하고 말했다.

"선생님, 저 화장실 갔다 와도 돼요?"

"안 돼."

난 더 이상 참지 못하고 그 자리에서 싸 버렸다. 황소개구리는 애들을 시켜서 5학년인 형을 급히 불렀고, 우리 교실에 달려온 형은, 똥싸개 동생을 이끌고 집으로 가야만 했다. 물론 형은 그날 정말 쪽팔렸을 거다. 마침 쉬는 시간 벨이 울려서 형 친구들 몇 명도 쫓아왔으니까.

"야, 3학년이 교실에서 똥을 싸면 어떻게 해. 새끼야."

집으로 돌아온 형은 쥐새끼를 앞에 둔 고양이처럼 으르렁댔다. 화장실에서 씻고 있는데도 화장실 문을 열고 "새끼야, 물호스로 옷 씻어 내. 아, 더러운 새끼." 하면서 욕을 해 댔고, 옷을 갈아입는데도 내 머리통을 사정없이 쥐어박으며 분통을 터뜨렸다. 물론 나도 안다. 내 손을 잡고 교실에서 나올 때 형 친구들이 뒤에서 히히거렸고 형이 몹시 쪽팔렸다는 것을. 어쨌든 나는 그날 엄청 울었다. 울면서 집에 왔고 울면서 씻었고, 울면서 다시 학교에 갔다. 황소개구리가 형한테 나를 집에 데려가 씻겨서 옷 갈아 입히고 다시 학교로 데리고 오라고 했기 때문에. 난 지금도 똑똑히 기억한다. 3학년 때 담임, 왕기순 선생의 그 갈라지고 바싹 삭은 목소리를! 나 혼자서 집에 갔다 올 수도 있었는데 왜 형을 불러가지고…….

그 후로, 심한 아토피 때문에 일주일에 두세 번씩 동네 병원에 갈 때에도 형은 화를 내며 나를 때렸다.

"새끼야, 너 때문에…… 너만 아니면…… 재수 없는 새끼."

어떤 땐 뒤에서 발로 차면서 소리를 질렀다.

"똑바로 걸어 새끼야."

"뭘 봐. 멍청하게."

"빨리 따라오라니까. 바보 같은 새끼."

나는 마구 욕을 해 대고 주먹으로 때리거나 발길질을 해 대는 형이 무서워서 늘 울었다. 그런데 형은 운다고 또 때렸다. 너, 삼 초 만에 사라져, 하나, 둘, 셋…… 미처 사라질 틈도 주지 않고 눈앞에서 알짱댄다고도 때렸다. 형, 그 새끼가 더 비겁한 건 아버지가 집에 오면 괜히 나한테 잘해 주는 척하는 거다. 그리고 열나게 때린 날은 아버지한테 이르면 죽인다고 윽박을 질러 댔다. 한번은 형이 발길로 차서 허벅지에 멍이 시퍼렇게 든 걸 아버지가 봤다.

"강민, 너 왜 이래?"

"아니야. 아무것도."

"뭐야. 누구한테 맞았어?"

"아니라니까. 괜찮아."

"누구야? 빨리 말해?"

아버지가 하도 다그치는 바람에 그대로 불어 버렸다. 아버지한테 일렀다가는 형한테 죽을 수도 있다는 생각이 들었지만 또 한편으로는 아버지가 나 대신 형을 실컷 두들겨 패 주기를 바랐다. 그날 정말로 형은 아버지한테 무지하게 맞았다. 그리고 그다음 날 난 형한테 또 무지하게 맞았다. 다시는 일러바치지 못하도록 형은 손으로 내 목을 졸랐다.

"새끼, 한 번만 더 일러바치면 죽여 버릴 거야."

정말 지독한 놈이다. 그런데 아버지는 더 지독한 놈, 아니 인간이다. 그날 저녁 집에 온 아버지는 팬티까지 홀라당 벗기고 내 알몸을 검사했다.

"뭐야, 이 목에 난 퍼런 자국이? 또 형한테 맞았나?"

"아니야. 절대 아니야. 형이 안 때렸어."

"그럼, 왜 그래? 어젠 안 그랬잖아. 이 새끼야, 울지 말고 똑바로 말해 봐."

"그냥, 집에 오다 넘어져서."

"넘어진다고 목에 손톱 자국이 생기냐? 야, 남강수, 너 이리 와 봐. 네가 애를 이렇게 만들었지?"

형이 대답할 새도 없었다. 아버지는 다짜고짜 형을 후려쳤다. 나는 아버지 팔에 매달리며 형이 그런 게 아니라고 애원했다. 그러나 아버지는 인정사정없이 형을 밟아 댔다. 그렇게 형은 나를 패고, 아버지는 형을 패고, 또 형은 나를 패고 아버지는 형을 패고, 아니 아버지가 형을 패고, 형이 나를 패고…… 시벌, 그럴 때마다, 난 잘못한 것도 없으면서 아버지와 형한테 빌어야 했다. 잘못했다고. 정말 재수 없는 인간들이다. 형과 아버지는.

애니멀 커뮤니케이터, 인터넷을 검색했다. 사실을 알고 싶어서. 왜 찡코는 내가 아닌 옆집 하마 누나한테 신호를 보내야만 했는지? 찡코, 넌 그러면 안 되는 거야. 아무리 그래도 난 네 주인이었잖아. 무슨 말을 해도 나한테 직접 해야 했어. 그 하마가 우리와 무슨 상관이냐고? 인마, 네가 그러면 난 더 비참해진단 말이야.

'동물과의 교감이 가능하다!'

갑자기 내 시선이 화면에 빨려 들어갔다. 사이트에 올라와 있는 교감 사례들을 빛의 속도로 샅샅이 훑었다. 동물 사진, 그래. 이거다. 나는 재빨리 찡코의 사진 몇 장을 내 싸이에서 출력했다. 그런데 애니멀 커뮤니케이터들이 정말 동물과 깊은 대화까지 나눌 수 있다면 내가 찡코를 죽인 사실도 알게 될 텐데. 그 사람을 찾아갔다가 날 잔인한 인간이라고 쫓아내면? 나는 녀석의 사진을 놓고 고민하다가 옆집 하마의 핸드폰 번호를 찾았다.

잠깐 만날 수 있어요?

문자를 보내 놓고도 긴장되었다. 지난번에 하마가 나를 만나자고 했을 때 짜증 냈던 일이 마음에 걸렸다. 만나서도 화만 내고 나와 버렸으니. 그러나 찡코의 마음을 알려면 애니멀 커뮤니케이터를 찾아가기 전에 먼저 하마를 만나서 자세하게 이야기를 들어

보는 게 낫다는 생각이 들었다. 답장이 왔다. 딱 한 글자다.

왜?

이 누나, 나한테 단단히 화났나 보다.

저번에 누나가 한 말, 믿어 보려고요.

정직하게 꼬리를 내렸다.

미안하다 나중에.

어, 이러면 안 되는데. 다시 문자를 보냈다.

지금 만나면 안 돼요?

역시 포기는 금물이다.

만날 곳 알려 줘.

만날 곳, 문득 쩡코와 놀던 비밀 아지트가 생각났다. 뒷산 약수터로 가는 길옆에 있는 낡은 비닐하우스. 그 낡은 비닐하우스에서 만나자고 할 수는 없으니까 그래, 약수터가 좋겠다. 나는 그곳에 잠깐 들렀다 약수터로 가면 된다. 약수터는 하마도 잘 알 거다. 휴일에 윤아랑 약수터에 올라가는 것을 몇 번 본 적이 있으니까. 날씨가 추운데 약수터로 오라면 싫어하지 않을까? 아니야, 하마에겐 약간의 운동이 필요해. 일단 문자를 보내고 안 된다면 다른 곳으로 하지 뭐.

뒷산 약수터 옆, 넓은 평상 5시요.

좋아.

이 누나, 보기보다 쿨하다.

약속 시간보다 반 시간 정도 일찍 집에서 나왔다. 바람은 쌀쌀한데 햇볕은 따스했다. 약수터 가는 산길에 나무들이 바람을 맞으며 서 있다. 푸른 나뭇잎이 없어도 깡마른 검은 둥치에 가지를 뻗고 하늘과 맞장 뜨듯 서 있는 겨울나무가 무척 당당하게 보였다. 어떤 비바람과 폭풍우가 몰아쳐도 멋지게 한판 겨뤄 볼 수 있을 것 같은. 픽, 웃음이 났다. 사람이 죽어서 정말 나무가 된다면 저렇게 꿋꿋하게 서 있을 수 있을까?

약수터로 올라가다가 옆길로 빠져 비닐하우스 쪽으로 갔다. 비닐하우스 안에는 말라 버린 잡초가 헝클어져 있었다. 나는 비닐이 찢겨 펄럭거리는 비닐하우스 중간쯤에 멀거니 서서 찡코를 생각했다. 달랑달랑 꼬리를 흔들며 비닐하우스 안을 뛰놀던 찡코, 공을 던지면 정신없이 쫓아가던 녀석. 나는 점퍼 소매를 올려 찡코가 할퀸 팔의 상처를 들여다보았다. 찡코가 남긴 이 상처가 나에게 더없이 소중하다. 이 상처마저 없어지면 찡코를 영영 잊어버릴 것 같아서……. 아, 할 수만 있다면 찡코와 함께했던 그때로 포맷하고 싶다.

그 자리에 쪼그리고 앉아서 지갑에 끼워 둔 찡코 사진을 꺼내 들었다. 그때였다.

"야! 남강민 너, 뭐하냐?"

깜짝 놀랐다. 근수였다. 근수와 남자애 둘, 그리고 근수 옆에 바짝 붙어서 걸어오는 여자애 하나. 모두 처음 보는 애들이다. 남자애들의 손에는 제법 굵고 거친 나무 몽둥이가 들려 있었다. 심장에 큰 바위 하나가 떨어진 것처럼 쿵 소리가 났다. 어깨가 움츠러들었다. 불현듯 떠올랐다. 현호가 말한 계획이 바로 이것? 그때 현호에게 자세히 물어봤어야 하는 건데, 괜히……. 두려움에 현기증이 일었다. 저 녀석들과 이렇게 붙어선 안 된다. 일대일이라면 죽든 살든 한번 해 볼 수 있다. 그러나 여자애 빼고도 상대는 셋, 지금은 일단 도망쳐야 한다. 나는 곁눈질로 도망갈 통로를 가늠하며 엉거주춤 일어섰다. 벌써 내 코앞까지 다가온 근수가 날카롭게 두 눈을 빛내며 포획자의 여유를 가지고 잠시 노려보다가 내 손에 있던 사진을 확 낚아챘다.

"이게 뭐야? 개 새끼 사진이잖아. 존나 못생겼다. 야, 남강민. 계집애같이……. 이게 니 취미냐? 풉!"

녀석이 웃자 같이 온 애들이 푸후후 따라 웃었다. 아이들의 웃음소리가 극도로 예민해진 내 신경을 파르르 떨게 했다.

"야, 이 개, 똥개냐?"

이 새끼가 우리 찡코를! 갑자기 눈에서 불이 확 일면서 허공에 발을 내디딘 것처럼 정신이 아찔, 했다. 야, 남강민. 정신 차려. 가슴을 펴고 숨을 크게 들이마셔 감정 조절……, 그렇지. 여기서 쫄면 끝장이다. 자, 마음을 가라앉히고 포스 있게 한마디.

"좋은 말 할 때 그냥 주고 가라."

"싫은데."

"뭐야?"

나는 어깨를 세우며 두 눈을 부릅떴다. 그리고 녀석의 눈앞으로 바짝 다가섰다. 녀석의 야비한 눈빛을 보는 순간 갑자기 목 뒤에서 정수리 쪽으로 뜨거운 기둥 같은 것이 확 치솟았다. 조금 전까지 두렵던 마음이 싹 가셨다. 움켜쥔 두 주먹에 힘이 들어갔다.

"그냥 주고 가라고."

"싫은데. 이게 안 보여? 새꺄!"

녀석이 한쪽 머리를 들이대며 소리를 높여 악의적으로 욕설을 뱉었다. 녀석이 들이댄 머리통, 붕대를 푼 자리에 검지손가락 길이만큼 꿰맨 흉터가 나 있었다.

"야, 내가 너한테 박 터지고 쫄고 있는 걸로 보였지? 아이 씨, 내가 쪽팔린 걸 생각하면…… 이렇게 만들어 놓고 우리 집 찾아와서 잘못했다고 하면 내가 넘어갈 줄 알았냐, 병신 새끼."

녀석이 잇새로 침을 모아 내 발등에 찍 뱉었다.

"닦아라."

나는 녀석을 노려보며 짧고 강하게 말했다. 녀석이 실실 웃으며 놀리듯 말했다.

"싫은데. 시벌, 이 새끼 또 똥폼 잡네? 근데 내 머리 아작 난 건 졸라 열 받지만 네 아버지가 찾아와서 싹싹 비는 거 볼 땐 재밌더라. 새끼야!"

"그만해, 그만하라고!"

열이 받친다. 머리가 팽그르르 돈다. 녀석을 노려본다. 두 주먹이 부들거린다. 아윽……!

그러나 녀석의 눈초리에도 사선으로 붉은 핏줄이 섰다.

"뭘 그만해. 내가 여기까지 괜히 널 따라온 줄 알아?"

녀석이 치켜뜬 눈으로 뒤에 있던 똘마니들을 슬쩍 보자 녀석들이 킥킥댔다. 그래 좋다. 한판 붙어 보자. 녀석들이 작정하고 따라온 이상 이제 피할 수는 없다. 남강민, 절대 겁내지 말자. 이 녀석이 얼마나 악질적으로 계획을 짰으면 현호, 그 녀석이 내게 일렀을까, 하는 생각이 잠시 머리를 스쳤다. 어떤 방법으로든 녀석을 꺾고 여기서 빠져나가야 한다. 그런데 상대는 몽둥이를 들었다. 나도 녀석들처럼 뭔가 손에 들고 맞서야 할 게 있어야 한다. 그러나 하우스 안은 말라빠진 잡풀뿐이다.

"근데……, 너희 꼰대 가스 배달한다며? 안됐다. 열나게 벌어서 박 터진 치료비나 물어 주고."

내가 잔뜩 힘을 준 것과는 달리 녀석은 핏발 선 눈으로 빙글거리며 빈정댔다.

"야이, 개새끼가……."

나도 모르게 주먹이 나갔다. 동시에 녀석의 주먹이 날아왔다.

나는 펄쩍 뛰며 발길로 녀석을 찼다. 그러나 녀석은 나보다 빨랐다. 내 다리를 걷어차면서 주먹으로 내 얼굴을 찍었다. 억, 코피가 주르륵 흐른다. 뒤에서 히히거리는 소리가 들린다. 피다! 피. 갑자기 두려움이 몰려왔다. 그래, 살아남으려면 지금 도망가야 한다. 살아남아야 한다. 나는 뒤돌아서서 뛰었다. 그러나 이미 녀석들 중에 한 놈이 내 앞을 막아서고 있었다.

"비켜!"

내 단말마의 외침은 허공에 흩어지고, 곧이어 내 어깨를 내리치는 둔탁한 소리, 뒤통수에 느껴지는 통증. 멈추지 않는 발길질. 아, 온몸의 고통이 극한값에 다다랐다.

"야, 이 새끼 세워 봐."

악마 같은 녀석의 목소리에 내 몸이 끌어올려지고 이어서 쏟아지는 무수한 주먹. 악! 난 그대로 정신을 잃고 말았다.

16

해리성 기억 상실증!

오 원장과 헤어져 집에 돌아와서도 알 수 없는 분노는 사그라들지 않았어요. 마음을 가라앉히려고 해도 문득문득 치미는 덩어리진 분노! 이게 바로 해리성 기억 상실증의 후유증일까요?

사랑해.
사랑해.
사랑해.

내 귀에 쉼 없이 속삭이는 그 강아지는 그럼, 내가 죽인 강아지? 정말 끔찍하지 않나요? 그 어린아이가 강아지를 잔인하게 죽였어요. 그렇게 좋아하던 강아지를요. 그래요. 이제 기억나요. 오빠예요. 물론 난 잃어버린 기억 속에서뿐만이 아니라 지금까지 살아오면서 오빠를 한번도 좋아한 적이 없죠. 내가 오죽했으면 오빠가 군대에 가는 날도 잘 갔다 와, 하고 인사 한마디 안 했을까요. 그런 내 모습을 보고 엄마는 억지로 내 손목을 끌어당기며 인사하고 가라고 강요했지요. 그러나 난 신경질을 팍 내고 엄마의 손을 뿌리친 후, 학교로 갔어요. 정말 오빠라는 인간, 양심도 없는 나쁜 놈이거든요. 그래도 그 인간이 무슨 생각을 했는지 그날 아침 내게 편지를 남겼더라고요. 물론 난 그 편지를 읽지 않았죠. 그대로 확 구겨서 쓰레기통에 던저 버렸어요. 다음 날, 학교에 갔다 왔더니 엄마가 내 방 쓰레기통에서 편지를 발견하고 다시 펴서 내 책상 위에 올려놓았어요.

"미나야, 오빠가 준 편지 읽고 버린 거야?"

"내가 왜 그딴 걸 읽어."

"그래도 오빠가 군대 가면서 써 놓고 간 건데 한번 읽어 봐."

"아, 됐어."

난 엄마가 보는 앞에서 그 편지를 발기발기 찢어서 다시 쓰레기통에 처넣었어요. 따지고 보면 내 인생이 이렇게 초라하게 된

것도 오빠 때문인지 몰라요. 어릴 때부터 하도 얻어터지고 살아서 어디 가서든 주눅이 들고 기를 펴지 못했거든요. 그러다 보니 학교 다닐 때도 아이들한테 왕따도 당했고, 좀 더 커서는 그런 자신 없는 내가 싫어서 모든 것을 포기하고 싶었고요.

그때부터였을 거예요. 오빠가 날 심하게 때리기 시작한 게. 내가 초등학교 3학년, 오빠가 5학년 때, 엄마가 직장에 다니기 시작했어요. 엄마가 집을 비운 사이에 오빠는 동네 애들을 우리 집에 끌어들였어요. 그리고 날마다 컴퓨터 게임을 했지요.

"너, 엄마한테 말하면 죽어!"

오빠는 늘 내게 주먹을 휘두르며 위협했어요. 엄마가 어떻게 알았는지 어느 날부터 회사에 갈 때 컴퓨터 연결 잭을 빼서 치워 놓고 갔어요. 그런데 오빠는 내가 엄마한테 일러서 그런 줄 알고 무지막지하게 날 때렸어요. 그것도 이불을 뒤집어씌우고 주먹으로 마구. 난, 정말 억울했어요. 오빠는 그렇게 날 실컷 두드려 패 놓고는 또 눈을 부라리며 말했지요.

"너, 한 번만 더 고자질하면 정말 죽여 버릴 거야. 남한강에 처넣어 버리든지."

정말 무서웠어요. 우리 집에서 조금만 더 가면 큰 강이 나오는데 거기가 남한강이거든요. 댐을 막아서 물이 깊은 곳이에요. 나는 오빠가 남한강에 처넣어 버린다는 소리에 기가 질렸어요. 어느 날은 세수하다가 물속에 얼굴을 밀어 넣고 숨을 꾹 참으며 남한강에 처넣으면 어떻게 될까 상상하다가 혼자 울어 버린 적도 있어요.

 컴퓨터 게임을 못하게 되자 오빠는 나쁜 애들하고 어울려 밖으로 나돌기 시작했어요. 학교가 끝나도 곧장 집에 돌아오지 않았어요. 어떤 때 보면 목재 공장 창고 옆에서 자기 꼬락서니 같은 애들하고 모여서 시시닥거리고 있거나 학교 앞 문방구 게임기 앞에서 열나게 게임을 하고 있었어요. 그러다가 집에 오면 이유도 없이 나를 때렸어요. 재미 삼아, 장난 삼아. 쳐다보면 재수 없게 왜 쳐다보냐고 때렸고, 가만히 있으면 멍청하다고 때렸고, 무슨 말을 하면 오빠한테 개기느냐고 때렸어요. 글쎄, 나보다 두 살이나 더 먹은 게 어린 동생을 그렇게 쥐 잡듯해서는 안 되잖아요. 초등학교 3학년, 그 어린 게 뭘 알겠어요. 그냥 때리면 맞고 울었을 뿐이지요. 지금 같으면 도대체 구타의 가이드라인이 뭐냐고 따져 보기라도 했을 거예요.

 나중에는 때리는 게 습관이 되어서 엄마 아빠 앞에서도 노상 나를 툭툭 손으로 때렸어요. 그래도 엄마 아빠는 말로만 야단을 칠 뿐, 호되게 혼을 내지 않았어요. 그 나쁜 놈이 엄마 아빠 앞에서는 엄청 잘난 척을 하거든요. 상상이 되세요? 나보다 두 살이나 더 먹은 구타 유발자가 자신의 폭행을 감추기 위해 비굴하게 아부하는 모습이. 엄마 아빠는 오빠의 말에 홀딱 넘어갔어요. 그래도 아빠는 어쩌다 날 때리는 걸 보면(물론 엄마 아빠 앞에서는 그리 심하게 때리지는 않았지만요.) 눈이라도 부라리며 오빠를 야단쳤지만 엄마는 히히히, 웃으며 오히려 나보고 그만 앙앙대라고 야단을 쳤지 뭐예요.

그때에 내 맘을 붙일 곳은 강아지밖에 없었어요. 엄마가 직장에 나가는 대신 강아지를 한 마리 사 주었거든요. 지금 생각하니, 내 사진 속의 그 강아지, 그 강아지는 밤색 털의 푸들이었어요. 이름요. 머루였어요. 맞아요. 아빠가 강아지 눈이 산에 나는 머루처럼 까맣다고 머루라고 했어요. 나는 밤낮없이 머루를 끼고 살았어요. 아침에 학교에 갈 때도 머루와 헤어지기 싫어서 몇 번이나 입을 맞추었고, 학교에서 돌아와서도 늘 함께 있었어요. 그래서 오빠가 더 심통을 부렸을 거예요.

"계집애, 개 새끼하고 똑같아."

오빠는 머루를 안고 있는 나를 보고 비웃으며 빈정댔어요. 머루를 집어던지기도 하고 훈련을 시킨다고 때리기도 하면서도. 웃기는 게 애들이 오면 머루를 불러서 자랑을 하기도 했다니까요.

나는 그 꼴이 보기 싫어서 내 거야, 하면서 머루를 빼앗아 안았고요. 그러면 애들 앞에서 창피하게 했다고 또, 엄청 때렸죠. 정말 지금 생각해도 치가 떨려요.

그런데도 우리 엄마는 내 말에 귀를 기울이지 않았어요. 내가 오빠를 나쁘다고 욕하면 "아무 집이나 형제간에 싸우면서 크는 거지, 너처럼 그렇게 유별난 애는 없어. 그만해." 하면서 관심을 껐어요. 늘 바쁘다는 핑계를 대면서.

  잠깐 만날 수 있어요?

어, 강민이 녀석이네요. 건조한 우리 관계에 또 무슨 할 말이 남았을까요?

  저번에 누나가 한 말, 믿어 보려고요.

믿어? 이 무슨 급진적 발언이람! 언제는 못 믿겠다고 사람을 무시하더니만. 지금 내 마음도 만신창인데 이런 녀석을 만날 필요가 있을까요?

미안하다 나중에.

답문을 보내 놓고 보니 마음이 짠하네요. 녀석이 내게 한 짓은 밉지만 어쩌면 이 녀석, 나보다 더 상처가 있는지도 몰라요. 어릴 때 갑자기 엄마가 교통사고로 돌아가셨다니 참 불쌍해요. 그래요, 이 녀석이 강아지를 죽인 것도 뭔가 말 못할 사연이 있을 것 같네요.

에이, 괜히 거절했나 봐요. 힘들어도 녀석을 만나 보는 게 좋을 것 같은데. 내 말을 믿어 보려고 한다는데.

지금 만나면 안 돼요?

또 문자가 왔네요. 녀석, 보기보단 끈기가 있네요. 이쯤에서 지루한 변주는 사절하고 오케이해야겠죠.

만날 곳 알려 줘.

뒷산 약수터 옆, 넓은 평상 5시요.

약수터? 왜 하필 약수터에서. 의외의 장소에 놀랐지만 그래요. 뭐, 만나기로 한 이상 아무려면 어때요. 잘됐네요. 산에 오르면 너덜거리는 내 마음에 자연 정화 작용이 일어날 수도 있으니까요.

좋아.

녀석을 만나기로 하고 나니 오히려 마음이 편하네요. 오늘, 녀석을 만나면 좀 살살 다뤄야 할 것 같아요. 그렇게 날 벌레 보듯 하던 녀석이 만나자고 할 때는 뭔가 힘든 일이 일어난 것 같으니까요.

일어나 거울을 보니 내 모습이 정말 형편없네요. 퉁퉁 부은 두 눈에 제멋대로 흩어진 부스스한 머리, 오늘이 마침 일요일이어서 다행이지 회사에 가는 날이었음 야단났겠죠. 아무려면 어때요. 난 녀석에게 잘 보이려고 나가는 게 아니니까요. 대충 머리를 올려서 묶고 모자를 푹 눌러썼어요. 생각보다 바람이 차네요. 목도리를 하고 나올걸 그랬어요. 목을 움츠리고 점퍼 깃을 세웠어요. 약수터에 혼자 가 본 적은 없어요. 늘 윤아와 함께 갔죠. 겨울 짧은 해가 벌써 산 위에 걸터앉아 있네요. 앙상한 나무들이 빽빽한 겨울 산이 을씨년스러워요. 날씨가 추워서 그런지 약수터로 올라가는 산길엔 인적이 드물었어요. 그것도 산이라고 숨이 차네요. 약수터에는 늙수그레한 할아버지 한 분이 물을 받고 있다가 나를 보고 큼큼 헛기침을 했어요.

　녀석이 이렇다니까요. 자기가 만나자고 했으면 먼저 와서 기다리는 게 예의가 아닌가요. 하긴요. 요즘 애들에게 예의를 찾는 내가 웃기는 거죠. 나는 약수터 앞 평상에 우두커니 앉아서 멀리 시내를 바라보았어요. 참 건물이 많기도 하네요. 저 건조하고 삭막한 건물들 사이에 이 산을 조금씩 잘라서 여기저기 옮겨 놓으면 참 잘 어울릴 것 같네요.

　어라, 이 녀석 보세요. 안 나타나네요. 십 분이 지났어요. 슬슬 화가 치밀기 시작하네요. 이거 또, 그 마른 문어 다리 같은 녀석에게 당하는 건 아닌지 모르겠네요. 이십오 분, 그냥 가야 할 것 같아요. 아니죠. 나도 오기가 있는데 기다려 볼 만큼 기다려는 봐야죠. 오십 분 정말 기가 막히네요. 그 나쁜 녀석에게 이렇게 멍청하게 물을 먹다니! 씁쓸하네요. 끝까지 한번 기다려 봐? 이런, 바보같이. 이젠 일어나야겠네요. 날이 저물기 시작하니 으스스한 게 춥고 무섭네요. 혹시 이 녀석, 무슨 사고라도 당한 건 아닌지 모르겠어요. 핸드폰도 꺼져 있고. 걱정되긴 하지만……. 아무튼 괘씸하네요. 화가 나기보다는 바보 같은 내 모습이 실망스러워요. 허탈한 마음으로 걸음을 옮겼어요. 산마루에 걸려 있던 해가 순식간에 넘어가 버렸어요. 갑자기 어둠이 몰려오네요.

산 아래에 불빛이 보이지만 그래도 어둠은 공포심을 유발하기에 충분하네요. 잰걸음을 치다가 뛰었어요. 어, 저만치 앞에서 웬 사람 둘이서 비틀비틀…… 술을 마신 것 같아요. 어, 저 사람들이 그 자리에 털썩 주저앉네요. 겁이 나서 가슴이 쿵쿵 뛰었어요. 하여튼 남자들이란, 이런 산에까지 와서 꼭 저렇게 몸을 가눌 수 없을 정도로 술을 마셔야 하나요? 잠시 숨을 고르며 멈췄어요. 가까이 가면 위험할 것 같아서요.

"강민아, 일어나."

강민? 귀가 번쩍 뜨였어요. 나는 숨을 멈추고 조촘거리며 몇 발자국 앞으로 나갔어요.

"아, 아!"

신음 소리가 들렸어요. 몹시 고통스러운. 나는 쿵쾅거리는 가슴을 누르고 가까이 다가섰어요.

"일어나서 가자. 강민아, 응."

분명 강민이라네요. 그리고 저 목소린 어디서 많이 듣던 목소리인데. 난 겁먹은 목소리로 덜덜거리며 물었어요.

"강, 강민이니? 남강민!"

"네. 도와주세요. 다쳤어요."

강민의 소리가 아니라 쉰 듯한 어른 목소리네요. 희미한 불빛에 비치는 모습. 아, 이걸 어째요? 온 얼굴에 피투성이가 된 강민이었어요. 그리고 강민 옆에는 오 원장, 그 정신과 의사 선생님도 같이 있어요.

"어머, 어머, 어떡해? 어떡해?"

"119 좀."

오 원장이 말했어요. 정신이 없어서 어떻게 119를 눌렀는지 모르겠어요. 신고를 하고 내려다보니 오 원장과 강민이 서로 어깨를 의지한 채 두 눈을 꼭 감고 있었어요. 어떡해, 어떡해! 멀리서 사이렌 소리가 들렸어요.

17

진짜 웃긴다.

두 사람이 똑같이 가슴에서 배꼽까지 갑옷 같은 깁스를 하고 나란히 누워 있는 꼴이. 나는 되도록 오 원장이 누워 있는 쪽으로 고개를 돌리지 않으려고 애를 썼다. 근수 녀석 무리한테 얻어터진 것도 속상한데 오 정신과 원장의 도움까지 받아서 이렇게 병원에 온 게 정말 쪽팔려서다. 저 원장이 싫은 건 아닌데 옆에 붙어 있는 오 원장 부인이라는 아줌마, 처음 볼 때부터 완전 밥맛이다. 나를 꼭 자기 남편 다치게 한 문제아쯤으로 보는 것 같다.

오늘 아침에도 눈 뜨자마자 여자의 콧소리 섞인 투정이 귀에 들렸다.

"여보, 우리 병실 옮기자. 당신 안 불편해, 응? 우리 1인실이나 특실로 옮기자고."

그래, 문제아 옆에 있는 게 기분 더럽다 이거지!

"허어, 난 여기가 좋아. 얼마나 있는다고."

"몰라, 당신 맘대로 해. 애들한테 얻어맞기나 하고, 정말 창피스러워서…… 애들을 상대하는 어른이 어딨어. 정말!"

남편을 조르던 오 원장의 아내가 발끈하면서 나를 쏘아본다. 차라리, 난 너 꼴 보기 싫으니까 어디로 비켜 줄래, 하고 말을 하시지. 하여튼 날마다 원망 작렬이다. 그런데 왜 남자 병실에 여자들이 이렇게 넘쳐나는 거야? 내 침대 옆에 있는 종욱이라는 내 또래 녀석도 노상 엄마, 엄마 불러 대고 엄마라는 여자는 우리 아들, 아들 해서 보기 싫어 미치겠고, 건너편 꽤 나이 들어 보이는 아저씨도 찌질하게 연신 엄마를 찾는다. 그리고 그 옆에 아저씨도 완전 폭탄 같은 아내가 뭐가 좋다고 하루 종일 마주 보고 낄낄대고. 그래, 차라리 저런 여자들이 없는 병실로 내가 옮겨 가는 게 편할 것 같다. 마침 의사가 회진하러 들어왔다. 의사가 내 침대로 다가서며 물었다.

"어떠니? 괜찮아?"

"네."

의사가 내 찢어진 눈두덩을 손으로 만져 보고 가슴 깁스를 꾹꾹 눌러 보더니 싱긋 웃는다.

"보자, 깁스한 지 한 일주일 되었지? 이제는 슬슬 일어나서 운동 좀 해도 되겠네. 격한 운동은 안 되고, 복도를 걷거나 엘리베이터 타고 잠시 밑에 내려가서 걷다가 오는 것. 됐어, 좋아."

의사는 내가 무슨 말을 하기도 전에, 옆 침대로 휙 가 버렸다. 하여튼 의사들이란! 나는 기분이 나빠서 의사의 등짝을 노려보며 인상을 팍 썼다.

"그러니까 둘이 같이 다친 거란 말이죠?"

"아, 예."

"그런데 둘 다 늑골이 골절되었다?"

"그냥 밟혔거든요."

"그러니까 요즘 애들이 무섭다는 거죠."

의사와 오 원장이 무슨 재미난 얘기를 하듯 허허거린다. 내 침대로 왔을 때는 손으로 상처를 꾹꾹 누르면서도 발은 이미 딴 데로 옮겨 놓던 의사가 오 원장과는 아주 죽이 맞는다. 사람 차별하나? 나쁜 의사들. 아니다. 의사가 나쁜 게 아니다. 다 그렇다. 최소한 똑같은 신체 구조를 가지고 있으면서도 아이들을 열등한 존재로 취급하는 게 어른들이니까. 같은 나라에서 같은 말을 쓰면서도 다른 법칙을 들이대며 차별하는 어른들. 웃긴다! 하긴 나도 문제가 있다. 오 원장에게 감사한 마음을 가져야 하는데도 그게 잘 안 된다. 괜히 나한테 잘해 주는 게 마치 쇼를 하는 것 같아서 거북하다. 이렇게 한 병실에 있으니 더 그러는 것 같다. 간호사에게 병실을 바꿔 달라고 해야겠다.

"식사 왔습니다."

밥이 나왔다. 오 원장의 부인을 비롯한 환자 보호자들이 일어나 식판을 들고 왔다.

"여보, 강민이 것도 가져다 줘. 형이 없네."

됐네요. 오 원장이 자기 부인에게 부탁하는 소리를 듣고 난 자존심이 상해 몸을 일으켰다.

"악! 으······."

급히 몸을 일으키는 바람에 압박이 심해져 나도 모르게 비명이 터져 나왔다.

"야, 그렇게 갑자기 일어나면 어떡해. 가만 있어. 갖다 준다니까."

오 원장이 나를 보고 말했다.

내가 상관 마요, 라고 말하려는데 이미 오 원장 부인이 식판을 들고 와서 말했다.

"어디다 놔 줄까? 형은 어디 갔나 봐."

오 원장 부인이 오리 주둥이처럼 입술을 한 번 삐죽 내밀더니 침대 옆 탁자에 식판을 두고 갔다. 그래, 진짜 재수 없는 인간 하나 더 있다. 강수 형. 아버지가 꼭 붙어서 간호하라고 했는데도 간호는 개뿔, 노상 돌아다니느라 바쁘다. 어쩌다 밥 나올 시간에 들어와서 밥이나 뺏어 먹고. 정말 병실에 있어도 마음이 편치 않다. 나는 괜히 화가 나서 밥을 먹을까 말까 생각하다가 그대로 누워 있었다.

마침, 간호사가 주사를 놓으려고 들어왔다. 간호사가 침대 옆의 칸막이 커튼을 드르륵 당겨서 가렸다. 이때다. 나는 최대한 작은 목소리로 재빨리 말했다.

"간호사님, 저 병실 다른 곳으로 옮겨 주면 안 돼요?"

"왜?"

"그냥요."

저 옆에 오 원장, 얼굴 넙데데하고 허연 사람이 싫어서요, 라는 말은 예의상 하지 않았다.

"그래, 한번 알아볼게."

간호사가 눈을 반짝이며 고개까지 끄덕이는 걸 보니 부탁을 들어줄 것 같다. 이제 한 가지 일은 해결했고 또 한 가지. 아버지가 오면 형을 병원에 오지 못하도록 하라고 해야겠다. 아니, 그러면 형이 또 일렀다고 야단을 할 텐데. 어떻게 하면 형이 화를 내지 않고도 병원에 오지 않게 할까를 궁리해 봐야겠다. 그래도 형한테 고마운 건, 꼬박꼬박 만화책을 비닐봉지 한가득 빌려서 가져온다는 거였다. 까짓것 안 보면 되지. 형을 안 보는 게 만화책 보는 것보다 훨씬 낫겠다.

"야, 왜 밥 안 먹어. 밥 먹고 같이 운동하자."

오 원장이 밥을 먹으며 말했지만 나는 들은 척도 안 했다. 내가 생각하기에 오 원장은 뭔가를 단단히 착각하고 있는 것 같다. 자기가 나를 구해 주었으니 아마 나도 자신을 생명의 은인쯤으로 생각하고 그저 고마워하리라는.

"야, 밥 먹었어? 어, 너 아직 점심 안 먹었어?"

이미 점심시간이 지나고 다른 환자들은 식판을 갖다 놓은 지도 한참 지났는데 그제야 형이 나타났다. 저녁에 곧장 병실로 퇴근해서 보조 침대에서 밤새우고 아침에 일하러 간 아버지를 생각해서라도 형이 이래선 안 된다. 분명히 낮에는 형이 병실에 있고 밤에는 아버지가 있기로 둘이서 합의하는 소리를 들었는데, 아침에 얼굴 삐죽 내밀고 지금에야 들어와서 한다는 소리가, 아직 점심 안 먹었냐, 고.

"빨리 일어나. 혼자서 밥도 못 처먹냐?"

"됐다고!"

"일어나라고!"

"됐다니까."

"이 새끼가 정말! 일어나 인마. 어디서 처맞고나 다니는 놈이 고집은."

형이 침대에 붙은 탁자를 올려놓고 탁자 위에 식어 버린 식판을 가져와 올려놓았다. 그리고 강제로 나를 일으켰다. 나는 개새끼, 하고 소리치고 싶었지만 그랬다간 후환이 두렵기도 하고, 또 그때 오 원장과 눈이 딱 마주쳤기 때문에 입을 꾹 다물고 말았다. 형은 식어 버린 밥뚜껑을 열다가 다시 탁 덮고는 말했다.

"잠깐 기다려. 안 되겠다. 내가 매점 가서 컵라면 사 올 테니까."

잠시 후, 형은 컵라면을 사 와서 내 앞에 놓았다. 나는 더 고집을 부릴 수 없었다. 병실에서 형하고 싸울 수는 없으니까.

"자, 여긴 병원이니까 아토피 올라오면 알아서 해 주겠지. 너, 라면 좋아하잖아."

큰 인심 쓴다. 그러나 나도 라면이라면 먹어 주고 싶다. 형한테 늘 끓여 바치며 한 가락씩 몰래 건져 먹던 라면이라면. 나는 컵라면을 먹고 형은 식어 버린 국에 밥을 말아서 먹었다. 종일 돌아다니면서 밥도 못 먹고 다니는 찌질한 새끼, 나는 형을 바라보며 속으로 욕을 해 댔지만 라면은 역시 맛있었다.

"근수, 그 새끼, 경찰서에서 풀려날 수도 있다고 하더라. 경찰이 뭐 그래, 아무리 미성년자라고 해도 그렇지, 그런 놈을 용서해 주면 안 되지."

형의 말끝에 오 원장이 고개를 돌리며 말했다.

"그 어린 녀석을 잡아 둬서 뭐하겠니? 나나, 너희 아빠나 처벌하지 말라고 합의서 써 줬다."

"합의서요? 그게 말이 돼요? 사람을 이 지경으로 만들어 놓은 놈들인데."

"강민이가 먼저 그 애를 팼다며? 머리가 터지도록. 서로 따지고 들면 끝도 없어. 그렇지 않아도 요즘 학교 폭력 문제로 여론이 들끓어서 들어가면 쉽게 못 나와. 그럼 근수네도 가만있겠냐? 지난번 강민이한테 맞은 걸 맞고소한다고 나올 텐데. 그러니까 이쯤에서 멈춰야지."

하여튼 저 의사, 웃기는 인간이다! 잘 알지도 못하면서 왜 내 이야기를 끄집어내냐고. 그건 당연히 근수, 그 녀석이 애들하고 작당하고 날 낚았기 때문이지 내가 가만히 있는 애를 그랬겠냐고. 갑자기 속에 들어간 면발이 뻣뻣하게 솟구치는 것 같다.

소문에 의하면 근수 녀석은 나를 이렇게 만들어 놓고 겁이 나서 가출했고, 사흘을 채 버티지 못하고 경찰에 잡혀 돌아왔다. 그동안 학교는 이미 겨울방학에 들어갔다. 다행이다. 근수 녀석한테 밟혔다는 소문은 더 이상 퍼지지 않을 테니까.

내년이면 고등학교에 간다. 그러나 다행히도 근수, 그 녀석과 같은 학교는 아니다. 그런데 만약 학원가에서나 길거리에서 또 녀석을 만난다면 그냥, 비겼다고 웃고 넘어갈 수 있을까? 아니면 또 한판 붙어 볼까? 그러나 나는 녀석과 또다시 붙는다고 해도 당당히 상대해 줄 수 있다. 열나게 패고, 처참하게 맞았다. 그만큼 어느 정도 자신감도 붙었다. 늘 아토피와 과민성 대장염으로 절절매던 약해 빠진 예전의 남강민이 아니다. 아, 어쨌든 이 병실에 있을 동안이라도 남강수 저, 인간만 사라졌으면 좋겠다.

저녁에 근수 녀석과 녀석의 부모님이 찾아왔다. 웃긴다. 내가 딱 저런 꼴을 하고 녀석을 찾아갔었지. 나쁜 녀석, 삐딱하게 서 있는 꼴이 도무지 반성하는 기미가 없다. 하긴, 나도 저 녀석 찾아가서 잘못했다고 했을 때, 기분이 몹시 껄끄러웠다. 녀석의 부모님이 사과하라고 다그쳤지만 녀석은 인상만 쓰고 있다가 마지못해 한마디 하고 돌아섰다. "미안해. 에이 씨." 그래, 이 나쁜 녀석아, 내 눈앞에서 빨리 꺼져나 주라. 너하고 다신 만날 일이 없었으면 좋겠다. 그리고 아줌마, 또 고소한다고 잡아먹을 듯이 날 노려보시지 그래요. 아, 됐어요. 제가 용서할게요.

녀석과 그 부모들이 사과 비슷한 걸 하고 있는 사이에 옆집 윤아와 하마 누나가 왔다. 하, 정말 저 누나, 근수 엄마와 비교된다. 혼자 서 있을 땐 잘 몰랐는데 정말 어마어마하다. 병실 사람들이 자꾸만 힐끔힐끔 하마를 쳐다본다. 솔직히 좀 안쓰럽다. 저 거대한 몸을 이끌고 다니는 것을 보면!

"너, 이제 좀 괜찮니? 왜 날 만나자고 한 거야?"

하마가 내 옆으로 와서 작은 소리로 물었다.

"그건, 저…… 아니에요."

갑작스러운 물음에 당황해서 얼버무렸다. 옆에 사람들이 있는데 찡코 얘기를 할 수도 없고. 아휴, 다행이다. 저 하마 눈치 하난 되게 빠르다. 더 이상 묻지 않는다. 윤아가 곰 인형을 가지고 왔다. 윤아랑 어릴 땐 꽤 자주 같이 놀았는데……. 심사숙고해서 고른 선물이라고, 꽤 티를 낸다. 귀여운 녀석. 윤아네 식구는 참 고마운 분들이다. 윤아 엄마는 나한테나 우리 식구들한테 참 친절하고 늘 잘해 준다.

어, 저 하마, 오 원장과 아는 사이인가 보다. 오자마자 오 원장하고만 이야기를 한다. 가만히 보니 웃는 모습이 은근, 귀엽다. 생각해 보니 저 누나, 의리 하나는 끝내주는 것 같다. 그날 약수터까지 올라와서 나를 오랫동안 기다려 주고, 119에 신고도 해 주고, 이렇게 병문안까지 온 것을 보면.

한참을 내 옆에서 조잘대던 윤아가 집에 간다고 일어섰다.

"누나, 저, 집에 가면 같이 거기 갈 수 있어요?"

"어딜?"

하마 누나가 눈이 동그래져서 물었다.

"아니요, 나중에 집에 가면 말할게요."

불쑥 말해 놓고 보니 쑥스러웠다. 결국 애니멀 커뮤니케이터에게 같이 가 줄 수 있겠느냐는 말은 하지 못했다. 왠지 저, 하마 누나가 좋은 사람일 것 같다는 생각이 문득 들었다. 내가 생각했던 똘아이가 아닌.

18

아직도 그날 저녁 일을 생각만 하면 가슴이 마구 떨려요. 그리고 강민에게 미안한 마음도 들고요. 전화가 안 되면 찾아보기라도 할걸. 얼마 떨어지지도 않은 곳에서 그런 일을 당하는 줄도 모르고 화만 내고 있었으니. 하도 맹랑한 녀석이라 속이는 줄만 알았지 뭐예요.

나는 그날 저녁 119 구급차를 타고 강민과 오 원장과 함께 응급실에 갔어요. 불빛 아래에서 본 강민의 얼굴은 온통 피로 얼룩져 있었어요. 물론 오 원장 얼굴도 형편없긴 했지만. 어머, 어머, 어떡해, 어떡해. 나는 그 저녁 줄곧 그 소리만 되풀이한 것 같아요. 아니죠, 외숙모에게 전화해서 강민이 소식을 전해 달라고 하기도 했어요.

"나쁜 놈들, 아무리 그래도 그렇지, 어떻게 애를 그 지경으로 만들어."

나는 강민을 그렇게 만든 녀석들을 보지는 못했지만 괘씸하기 짝이 없어서 일을 하다가도 그날의 영상이 떠오르면 욕이 튀어나왔어요. 내가 그날 더욱 놀란 것은 연락을 받고 달려온 강민의 아빠와 강민의 형 강수 때문이었어요. 강민이 아빠는 사색이 되어 벌벌 떨면서 아들을 어루만졌고, 강수는 돌아서서 굵은 눈물방울을 뚝뚝 떨어트리며 "죽었어. 두고 봐, 죽었어, 새끼들!" 하면서 입술을 꾹꾹 씹었지요. 그때 나는 보았어요. 강수의 주먹 쥔 두 손이 심하게 떨리는 것과 강민 아빠의 넋이 나간 모습, 강수의 굵은 눈물방울! 나는 그때 문득 엄마 아빠, 그리고 오빠가 생각났어요. 아, 저게 가족이구나! 내가 이런 일을 당하면 우리 가족도 저럴까, 하는 생각과 함께. 그렇게 싸우고도 심장을 찢어 내듯 아파하는 그 모습을 무어라 말로 표현할 길이 없었어요.

오늘이 토요일. 요즘 주 5일 근무제를 하는 곳이 많지만 우리 회사는 토요일에도 근무해요. 그래서 연호 씨가 불만이 많죠. 청춘 사업에 차질이 생길지도 모르니까요. 연호 씨가 연애하는 걸 눈치챈 외삼촌도 그래요. 토요일 근무에 연호가 불만이 많아서 우리 회사에 오래 근무할 것 같지 않다고요. 연호 씨요, 예뻐요. 눈도 크고, 코도 오똑하고, 까만 생머리가 어깨 위에서 찰랑거리고. 그런데 어릴 때 받았던 구순 구개열 수술 자국이 윗입술에 약간 남아 있는 게 흠이죠. 요즘 성형 기술로도 감쪽같이는 안 되나 봐요. 아, 그러고 보니 벌써 강민이가 병원에 입원한 지 일주일이 지났네요. 녀석과 원장님의 상태가 어떤지 궁금하지만 뭐 그리 친한 사이도 아닌데 혼자서 문병 가기가 좀 뻘쭘하네요. 며칠 전에 외숙모는 갔다 왔다고 하던데. 오늘 윤아를 데리고 한번 가 보고 싶네요. 윤아에게 문자를 보냈어요.

윤아야, 저녁에 강민 문병 갈래?

몇 시? 나 5시에 뮤직스타 봐야 하는데. 7시 이후엔 가능해.

계집애, 옆집 작은오빠 어쩌고 하면서 강민을 엄청 생각하는 척하면서도 그깟 텔레비전 때문에. 나는 입을 비쭉거리며 또 문자를 보냈어요.

그럼. 7시에 가자.

나는 오늘 강민에게 가면 꼭 물어볼 참이에요. 그날 왜 날 만나자고 했는지. 그렇게 만나자고 해도 콧대를 세우던 녀석이 갑자기 밉고 싶어진 이유가 뭔지 무척 궁금하니까요. 윤아는 강민에게 줄 선물까지 준비하고 기다리고 있었어요. 물론 외숙모가 준비해 줬겠죠.
"선물, 뭐야?"
"비밀."
나는 같은 병실에 있는 오 원장님을 생각하고 병에 든 주스를 샀어요. 병실에 들어서자 오 원장님과 강민이 침대 사이에 낯선 사람들이 와 있었어요. 그중에서도 강민이 또래의 아이. 아, 고개를 내리꽂고 서 있는 폼이 딱 죄진 놈 같아요. 분명히 강민을 때린 근수라는 녀석일 거예요. 녀석은 고개를 떨어뜨리고 있다가 가끔 곁눈질로 창밖만 흘끔거렸어요. 그 옆에 근수 아빠 같은 사람이 강민의 침대를 잡고 서 있었고 근수 엄마 같은 사람이 의자에 새치름히 앉아 있었어요.

"이놈의 자식아, 뭐하고 있어. 아무리 친구라도 잘못한 건 잘못한 것이니까, 네가 빌어야지, 얼른."

근수 아빠가 근수를 향해 은근히 위협적인 목소리로 말했어요. 근수는 인상만 약간 찌푸릴 뿐 말없이 그대로 서 있었어요. 불퉁하게 서 있는 폼이 건방지기 짝이 없어 보였어요. 강민도 애써 근수를 쳐다보지 않으려고 고개를 돌린 것 같았어요.

"강민아, 네가 이해해라. 그래도 근수랑 넌, 친구잖아. 근수 저놈아가 말은 안 해도 혼자서 많이 후회했을 거다."

근수 아빠가 강민의 손을 잡으며 말했지만 강민은 근수 아빠의 손길을 뿌리쳤어요. 강민의 그런 모습을 보고 근수 엄마가 일어나며 근수의 등을 손바닥으로 탁 때렸어요.

"얼른 아빠 말대로 사과 안 할래? 근수야, 얼른!"

"아, 됐다고."

근수가 짜증을 내며 한 발짝 물러섰어요. 근수 엄마가 근수 아빠와 강민 아빠의 눈치를 살피면서 낮고 단호한 목소리로 말했어요.

"빨리!"

"미안해. 에이 씨."

겨우 한마디를 내뱉고는 녀석이 입술을 깨물며 돌아섰어요. 정말 사람이 저럴 순 없는 거예요. 저 뻔뻔한 녀석. 당장이라도 한마디 하고 싶은 걸 꾹 참았어요.

"여기 선생님께도."

근수 엄마가 오 원장님을 가리키자 근수가 돌아서서 꾸벅 고개를 숙이며 들릴락 말락 한 소리로 말했어요.

"죄송합니다."

"그래, 죄송한 거 알았으면 됐다. 다시는 그러지 마라."

오 원장님이 시원스레 용서해 주었어요. 원장님도 참, 저런 녀석을 그렇게 쉽게 용서하면 어떡해요?

"어쨌든 이렇게 너그럽게 용서해 주시니 감사합니다. 저희 내외가 직장에 다니느라 어릴 때부터 남의 손에 애를 돌렸더니⋯⋯. 아무튼 의사 선생님 강민이 아버지, 앞으로 잘 부탁드리겠습니다. 오늘은 보호자 인도 하에 잠시 사과하러 나왔지만 집단 폭력이다 보니 합의서가 들어갔다고 해도 법적 처벌이 남아 있어서⋯⋯."

"다른 녀석들은 다 잡혔나요?"

"예, 잡히긴 했는데 그 녀석들에게도 무거운 처벌이 내려지겠지만 이놈이 주동자다 보니 더 큰⋯⋯."

말끝을 맺지 못한 근수 아빠가 어두운 표정으로 강민 아빠와 오 원장에게 번갈아 고개를 숙였어요. 근수 엄마도 일어나 고개를 숙였고요. 강민 아빠와 오 원장은 별말 없이 목례를 했어요.

"이제 가 보시오."

강민 아빠가 툭 던지듯 한마디를 하자 근수 아빠가 또다시 고개를 깊이 숙이며 말했어요.

"그럼, 이만 저희는."

근수 아빠가 먼저 걸어나가자 근수 엄마가 근수 옷자락을 잡아당기며 고개를 숙였어요. 근수네 식구들이 가고 나서, 윤아가 강민이 곁으로 다가가며 강민 아빠께 인사를 하더군요.

"안녕하셨어요?"

"윤아구나."

강민 아빠가 윤아의 인사를 받으면서 나를 바라보았어요. 저 아저씨, 그날 집에서 아들을 팰 때와 응급실에서 봤을 땐 몰랐는데 오늘 보니 더 늙어 보이는군요. 하긴, 혼자서 아들 둘을 키우느라고 고생이 많았겠죠.

"우리 사촌 언니예요. 우리 언니가 강민 오빠 다쳤을 때 119로 신고했대요."

계집애, 꼭 이렇게 공치사를 해요. 강민 아빠가 어색한 눈인사를 건네더군요. 저도 눈으로만 인사를 했어요.

"강민 오빠, 많이 아파? 자, 이거. 선물이야."

윤아가 내민 선물을 받으며 강민이 코를 찡끗했어요. 쑥쓰러운가 봐요.

"오빠 이건 엄마하고 나하고 심사숙고해서 고른 거야. 어때 멋지지?"

어라, 제법 문자까지 쓰면서 강민의 팔을 벌리고 곰 인형을 안기네요. 역시 오랜 이웃이 좋은가 봐요.

"너, 이제 좀 괜찮니? 왜 날 만나자고 한 거야?"

나도 눈치를 봐 가며 강민 옆으로 가서 재빨리 물었어요.

"그건, 저…… 아니에요."

강민이 옆에 있는 아빠를 힐긋 쳐다보고는 당황스러운 표정으로 얼버무렸어요. 녀석이 자기 아빠 앞에서 찡코에 대한 이야기를 꺼내기가 무안했겠죠. 나도 더 이상 묻지 않았어요. 강민이 그날 만나자고 한 것은 분명 찡코에 대한 이야기일 테고, 지금 이런 병상에서 찡코에 대한 이야기를 한다는 것은 강민을 더 아프게 할 수도 있으니까요. 헤헤거리며 조잘대는 윤아의 이야기에 강민 아빠와 강민도 이따금 큭큭 웃기도 하면서 즐거운 시간을 보내는 것을 보니 역시, 이웃사촌으로 오래 같이 살다 보면 공유할 이야기도 많은가 봐요.

"선생님은 혼자 계세요? 사모님은……"

"응, 우리 집사람? 내일 아침에 올 거예요. 허허허……"

오 원장님은 무엇이 우스운지 소리 내어 웃었어요. 나는 아직은 강민과 강민 아빠보다 오 원장님이 더 낯익어서 오 원장 침대 옆 의자에 앉았어요. 그리고 그날 어떻게 강민과 같이 있게 되었는지 물었어요.

"음, 그날 저녁 때, 바람 좀 쐬려고 약수터로 슬슬 걸어 올라가는데 중학생 정도 되는 남자애 셋과 여자애 한 명이 나를 밀치고 저들끼리 욕지거리를 하면서 올라가는 거야. 미안하단 말도 없이. 기분이 나쁘더군."

"······."

"녀석들을 딱 보니 어디 싸움박질하러 가는 것 같았어. 손에 몽둥이까지 들고. 솔직히 걱정되더군. 그렇다고 불러 세워서 막무가내 야단을 칠 수도 없고. 그래서 일단 뒤를 밟아 보고 안 좋은 일이 일어나면 경찰에 신고하려고 했지. 요즘 애들 일에 잘못 끼어들면 봉변을 당할 수도 있으니까. 허허허."

"그래서요."

"그래서 녀석들이 올라간 비닐하우스 쪽으로 다가서는데 벌써 안에서 치고 박는 소리가 나는 거야. 죽여! 죽여! 하면서. 겁이 나더라고. 약수터가 저쪽인데 이쪽은 사람들이 다니지 않는 길이잖아. 그러니까 무슨 일이 나도 사람들이 알 수가 없지. 나는 소리가 나는 쪽으로 가까이 가서 열린 비닐하우스 문 안을 들여다보았지. 그런데 양 옆에서 두 녀석이 어떤 남자애를 잡고 서 있는데 아, 그게 우리 병원에 왔던 아이가 틀림없는 거야. 녀석과 진료실에서 신경전을 벌이느라 그 얼굴을 똑똑히 기억하고 있었거든."

"얼른 경찰에 신고하시지 그랬어요."

"그런데 막상 애를 패는 걸 보니 전화고 뭐고 고함부터 나오는 거야. 그런데 야, 애들이 아주 대범하대. 난 어른이 소리를 지르면 그대로 달아날 줄 알았거든. 그런데 에이 씨, 뭐야? 하면서 그 자리에 서서 나를 쏘아보는 거야."

"그때 피하셨어야 한다니까요. 그러면 이런 봉변은 안 당했잖아요."

"글쎄 말이야. 남자애들 중에 여자애가 한 명 있었는데, 그 여자애도 맹랑하더라고. 야, 어떡해 강민이 아는 사람인가 봐. 하면서 소리치는 거야. 그러자 애들이 우르르 내 앞으로 몰려와서는 그대로 내려치는 거야. 정신을 깜빡 잃었지."

"어쩜 좋아, 나쁜 녀석들!"

"그런데 나중에 정신을 차려 보니 핸드폰도 다 빼 갔더라고. 아주 영악스러운 놈들이지, 신고할까 봐 핸드폰도 빼 가고."

"그래서 어떻게 했어요?"

"응, 정신이 들어서 일어나려니까 늑골에 예리한 통증이 느껴지더군. 고개를 돌려 보니 옆에 강민이 죽은 듯이 누워 있고. 나는 이를 악물고 일어나 강민의 가슴에 귀를 대어 보았어. 심장의 고동이 들렸어. 아, 다행이다, 하는 생각이 들더군."

"그래서 강민을 데리고 내려오셨군요."

"아니야. 강민을 흔들었더니 끙끙 신음 소리만 내고 일어나지 않는 거야. 한참을 애를 쓰며 깨웠더니 그제야 눈을 떴어. 햐, 녀석의 두 눈, 처음 진료실에서 만났을 때도 유난히 눈동자가 맑다고 생각했는데 녀석의 두 눈이 희미한 어둠 속에서도 맑게 빛나더군. 내가 '네 이름이 뭐야?' 하고 물었더니 '강민, 남강민.' 이라고 대답을 하더라고. 그래서 가자, 하니까 녀석이 아악, 소리를 내면서도 일어났어. 녀석을 부축하면서 이를 악물고 걸었지."

"그때 저를 만나셨죠?"

"그렇지, 정말 걸음을 떼어 놓을 때마다 아파서 죽을 것 같은 거야. 산 아래로 보이는 불빛이 그렇게 아득하게 보이긴 처음일걸. 그런데 미나 씨는 왜 그 시간에 산에서 내려온 거야?"

"아. 예. 그게……."

내가 강민을 힐끔 보며 대답을 미루자 오 원장이 강민에게 말했어요.

"어쨌든 그날 미나 씨 아니었으면 정말 우리 둘 큰일 날 뻔했지. 야, 강민아, 너 이 누나 은혜 잊으면 절대로 안 된다. 알았냐?"

윤아랑 이야기를 하던 녀석이 오 원장의 말귀를 알아들었는지 피식 웃더군요.

9시 주말 뉴스가 나오자 윤아가 일어서며 말했어요.

"아저씨, 저흰 이만 갈게요. 언니가 퇴근하고 바로 오느라 피곤할 거예요. 그치, 언니?"

"미나 씨…… 토요일에도 일해요?"

"예…… 토요일도 바빠서……."

오 원장도 내 이름을 불러 놓고 뭔가 하고 싶은 말이 있는 듯했고, 나도 오 원장한테 할 말이 있었지만 서로가 엉뚱한 말로 얼버무렸어요. 아마 원장님은 미나 씨 괜찮아요? 하고 물어보고 싶었을 것이고 나는 아니요. 원장님 저 요즘 많이 힘들어요, 하고 말하고 싶었던 거예요.

"그렇구나. 그럼 조심해서 잘 가고 또 봐요."

"그럼, 몸조리 잘하세요. 안녕히 계세요."

윤아와 난, 오 원장과 강민이 중간쯤에서 두 집 식구들에게 한꺼번에 인사했어요. 그때, 강민이 재빨리 말했어요.

"누나, 저 집에 가면 같이 거기 갈 수 있어요?"

"어딜?"

"아니요, 나중에 집에 가면 말할게요."

강민의 말에 난 픽 웃었어요. 거기? 거기라면, 애니멀 커뮤니케이터? 혹시, 날 믿고 싶다는 것이 그거였니? 애니멀 커뮤니케이터에게 같이 확인하러 가자는 것. 자식, 이제 내 말을 슬슬 믿고 싶어졌다 이거지. 난 집으로 돌아오면서 비쩍 마르고 눈만 커다란 녀석을 생각하며 혼자서 웃었어요.

19

 정말 지루하다. 만화책을 읽다가 텔레비전을 보다가 핸드폰으로 게임을 하다가, 그래도 시간이 안 간다. 시간이 실뭉치처럼 눈에 보인다면 한꺼번에 둘둘 말아서 책상 서랍 속에 구겨 넣으면 딱 좋겠다. 억지로 낮잠을 자려고 해도 하루 종일 켜 놓은 텔레비전 때문에 시끄러워서 잠이 안 온다. 이 병실에 있는 사람들은 하루 종일 텔레비전 채널을 돌려 가며 연속극 재방송을 본다. 특히, 내 옆에 있는 종욱이 엄마와 건너편 아저씨네 엄마는 짝짜꿍이 되어서 하루 종일 텔레비전만 쳐다보고 연속극 이야기로 하루를 보낸다. 그래도 우리 형 포스 있다. 내가 시끄럽다고 중얼거리면 인상을 팍 쓰면서 리모컨을 탁 누르고 돌아선다. 그러면 아주머니들은 입을 삐죽거리긴 하지만 별말을 하지 못하고 형 눈치를 본다. 어쨌든 이 시끄러운 병실에 갇혀 먹고 자고, 먹고 자고, 이건 정말 질식한 것 같은 지루함이다.

"남강민, 정말 인맥 쩐다. 어떻게 찾아오는 친구 하나 없냐?"
"연락을 안 했으니까."
"그러니까 새꺄, 평소에 애들한테 좀 잘 해라. 평소에."

친구, 걔들 지금 학원 땜에 정신없을 텐데. 아니다, 그러고 보니 난 정말 친구가 없다. 그나마 그럭저럭 지내던 애들도 근수하고 싸운 후, 서서히 멀어졌다. 힘의 법칙, 아니 교실의 정글 법칙, 내가 한번 근수를 팼다고 해도 여전히 애들 보기에 근수가 더 강했다. 그래서 나하고 잘 놀던 애들도 근수의 눈치를 보면서 나한테 가까이 오지 않았다. 아니다. 난 초등학교 때부터 친구가 없었다. 생일잔치에 한 번도 초대를 받지 못했으니까. 엄마가 돌아가신 후 내 생일잔치를 한 번도 하지 않았으니까 당연한 거다. 그리고 학부모 모임에도 녹색 어머니회도 참여할 수 있는 엄마가 없으니까. 학교 앞 횡단보도에 노란 깃발을 들고 서 있는 친구들 엄마를 보면 그렇게 부러울 수가 없었으니까. 아, 씨 내 인생은 왜 이리 갑갑하냐?

"그럼 형은?"

"나야 대박이지. 문자 한 통만 날려 봐라 달려올 인간들이 한 트럭쯤 될 테니까."

"뻥."

"뻥은 새끼야. 지금 문자 날려 봐?"

"됐어."

그 노랑머리, 갈퀴 머리, 귀고리 같은 떼거지나 달려오겠지. 아니야, 형도 떼거지를 만나기 전까진 친구가 거의 없었어. 동네 친구가 있다면 피시방 친구 정도. 형도 나처럼 생일잔치를 못해서, 엄마가 학교에 찾아가지 않아서. 씨, 엄마 없는 게 무슨 죄도 아닌데. 그런데 아빠는 왜 요즘 오 원장과 신경전일까? 어제저녁에도 둘이 밖에 나갔다 들어오더니 무슨 일이 있었는지 영 인상이 안 좋게 보이더니 저녁 내내 외면하는 것 같았다. 지난번 작성해서 갖다 준 성격 검사와 인성 검사지에 무슨 문제가 있나? 아니면 내가 정말 정신적으로 문제가 있어서 저럴까?

"강민 아버지, 제 말을 그렇게 오해하시면······."

"됐습니다, 선생님. 오해가 아니라 제 집 일은 제가 알아서 합니다. 그러니······."

"압니다. 강민 아버지가 무슨 말씀을 하시는지. 그래도 전문가의 도움이 필요할 때가 있는 법입니다. 그러니 제 진심을 이해하시고……."

 소롯이 잠이 들려고 하다가 아버지와 오 원장의 대화에 다시 깼다. 무슨 일이 있나 보다.

 병원에 온 지 두 주가 지났다. 오 원장이 나보다 먼저 퇴원한다고 했다. 둘 다 늑골이 골절되었지만 오 원장은 늑골에 살짝 금이 갔을 뿐이고 나는 아예 뼈가 골절되었기 때문이다. 아침 일찍 퇴원 수속을 마친 오 원장이 병실로 올라와 아버지에게 악수를 청했다.

 "강민 아버지, 저 퇴원합니다. 그래도 제 말을 들어주니 고맙습니다. 그런 의지가 있으면 됩니다. 너 나 없이 부모 노릇을 배운 적이 없으니…… 잘될 겁니다. 강민 아버지 힘내세요."

 "자식을 위한 일이라면 해 봐야지요. 선생님이 이렇게 도와주시기까지 하는데."

 아버지와 오 원장이 활짝 웃으며 악수했다. 이건 무슨 일? 꽤 오래가던 신경전이 끝난 건가? 아버지한테 물어도 시원하게 대답을 안 해 준다. 그저 아무것도 아니라고, 오 원장은 좋은 사람인 것 같다는 말만 한다. 그런데 오 원장이 뭘 도와주었다는 것인지? 아버지는 어떤 도움을 받았다는 것인지?

오 원장이 내 옆으로 와서 어깨에 손을 얹으며 말했다.

"강민아, 치료 잘 받고 빨리 나아서 퇴원해라. 먼저 나가서 미안하다."

"아니에요, 안녕히 가세요."

나는 만화책에서 눈을 떼고 일어나며 고개를 꾸벅했다.

"자식, 가끔 연락하자."

오 원장이 내 머리를 장난스럽게 헝클며 웃었다. 오 원장의 부인도 옆에서 나를 보고 웃었다. 저 아줌마 안 보게 되어 정말 좋다. 저 아줌마 때문에 병실도 바꿔 달라고 했는데. 그런데 병실 바꿔 준다고 하던 그 간호사가 요즘 안 보인다. 약속도 안 지키고 어디 다른 데로 간 모양이다. 나는 아줌마와 눈길을 마주치지 않으려고 만화책을 펼쳤다. 오 원장이 가고 나자 아버지는 오 원장이 누웠던 창 측으로 내 자리를 옮겼다.

"아무래도 볕이 잘 드는 창가가 나을 것 같다."

창쪽에는 햇빛이 들어와서 성가신데. 하여튼 환자인 내 의견은 물어보지도 않고 언제나 아버지 생각대로 한다. 짜증이 났지만 꾹 참았다. 뭔가 아버지 얼굴이 심각한 것 같아서. 아버지가 혼자서 짐을 다 옮기고 내 침대까지 굴려서 옮긴 후, 침대에 걸터앉아서 한숨을 한 번 휴우, 하고 내쉬었다.

"오 원장이 뭘 도와주어서 고맙다는 거야?"

나는 도저히 참을 수 없어서 물었다.

"으응, 아무것도 아냐."

"아이 씨, 말을 해 봐, 사람 답답하게 왜 그래?"

내가 신경질을 부리자 아버지가 의자를 가져와서 내 옆으로 바짝 당겨 앉으며 심각한 표정으로 말했다.

"강민아, 오 원장이 우리 식구들, 치료를 좀 받아야 한단다. 뭐, 폭력이 심하다나……. 우리 집을 얕잡아 보는 것 같아서 자존심이 상하긴 했다만, 그 양반이 하는 말이 일리는 있더라. 네가 찡코를 그렇게 한 것도, 근수를 팬 것도 다 이유가 있다고 하네. 이대로 가면 더 심해질 수도 있다니."

"무슨 소리야? 자기가 뭘 안다고?"

이젠 그만 좀 하라고! 왜 자꾸 찡코 얘기를 꺼내는데, 하고 소리를 치기에는 아버지의 얼굴이 너무 진지했다.

"아니야. 그 의사 선생 이야기가 맞아. 아버지는 네 엄마 죽고 너희 형제 키워 오면서 앞뒤 볼 새 없이 달려왔는데……. 그래, 다 이 아버지 탓이다. 네 형이 아버지한테 죽어라고 달려드는 것도, 전에 안 그러던 네가 점점 거칠어진 것도."

아침부터 아버지, 왜 이러시나요? 이젠, 그 의사가 퇴원하고 없으니 여기서 딱 끝내시라고요.

"아, 됐어. 그만 가게에나 나가 봐. 늦었어."

이런 어색한 분위기는 빨리 깨어 버릴수록 덜 민망하다. 나는 불쑥, 소리 한 번 지르고는 아버지의 진지한 얼굴을 무시한 채, 다시 만화책에 코를 박았다. 그런데 아버지가 움직이지 않는다. 곁눈질로 살짝 보니 아버지의 멍한 시선이 허공에 떠 있다. 아이씨, 그 정신과 의사, 울 아버지 정신까지 다 빼 간 모양이다.

"아, 빨리 가게나 가라니까."

"아니야, 그 의사가 그러더라 지금 해결하지 않으면 폭력은 악순환된다고, 그리고 이대로 두면 더 큰 일이……."

"아, 뭘 해결해? 됐어, 그냥 살아."

"그러니까 의사 선생 말은, 나도 너희도 다 전문가한테 상담 치료를 좀 받아야 한단다. 그 뭐라더라, 어, 비폭력으로 말을 하는 법도 배워야 하고……."

비폭력으로 말을 하는 법, 의사 선생님 잘못 짚었네요. 딴 데 가서 알아보세요. 우리 아버진 말에 욕이 안 들어가면 시체입니다. 형도 마찬가지고요. 이때껏 그렇게 살아온 것을 이제 와서 그런다고 갑자기 확 바뀌나요? 히히히. 나도 모르게 속에서 웃음이 났다. 그런데 소리 내어 웃지 못하겠다. 우리 아버지 남만호 씨,

간만에 되게 진지하고, 심각한 표정이니까.

"오늘 아버지 좀 늦는다. 강수 오면 아버지 기다리지 말고 그냥 집에 들어가라고 해."

"왜 늦어, 어디 가?"

"응, 의사 선생님이 소개해 준다는 그 상담사 만나 보려고."

크ㅎㅎㅎ……. 이러다 정말 우리 아버지 개과천선하시려나! 나는 속에서 터져 나오려는 웃음을 억지로 꾹 눌러 참았다.

아버지가 출근한 뒤 나는 오전 내내 만화책을 보았다. 점심 식사가 왔는데도 형은 나타나지 않았다. 점심을 먹고 나른해서 잠이 막 들었는데 왁자지껄해서 눈을 떴다. 뭐야? 형이 노랑머리와 귀고리, 갈퀴 머리를 데리고 나타났다. 귀고리가 내 볼을 손바닥으로 탁탁 치며 실실 웃었다. 장난인 줄 알지만 기분이 상한다.

"야, 남강민. 이렇게 누웠으니 좋냐?"

너라면 좋겠냐? 나는 상대하기 싫어서 눈을 감고 고개를 돌렸다.

"야, 넌 병문안 와서 왜 또 애를 괴롭히냐."

노랑머리, 너도 밥맛이거든. 제발 좀 사라져 주라. 사람 귀찮게 하지 말고.

"어, 이거 내가 좋아하는 만화네. 야. 병실에서 이런 고급 독서를 하는 바람직한 학생을 봤나."

갈퀴 머리가 내 배 위에 엎어 둔 만화책을 집어 들었다. 야, 내가 보던 데 그냥 덮으면 어떡해. 하여튼 새끼가. 내 인생에 도움이 안 되는 놈들이다. 병원 수위 아저씨는 뭘 하는 거야? 병실에까지 이런 떼거지를 다 들여보내고.

"너, 점심 먹었어? 컵라면 사다 줄까?"

빨리도 물어보신다. 점심 먹은 게 다 소화될 시간이다. 형이라는 게 하여튼. 그런데 이렇게 떼거지로 몰려오면서도 음료수 한 병 안 사 왔다! 왕싸가지들.

갈퀴 머리가 눈알을 굴리며 만화책을 보는 동안 노랑머리와 귀고리는 연신 손가락으로 기타 치는 흉내를 냈다. 떼거지가 떠들어 대는 소리를 들으니 귀를 틀어막고 싶었다. 노랑머리가 나를 옆으로 밀고 내 침대 한쪽에 올라와 벌러덩 누우며 말했다.

"야, 이렇게 병실에 딱 누워 있으면 완전 좋겠다. 참, 남강민 너 일 대 사로 발렸다며? 누구야, 말해 봐. 이 형이 가서 죽여 놓을게."

됐네요. 나도 모르게 픽 웃음이 나왔다. 조그마한 게 까불기는. 정말 귀고리 형만 빼고는 셋 다 나보다 키가 작다. 형도 나보다 작으니까. 그래서 형은 가끔 나보다 작아서 기분 나쁘단다. 아니 내가 형보다 키가 큰 게 재수 없단다. 웃기는 인간, 누가 크지 말 랬나. 그렇게 오후 내내 떼거지가 휘젓는 병실에서 끽 소리도 못 하고 누워 있었다.

찡코가 보고 싶다! 그래도 이 세상에서 내 말을 가장 잘 듣고 내 맘을 가장 잘 알아준 건 찡코밖에 없는데……. 널 사랑한대, 분명 그 하마 누나한테 찡코가 그렇게 신호를 보냈다고 했지? 칫, 날 원망해야 하잖아. 그래야 말이 되잖아. 널 죽인 게 바로 나란 걸 넌 알고 있잖아. 그런데 저 나쁜 놈이 찡코를 두 번 죽게 했다. 내가 한 번 죽이고 저 인간이 쓰레기통에 처넣어 또 한 번 죽였 다! 그냥 놔두면 내가 마당에 고이 묻어 주었을 텐데. 아, 생각하 니 또 속이 상해서 미치겠다. 저놈은 동생인 내가 죽어도 쓰레기 통에 던져 버릴 인간이다!

"아버지 오늘 늦게 온대."

"왜?"

"몰라."

"그럼 가야겠다. 아버지 오면 형이 착실하고 완벽하게 간호하 다가 갔다고 해."

착실, 완벽, 웃기시고 있네. 병실 사람들도 다 봤다. 욕지거리 찍찍하면서 웃고 떠들고 휘젓고 다닌 거. 모두들 힐끔거리면서 눈살 찌푸리며 혀 끌끌 차는 것도 모르고. 갈퀴 머리가 마지막 장을 넘긴 만화책을 내 배 위로 툭 던지며 말했다.

"아, 다 봤다. 간만에 독서 좀 했네. 이제 가는 거야? 가자. 강민 잘 있어. 또 만화책 보러 올게."

아니, 절대 사절이다. 다신 오지 말란 말이야. 노랑머리와 귀고리가 핸드폰 거울을 보는 사이 갈퀴 머리가 내 얼굴에 자기 면상을 바짝 들이대며 말했다.

"새끼, 그렇게 아프냐? 인상 좀 펴라. 완전 똥 씹은 표정이네."

내가 지금 아파서 이러냐? 꼴 보기 싫어서 그러지. 뭉크의 그림 속에 나오는 빡빡머리처럼 나도 외치고 싶단 말이다. 아악, 다 꺼져 버려!

20

내가 요즘 좀 심각해요. 가만히 있다가도 속에서 불이 일어나면서 온몸이 달아오르는 증상이 자주 나타나거든요. 처음에는 감기인 줄 알았어요. 내과 병원에서 주는 약을 계속 먹었는데도 낫질 않아서, 어떤 무서운 바이러스가 침투한 게 아닌가 하는 생각도 들었어요. 왜 요즘 뉴스에서 멀쩡하던 사람이 열이 나서 병원에 갔는데 원인 모를 바이러스로 사망했다는 소식이 종종 들리잖아요. 병원에 갈 때마다 체온계의 눈금은 정상이었어요. 그러나 내가 체감하는 온도는 머리부터 발끝까지 태우고도 남을 정도로 강했어요. 수시로 해열제를 먹었지만 소용없었어요. 어제도 병원에 가서 이런 고통을 호소했지만 의사가 검사지를 짚어 가며 하는 대답은 똑같았어요.

X-선 검사, 이상 없음.

소변 검사, 단백뇨 검출.

혈액 검사, 콜레스테롤 기준치보다 높음.

맥박, 혈압, 모두 높음!

"음, 뭐 수치가 조금 높은 것들이 있지만 이 정도로는 심각한 상태가 아니에요. 그래도 더 자세한 것을 알려면 종합 병원 내분비과에 가서 호르몬 검사를 한번 해 보는 것도 좋을 것 같네요. 원래 과체중인 사람들은 갑자기 호르몬에 이상이 올 수도 있으니까요."

종합 병원?

"선생님, 종합 병원에 갈 시간이 없는데 어떡하죠?"

괴로워하는 내 표정을 멀뚱거리며 바라보던 의사가 지나가는 말처럼 한마디를 덧붙이더군요.

"참, 이런 증상은 노인들이 말하는 화병, 그러니까 신경 울화증 같기도 한데 혹시 정신과에 가 보는 건 어때요?"

이건 누가 누구에게 묻고 있는 거야? 화가 나서 그 자리에서 발딱 일어나려는 찰나, 머리를 스치고 지나가는 생각, 아하, 그럴 수도 있겠다. 맞아. 갑자기 불이 붙는 것 같은 이 답답함. 그제야 뭔가 집히는 데가 있었어요. 예전엔 이런 일이 없었는데 요즘 들어서 속에서 불이 나는 이유를. 그래, 찡코! 아니, 내 강아지 머루, 머루 때문이다, 라는 생각이 들었어요. 이젠 병원에 가지 말아야겠어요. 딱히 병명도 찾지 못하는데.

어젯밤에도 가슴이 답답하고 열이 올라서 깊은 잠을 자지 못했어요. 꿈도 뒤숭숭하고. 아침도 입안이 깔깔해서 우유 한 잔으로 때우고 막 나가려는데 전화가 왔어요. 엄마네요.

"미나야, 오빠 이번 주말에 휴가 나온단다."

"그래서, 뭐?"

휴가를 나오면 나왔지 나랑 무슨 상관인데 자랑이라고 전화를 하는 거야, 라고 말하려다가 입을 다물었어요.

"애, 네 오빠가 말년 휴가를 나온다는데 넌 기쁘지도 않니?"

"나 출근해야 돼. 끊어."

"계집애."

시큰둥한 대답으로 아침부터 엄마의 들뜬 마음에 찬물을 끼얹은 건 잘못했지만. 이건 정말 너무하지 않나요. 딸한테 전화를 했으면 요즘 잘 지내느냐? 아픈 데는 없니? 밥은 잘 먹고? 아니, 그딴 건 안 묻더라도 최소한 굿모닝! 하는 인사 한마디라도 하고 본론으로 들어가야 하는 것 아닌가요? 그리고 대한민국 건강한 청년이라면 누구나 국방의 의무를 다하는 법, 그게 뭐 그리 대단한 일이라고 호들갑인지 모르겠어요. 하긴, 길거리에 다니는 군인들만 봐도 다 군대 간 당신 아들 같다고 눈시울을 붉힌 게 한두 번이 아니니까 누가 말리겠어요.

말도 마세요. 오빠 입대 날이 정해지자 엄마는 안방 화장대 위 달력에 날마다 동그라미를 치며 안타까워하더니 군대 가기 한 두서너 주 전부터 매일 식단을 짜는데 야, 완전 일류 요리사 났더라고요. 군대 가서 추위 타지 말라고 참옻닭을 해 먹이고 스테미너 식품이라고 민물 장어 사다가 고아 먹이고, 삼겹살에, 오리 통구이에, 그 비싼 한우 갈비까지, 어디 그뿐인 줄 아세요. 아들이 파전을 좋아한다고 온 집 안에 기름 냄새 풀풀 풍기며 날마다 해물 파전을 부쳤다니까요. 덕분에 잘 얻어먹긴 했지만 속으론 한 번씩 불뚝불뚝 질투가 솟았지요. 오빠 주려고 정성껏 만들어서 덮어 놓은 음식을 날름 집어 먹으며 홍, 아들이 그렇게 좋을까, 하고 심술도 부렸지요.

엄마의 지극정성과는 달리 아빠는 덤덤했어요. 우리 아빠요? 우리 동네 산꼭대기에 있는 유명 리조트 조경사로 일하는 아빠는 무뚝뚝하고 말을 잘 안 해요. 저녁에 퇴근해서 집에 오면 열 마디도 안 할 거예요. 저녁 먹고 텔레비전 앞에 앉아서 신문 뒤적이다가 슬그머니 들어가서 자고 아침에 일어나면 벌써 나가고 없어요. 오죽하면 엄마가 벽창호라고 아빠를 흉보겠어요. 나요? 나는 어땠냐고요? 전 솔직히 고백하자면 엄청 좋았어요. 그렇지 않아도 오빠를 좋아하지 않았는데 군대 가고 나면 뭔가 해방될 것 같은 기분이 들어서 혼자서 실실 웃었어요.

오빠가 군대 갈 때까지 나를 괴롭혔느냐고요? 그런데 그게 헷갈려요. 사람의 감정이나 기분이라는 게 그렇잖아요. 우리 오빠도 그렇게 날 괴롭히다가도 가끔 잘해 줄 때도 있었어요. 그래요, 오빠가 나에게 좀 잘해 준 것은 제가 고등학교에 들어간 후인 것 같아요. 하긴 그때 오빠가 고등학교 3학년이었으니까 공부하느라 나를 갈굴 시간도 없었지만요. 어쨌든 그때는 자주 부딪힐 일이 없어서 그런지 좀 덜 때리더라고요. 가끔 가다 사람 무시하고, 자기 기분에 따라 신경질을 낼 때도 있었지만 예전처럼 주먹으로 때리고 발로 차진 않았어요. 약간 철이 들었다고 봐야겠죠.

아, 지금 생각나네요. 오빠가 내 편이 되어 주었던 때가요. 그러니까 그게 내가 고등학교 1학년 때였어요. 내가 처음으로 남자친구를 사귀었거든요. 엄마는 고등학생이 무슨 연애냐고 야단을 했지만 오빠가 은근히 내 편을 들어주었어요. 그때 일 생각하니 지금도 참 아쉬움이 남네요. 그 남자애는 내가 정말 좋아한 애였거든요. 다른 학교에 다니는 아인데 학원에서 만났어요. 꽤 재미있고 유쾌한 아이였지요. 공부는 못하지만 항상 옆에 애들을 달고 다니면서 싱글벙글 웃음이 많은 애였어요. 그 애가 야, 우리 사귈래, 하고 문자를 보냈을 땐, 정말 하늘을 펄쩍 뛰어오를 것같이 좋았어요. 나중에 그 애가 그러는데 오동통한 내가 참 귀엽게 보이더라나요. 그런데 그 애가 우리 엄마 때문에 엄청 상처 받았잖아요. 글쎄, 우리 엄마가 그 애한테 전화해서 나하고 사귀지 말고 헤어지라고, 지금 한창 공부해야 할 시기에 연애할 시간이 있느냐고 막 야단을 쳤다네요. 그래서 그 애가 죄송합니다, 하고는 끝낸다고 약속을 해 버렸어요. 아, 엄청 좋은 애였는데……. 그 애는 내가 50일 기념으로 사 준 핸드폰 고리를 돌려주며 말했어요. "미나야, 미안해. 내가 공부를 좀 잘했으면 너희 엄마가 안 그랬을 텐데……." 하고 씩 웃더라고요. 중학교 때까지 여중에서 완전 왕따, 찐따였던 내가 고등학교에 올라와서 남자애한테 고백도 받고 뭔가 내 인생에 반짝 빛이 들어왔죠. 하긴, 그 애가 너무 좋아서 학원 끝나고도 그 애와 함께 독서실에 갔다가 12시가 넘어서 집에 들어갔으니.

"이놈의 기집애, 엄마 피곤해 죽겠는데 잠도 못 자게."

"자, 그냥 자면 되잖아?"

"기집애, 그게 말이 되니? 다 큰 딸년이 집에 안 들어왔는데 잠이 오냐고?"

"괜히 야단이야!"

이렇게 서로 소리를 지르다가 아빠가 깨면 또 한바탕 난리가 났지요. 그래도 오빠가 있으면 적당히 완충 역할을 자처해서 자기가 문 열어 준다고 엄마보고 일찍 자라고도 하고, 늦게 들어와도 별말 없이 문을 열어 주었지요. 오빠는 고등학교 2학년 때까진 날라리처럼 싸돌아다녔어요. 그런데 3학년부터 공부하는 것 같더니 꽤 괜찮은 대학에 들어갔어요. 이런 걸 보고 개과천선했다고 하는 건가요? 그러니 엄마는 말끝마다 우리 아들, 장한 우리 아들, 아주 노래를 부르죠. 또 걸핏하면 넌 오빠만큼만 해라, 하면서 사정없이 비교의 도마 위에 올려놓고 내 가슴에 흠집을 냈죠. 오해하지 마세요. 오빠가 좀 커서 한동안 나에게 잘해 줬다고 내 마음에 상처가 없어진 건 절대 아니에요. 그래서 오빠가 호의적으로 나오면 도리어 역겨웠어요.

아침부터 엄마하고 전화를 그렇게 하고 나니 회사에 출근해서도 영 기분이 찝찝하네요. 어느 책에서 읽은 망각이라는 말이 참 좋은 것 같아요. 망각, 그래요. 안 좋은 기억들은 깡그리 잊고 살면 좋겠어요. 그러면 겹쳐 있는 과거와 현재의 암울함을 벗어던지고 내일만 바라보고 살게 될 테니까요.

아, 아침엔 전화가 많이 오는 것도 아닌데 이렇게 세 여자가 다 나와서 앉아 있을 필요가 뭐 있을까 싶네요. 그래요. 기분도 꿀꿀한데 정 씨 아줌마, 아니 미세스 정하고 연호 씨한테 커피나 한잔 타 줘야겠네요. 물론 난 안 마셔요. 살 빼기 전까진.

커피까지 타서 돌렸으니 이젠 고객들의 전화를 기다리면서 인터넷 서핑이나 한번 해 볼까요.

오빠가 때려요.

어, 이게 뭐지?

오빠를 죽이고 싶어요.

전 초등학교 한 4학년 때부터 맞았어요.(지금 15살)
뻑하면 발로 차고…….
며칠 전에는 볼타구를 사정없이 갈겨 눈에 실핏줄이 터진 적 있어요.
그땐, 미안하다고 했지만.

며칠 지나면 또 쌩까요.

저번엔 제가 완전 확 돌아서 엄마한테 일렀더니

죽인다고 해서 요즘은 엄마가 집에 없으면

일부러 나가 있어요.

오빠는 내가 싸가지가 없니 어쩌니 하는데.

솔직히 2살 차인데 어떻게 존댓말을 써요.

똑바로 보면 눈 깔으라고 하고, 너 왕따지 하면서.

맞아요. 꼭 내 경우와 똑 같아요. 어린 동생을 때리는 인간들은 그냥, 재미로 때리지만 맞아야 하는 동생의 입장은 얼마나 비참한지 모를 거예요. 나는 오빠한테 주먹으로 맞았어요. 발길로 차이기도 했고요. 정말 셀 수 없을 정도예요. 거의 날마다 맞았을 거예요. 나쁜 놈, 내가 뭘, 뭘 어쨌다고. 이런 인간들은 전부 쓸어서 어디 무인도에 갖다 버리든가, 아니면 우주로 데려가 날려 버려야⋯⋯. 이 글 보니 속이 답답하네요. 아, 또 열이 올라요. 내가 이런 고통을 당하는 줄도 모르고 오빠라는 그 인간은 휴가를 나오고 엄마는 또 좋아서 전화를 해 대고. 아 씨, 세상은 왜 이리 불공평해요. 아니 왜 이렇게 상처를 안고 괴로워만 해야 돼요, 내가⋯⋯.

안녕하세요?

저는 중 2이고 우리 형은 고등학교 1학년입니다.

어렸을 때부터 정말 많이 맞았어요.

처음에는 장난으로 한 대씩 때렸는데 이젠 완전 폭력 수준을 넘었어요.

제가 욕을 하긴 하지만 형이 안 때리면 욕을 안 하잖아요.

형은 심심하면 머리통 날려 버린다 하면서 주먹으로 마구 때리는데 맞을 땐 너무 아파서 그냥 잘못했다고 막 해요.

정말 웃기는 인간들이죠. 자기가 형이면 형이지 왜 동생을 때리고 지랄을 하느냐고요. 얘, 넌 나중에 커서 꼭 복수해라, 넌 힘이 있잖아. 나 같은 여자들은 힘이 없어. 네가 맞은 대로 그대로 갚아 주는 거야. 꼭…… 정말이지 그 센 주먹에 한 방 맞으면 숨이 콱 막혀요. 그렇게 때려 놓고도 아파서 울면, 괜히 엄살 부리지 말라고. 죽일…… 이런 생각 안 하고 싶은데…… 정말 힘이 드네요.

"미나 씨, 왜 그래? 울어?"

아, 언제 제 턱 밑으로 눈물이 흘러내렸죠?

"아니에요. 눈이 좀 아파서……."

"살이 찌면 당뇨가 온다는데. 당뇨가 오면 눈도 안 좋아지고……."

하여튼 미세스 정, 아줌마 말 좀 가려서 해 주세요. 얼른 일어나 화장실로 갔어요. 정말 창피하네요. 괜히 울어서 당뇨병 환자 취급까지 받으니. 그런데 왜 자꾸 눈물이 흐르는 것일까요? 두루마리 휴지를 잔뜩 풀었어요. 이런, 아이라인이 번졌네요.

왜 울어, 울지 마. 바보야…… 그만하라고!
괜히 엄마가 아침부터 전화를 해서……
미나야, 최미나. 너 인간성 하나 끝내주잖아. 그냥 털어 버려…… 미쳤니? 내가 어떻게 털어 버려…… 내가 어떻게…….
그래, 알아. 그래도 지금은 근무 시간이잖아. 정신 차려. 다른 생각을 해 봐.
무슨 생각? 그래, 웃기는 얘기. 개그 프로 같은 거 말이야. 요즘 그거 재밌잖아. 지난번에 본 게 뭐였더라?
치, 그래 우리 오빠 그 인간, 요즘 잘나가는 그 개그맨과 닮았어. 눈은 좀 작지만 키도 크고 얼굴도 허여멀건 해서는. 그 인간 좋아하는 여자애들도 꽤 있나 봐. 그 인간이 동생한테 하는 그 치사하고 저질스러운 면을 여자애들이 봤어야 하는 건데. 말로 해도 될 일을 주먹과 발길질로 대신하는, 결국 사람으로서의 인격을 포기한 셈이지. 그저 동물처럼 치고 박고 때리고……. 언젠가는 비참하게 추락하고 말 거야. 나, 쁜, 놈!

　반쯤 남았던 두루마리 휴지를 다 풀어냈네요. 이렇게 흘린, 아니 이전에도 울 오빠 때문에 흘렸던 눈물을 모은다면 두루마리 휴지 수백 개로도 다 닦아 낼 수 없을 거예요. 토끼처럼 빨개진 눈으로 창피해서 어떻게 나가죠. 그렇다고 마냥 변기에 쪼그리고 앉아 있을 수도 없고. 하여튼 아침부터 쓸데없이 전화를 건 우리 엄마가 문제라니까요.

　살짝 뒷문으로 빠져나왔어요. 이런 상태로는 도저히 사무실에 들어갈 수가 없겠더라고요. 무작정 도로를 따라 걸었어요. 바람이 차갑네요. 코트를 벗고 스웨터 차림으로 나왔으니 몸이 떨려요. 몸은 떨리는데 속에서 불은 일어나고요. 참, 사장한테 문자라도 한 통 보내야 하는데……. 어디로 가지? 너무 추워요. 아, 마침 오늘은 오 정신과에 정기 검진을 받으러 가는 날이네요. 오 원장님이 퇴원했으니까 정상적으로 진료를 보겠죠. 어제저녁 강민네 줄 밑반찬을 싸 들고 병원에 갔다 온 외숙모가 오 원장 퇴원

소식을 전해 주었어요. 오늘 오후엔 회사 건너편 아파트 단지 부녀회장과 인터뷰가 잡혀 있으니까 거기 갔다가 바로 병원에 가려고 했었어요. 어제도 동네 내과에 갔다 오느라고 회사에서 좀 일찍 나가서 오늘 또 사장한테 말하기가 미안했거든요. 그 아파트 부녀회에서 친환경 주방 용품을 직접 만들어 판매한다고 사장이 취재해 오라고 했거든요. 연호 씨가 가고 싶어 했지만 전 굳이 내가 가겠다고 우겼어요. 외삼촌이 날 데리고 올 때, 그래도 명색이 기자라고 했잖아요. 어쨌든 인터뷰를 좀 서둘러 마치면 굳이 조퇴를 하지 않아도 병원에 들렀다 회사에 들어올 수도 있다고 계산을 했거든요.

오들오들 떨면서 병원 쪽으로 가는 버스를 탔어요. 무작정 걸을 수도 없고 이런 모습으로 회사에 들어갈 수도 없으니까요. 병원에 들어서자 역시 그 싸가지 간호사는 부풀어 오른 내 눈에 시선을 고정하더군요.

"최미나요."

나도 퉁명스럽게 이름을 대면서 눈길을 피하지 않았어요. 저 싸가지가 뭐라고 한마디 하면, 오늘은 참지 않을 거예요. 이봐요, 고객에 대한 최소한의 예의는 갖추어야 하는 것 아닌가요, 아주 따끔하고 분명하게 한마디 할 거예요. 오늘은 여느 날과 달리 손님이 많군요. 얼굴이 창백한 아주머니 한 분과 어떤 남자, 어머, 저 남자 뭐예요. 다리에 시커먼 털이 숭숭 났는데도 짧은 스커트를 입고 하이힐을 신은 저 애매한 모습은. 어쨌든 나까지 세 사람이네요. 소파에서 기다리는 동안 우연히 눈에 띈 것은 쓰레기통 안에 구겨져 있는 종이.

"학회 세미나 관계로 휴원함."

저렇게 거짓말을 할 수 있네요. 아니지, 아이들의 싸움판에 끼어들어 말리다가 폭행을 당해서 전치 2주의 상해를 입고 입원을…… 구구절절 써 붙이는 것보다는 저렇게 하는 게 뭔가 유식해 보이고 편리하겠다는 생각이 들기도 하네요. 아주머니와 그 애매한 남자가 진료실에 들어갔다 나온 후, 간호사가 내 이름을 불렀어요. 오늘은 내 마음을 읽었는지 좀 다소곳하네요. 오 원장은 아직 얼굴에 몇 군데 상처 자국이 남아 있었지만 좋아 보였어요.

"어, 최미나 씨. 얼굴이 왜 그래?"

"아, 예 좀…… 선생님, 이제 괜찮으세요?"

"좋아. 염려 덕분에."

오 원장은 내 얼굴에서 시선을 떼고 일어나 말없이 찻물을 붓고 차를 준비했어요. 아, 나만을 위한 특별한 차인 것 같아요. 앞에 환자가 마신 흔적이 없으니까요. 나는 어색한 분위기를 바꿔 보려고 젖은 목소리를 가다듬고 말했어요.

"선생님. 저, 국화차가 맛있어서 이 병원에 자꾸 오고 싶어지면 어쩌죠?"

"어쩌긴, 언제든 와. 미나 씨라면 오케이."

오 원장이 내 말에 고개를 돌려 흔쾌히 대답을 하면서 허허 웃었어요. 그 웃음소리를 들으니 행복해지더군요. 저 원장님은 사람의 외모에 대해서 편견이 없으신 분 같아서 좋아요. 오 원장이 주는 국화차가 언 몸을 따뜻하게 녹여 주었어요. 난 오늘 아침에 있었던 일부터 요즘 나타나고 있는 증상에 대해서 이야기했어요. 자꾸 눈물이 나서 간간이 이야기가 끊어지기도 하고 두서도 없었지만 오 원장은 내 이야기를 끝까지 조용한 눈빛으로 들어주었어요.

"미나 씨, 얼마나 힘들었어요? 듣는 나도 마음이 아파요. 그런 증상이 나타날 때마다 약으로 신경을 안정시킬 수는 있지만 그건 일시적인 치료가 될 뿐이야. 내 생각에는 부모님과 오빠를 만나는 게 좋을 것 같아요. 만나서 이야기를 하면서 서로의 입장을 이해하고, 용서하고 용서받아야 상처가 좀 치유될 것 같은데. 그리고 지난번에도 말했지만 오빠를 미워만 하지 말고 이해하려고도 해 보고. 어쨌든 가장 좋은 방법은 만나서 서로 이야기하는 거야."

"그런데 선생님. 지난 일을 다시 끄집어내면……."

"그러니까 시간이 더 흐르기 전에 드러내야지. 이때껏 그 일에 대해서 기억을 잊고 살다가 다시 찾았으니까 오래 두면 둘수록 점점 상처가 커져요. 용기를 내 봐요. 미나 씨 자신을 위해서 아니, 미나 씨한테 평생 미움을 받고 살 오빠와 어머니를 위해서도 미나 씨의 결단이 필요해요. 가족이잖아요. 미나 씨는 잘할 수 있을 거예요."

"그럴까요? 선생님 전, 무서워요. 괜히 서로 더 이상해질 것도 같고요."

"물론, 가장 가까운 사람들이 서로의 감정을 들춰낸다는 게 어렵지. 그러나 용기를 내면 할 수 있어요. 미나 씨는 환자예요. 상처를 도려내야 새살이 돋죠. 힘들지만 반드시 해야 할 일이예요."

나는 티슈로 눈가를 꼭꼭 누르며 고개를 끄덕였어요. 엄마, 내가 아프다고, 많이 아파. 엄마 딸이, 엄마가 어린 시절 방치했던 엄마 딸이. 오빠, 내가 많이 아파. 약으로도 안 된대. 왜 그랬니? 왜? 넌 왜 어린 동생을 그렇게 사정없이 때렸니? 내가 너한테 맞을 때마다 얼마나 억울했는지 알아? 얼마나 힘들었으면 그 시절의 기억조차 망각하고 살았겠니? 넌, 생각 없이, 기분에 따라 어린 동생을 때렸겠지만 난 무척 아팠어. 그 아픔이 이젠 이렇게 내

영혼마저 병들게 했어. 그리고 너 때문에 억울하게 죽은 강아지, 강아지를 생각해 봐. 머루를!

벌써부터 내 가슴에는 수많은 말들이 끓어넘치기 시작했어요.

"미나 씨. 힘내요. 내가 응원할게."

오 원장님이 내 손을 꼭 잡아 주었어요. 참 고마운 선생님이에요. 바보같이 또 눈물이 나서 고맙다는 인사도 못하고 돌아서 나오고 말았어요.

21

 퇴원하는 날이다. 환자복을 벗고 집에서 가져온 옷을 갈아입는데 기분이 묘했다. 기쁘지도 설레지도 않는. 사람들은 병원에 있는 나를 보고 물었다. 왜 병원에 왔냐고, 싸움을 하다 얻어터져서 왔다고 하면, 한쪽에선 일단 모든 사연 제쳐 두고 일순간 낯색이 변해서 문제 청소년쯤으로 단정한다. 또 다른 한쪽에선 '요즘 나쁜 애들'에게 괴롭힘을 당하다 얻어터진 연약한 아이로 취급하며 무한한 동정과 위로를 보낸다. 문제아와 문제아에게 얻어터진 아이? 차이는 패는 쪽과 맞는 쪽. 난 그 두 쪽에서 어디에 있나? 우습다. 은밀히 따지면 난 둘 다에 해당 사항이 있기도 하고 없기도 하므로. 난 원래 이런 애가 아니었는데, 언제부터 내가 이렇게 되었나, 하는 생각에 짐을 싸면서도 마음이 무겁다.

  꼭 한 달 만에 집으로 돌아간다. 묵묵히 짐을 들고 나서는 아버지 뒤를 따라서. 현관문을 여니 새삼 찡코가 그리워 코끝이 시큰했다. 자식, 형아가 오랜만에 집에 돌아왔는데…….

  아버지는 곧장 가게로 가고 나는 침대에 벌렁 누웠다.

  사,

  랑,

  해!

  찡코가 보냈다는 신호를 한 글자씩 마음속에 새겨 보았다. 찡코야, 보고 싶다! 난 침대에서 벌떡 일어나 하마에게 전화를 했다.

  "누나, 저 강민인데요."

  "어, 너 퇴원했니?"

  "네. 방금 집에 왔어요. 지난번에 만나기로 한 거."

  "알았어. 언제 시간 내 볼게."

  전화기를 통해 들려오는 하마의 목소리는 몹시 피곤한 듯 쉰소리가 났다.

  "야, 라면 먹을래? 아, 참. 넌, 안 되지."

  형이 자던 눈을 비비며 방문을 열고 소리쳤다. 형이 끓여 주는 라면, 먹고 싶다. 병원에서는 기껏 컵라면이나 사다 주었으니까.

"나, 라면 먹을래."

"괜찮겠어?"

형이 다시 방문을 열고 물었다. 적응 안 되게 친절하다.

"괜찮아. 의사가 그랬어. 아무거나 잘 먹으라고."

"근데 너 약 많이 먹으면 과민성 대장염 심해지잖아."

"괜찮다니까."

"알았어. 그럼 끓인다."

형이 까치집같이 부스스한 머리를 긁으며 냄비에 물을 받아 올렸다.

형이 끓여 주는 라면, 기대된다. 병원에 있다 오니 좋은 점도 있다. 내가 맨날 끓여 바치던 라면을 형이 끓여 주고.

뭔가 집 안이 달라졌다. 벽지 색도 달라졌고 깨진 텔레비전도 깨끗한 LED화면으로 바뀌었고 소파도 말끔한 것으로 교체됐다. 어라, 텔레비전 옆에 활짝 핀 꽃 화분까지. 형이 라면을 끓여서 냄비째로 식탁에 올려놓았다. 꼬들한 라면 맛, 정말 환상이다.

"뭐야, 도배했어?"

"응."

"많이 바뀌었네."

"모르지, 언제까지 갈지……."

형이 앞에 서서 냄비 뚜껑에 라면 한 젓가락을 건져 올리며 시답잖은 소리로 말했다. 언제까지 갈지? 아니다. 아버지가 뭔가 좀 바뀐 것 같기는 하다. 하긴 형 말대로 언제까지 갈지 두고 봐야겠지만.

"야, 남강민 퇴원 파티 하자."

현관 문이 열리고 갈퀴 머리와 노랑 머리, 귀고리가 동시에 들어섰다.

뭐야, 떼거지가 몰려오다니! 퇴원하자마자 김샜다. 하여튼 맘 놓고 라면 한 그릇 못 먹게 한다니까. 내가 인상을 팍 구기는 것도 모르고 떼거지가 젓가락을 들고 달려든다.

"퇴원 파티는 센스 있게 라면으로!"

결국 빼앗겼다. 몇 젓가락 먹지 못한 라면 한 개를 고스란히. 제발 처먹고 빨리 가 주기나 해라. 노골적인 내 표정을 눈치챈 형이 인상을 팍 썼다. 저 인간은 동생보다 친구가 더 좋은가 보다. 만약, 저 인간이 난치병에 걸리면 난 아무리 유전자가 일치하고 생존 확률이 99.9999퍼센트라고 해도 절대로 골수 이식 같은 거 안 해 줄 거다. 떼거지는 막 퇴원한 환자는 전혀 배려하지 않고 하루 종일 난리를 치다가 아버지 퇴근 시간에 맞춰서 형을 꿰차고 사라졌다.

하루 종일 이 작은아들이 얼마나 괴로웠는지 알지 못하는 우리 아버지는 퇴근하자마자 부지런히 저녁을 준비했다. 기분 좋은 일이 있는지 콧노래까지 흥얼거리면서.

"강민아, 아버지가 말이야."

"왜?"

아버지가 이상하다. 요즘 뭔가를 골똘하게 생각하는 표정으로 날 물끄러미 자꾸만 쳐다본다. 뭔가 하고 싶은 얘기가 있는 모양인데 혹시, 아버지한테 여자가 생긴 걸까? 아버지가 차린 저녁 메뉴는 두부 동태찌개. 역시 아버지 요리 솜씨는 끝내준다. 아, 오랜만에 집밥을 먹으니 살 것 같다. 그것도 얼큰한 아버지표 두부 동태찌개와 함께.

"아버지가, 저, 음⋯⋯. 할, 할 말이 있는데. 그게⋯⋯."

저녁을 먹은 후, 아버지가 소파에 누운 내 머리맡에 앉더니 우물쭈물 말을 꺼낸다. 내 예상이 맞는 모양이다. 언젠가 이런 날이 올 줄 알았다. 책이나 텔레비전에서 보면 꼭 애인 생겼다는 말을 할 때는 저런 표정이었다. 어, 내 손목까지 슬쩍 잡는다. 괜찮아, 아버지. 뭘 남자가 그런 걸 가지고. 그런데 그 여자분, 우리 집이 얼마나 웃기는 집안인 줄 알고나 있나요?

"그러니까, 강민아, 넌 아버지의 자, 자랑스러운 아들이야."

"왜 그래, 갑자기 오글거리게."

"아니, 그, 그러니까. 뭐, 그렇다는 말이지."

내가 당황스러운 표정으로 손을 빼자 아버지 얼굴이 붉어졌다. 웃겨. 어, 그런데 저건 뭐야.『비폭력 언어 사용법』, 뭐야. 요즘 아버지가 열심히 들여다보던 책이『비폭력 언어 사용법』이라니. 내가 책에 시선을 두자 아버지가 객쩍은 표정으로 책을 들어 보이며 픽 웃었다.

"책도 읽어?"

"으응. 아버지도 이제 연습 좀 하려고. 뭐, 처음부터 잘 안 되겠지만."

"그러니까 이제부터 비폭력 언어로 순화하시겠다!"

"이놈이, 아버지한테……."

"큭, 봐, 금방 본색이 드러나면서. 양의 탈을 쓴다고 늑대가……."

"아니야, 아버지도 노력할 거야. 두고 봐."

두고 보라는 사람 하나도 안 무섭다. 그러니까 그냥 사는 대로 살면 되잖아, 왜 안 하던 짓을 하려고 그래, 뭐 이런 말들이 뒤죽박죽 목구멍을 타고 올랐지만 아버지의 모습이 생뚱맞도록 진지하게 보여서 더 이상 말하지 않았다. 아버지가 계면쩍음을 모면

하려고 내 머리를 한 번 헝클고는 일어섰다. 그러고는 주머니에서 핸드폰을 꺼내어 눌렀다.

"어, 강수야, 지금 어디야? 얼른 들어와서 밥 먹어. 강수야, 아버지가 말이야 널 사, 사랑…… 어, 아, 알았어."

"큭!"

아버지의 불발된 사랑 고백에 나는 결국 웃고 말았다. 얼굴이 붉어진 아버지도 슬그머니 일어나 귀 뒤를 긁으며 화장실로 들어갔다. 나는 그런 아버지의 뒷모습을 바라보다가 다시 한 번 쿡 웃었다. 며칠 전만 해도 고음을 타고 작렬하던 욕설의 레퍼토리는 이런 것이었다.

"야 이 새끼야, 너 밥은 처먹고 다니는 거야? 그렇게 싸돌아다니지 말고 집에 와서 밥 먹고……."

사랑? 그런 말 하려면 되게 쑥스러울 것 같다. 나도 어릴 때 어버이날 편지에 "사랑하는 아버지" 어쩌고 하고 쓴 적이 꽤 있긴 있었다. 그러나 아버지 앞에서 말로 한 적은 한 번도 없는 것 같다. 물론 아버지도 형과 나에게 그런 말은 한 적이 없다. 늘 "아버지가 너희 둘을 위해서 어떻게 살아온 줄 알고 있는 거야?", "아버지가 누구 때문에 이렇게 살아가는데." 하는 넋두리는 들어 봤지만. 아버지가 이렇게 이상한 외계어를 하는 건 정말 처음 들어

본다. 괜히 아버지 때문에 기분이 이상하고 마음 한구석이 쓸쓸하다.

아버지, 엄마. 엄마가 있었다면 어땠을까? 아니, 엄마가 있는 애들은 어떨까? 애들 얘길 들어 보면 엄마가 밥하고 엄마가 옷 사 주고 엄마가 학원 끊어 준단다. 아버지가 밥하고 학원 끊어 주는 건 괜찮은데 아버지하고 옷 사러 갈 땐 정말 쪽팔린다. 가는 곳마다 점원들이 "아유, 아빠하고 옷 사러 왔네. 아버님, 정말 자상하시다." 하면서 아부를 섞어 호들갑을 떨 때, 정말 한 방 먹여 주고 싶다. 그래서 형은 자기 옷은 자기가 사 입는다. 그런데 난 아직도 아버지와 같이 옷을 사러 간다. 아토피 때문에 아버지가 옷의 소재를 골라야 한다나 뭐.

솔직히 새엄마라도 있으면 좋겠다. 학교에서 무슨 행사 때마다 부모들을 오라고 하는데 정말 짜증 난다. 몰려오는 걸 보면 다 엄마들이다. 난 그래서 학교에서 부모님 모시고 오라고 했다는 말, 아예 아버지한테 안 한다. 칫, 담임이 지난달에 고등학교 입학 설명회 한다고 부모들 오라고 하는데 대답을 안 했더니 빽 소리를 쳤다. 교장이 강당에 학부모 머릿수를 채우라고 했다면서. 내가 대답 대신 기분 나쁜 표정으로 째려보자 그제야 감을 잡았다는 듯 고개를 끄덕였다.

"아, 참. 지난번, 근수랑 붙었을 때도 너희 아버지가 오셨지? 아, 미안하다. 미안해. 내가 깜빡했네."

왜 우리 아버지가 학교에 왔는데 담임, 자기가 미안하다고 야단이야. 엄마가 없다는 사실 하나가 그토록 동정의 대상이 되는 걸까? 아니다. 그건 낙타 무릎팍 같은 선입견이다. 나는 그냥 나다. 내가 또다른 무엇과 섞여서 판단되는 건 참을 수 없는 일이다.

씨, 아버진 그동안 여자 하나 사귀지 못하고 뭐 했나 몰라, 쪼다같이.

"강민아, 아버지 부탁 하나 들어주라."

화장실에서 나온 아버지가 뜬금없이 말했다.

"그거 말이야. 상담 받으러 가는 거."

아, 그러고 보니 며칠 전부터 퇴원하면 형하고 무슨 상담하러 가야 한다고 했지.

"싫어, 왜 귀찮게 그딴 걸…… 날 미친 사람 취급 하고 정신과에도 데리고 가더니만 또?"

나는 짜증스러워서 머리카락을 양손으로 움켜잡으며 으, 소리를 냈다.

퇴원하고 집에 있어도 하나도 안 편하다. 뻑하면 떼거지가 몰려와서 딩당거리고, 저녁이면 우리 아버지 어설픈 연기에 짜증이 난다. 그러고 보니 우리 아버지 참 끈질기다. 달래고, 어르고, 윽박지르고. 벌써 며칠째 같은 말 반복이다.

아버지의 부탁이란다. 아니, 우리 가정의 행복을 위한 간절한 바람이란다. 결국 먼저 모종의 조건으로 형이 협상을 한 모양이다. 나도 컴퓨터를 바꿔 준다는 약속을 받아 내고 아버지의 부탁, 아니 가정의 행복을 위해서라는 간절한 바람에 오케이를 했다.

나는 아버지가 그려 준 약도를 들고 집을 나섰다. 마침 눈이 내리고 있었다. 크리스마스가 지난 지 한참 지났는데도 삼거리에 세워 둔 크리스마스트리는 그대로 있었다. 크리스마스트리를 장식한 색색깔의 반짝이 위에 포근히 눈이 쌓였다. 왠지 기분이 좋았다. 형하고는 그곳에서 만나기로 약속이 되어 있다. 버스를 타고 가면서 보니 하얗게 내리던 눈송이가 도로에 깔려 검게 변했다. 이렇게 함박눈이 내리는 날은 하루 정도 차가 다니지 않으면 안 되나? 이 넓은 도로에 모두들 뛰어나와 눈을 굴려 눈사람을 만들고, 눈싸움도 하면서 신나게 놀 수 있다면 얼마나 좋을까! 차 바퀴에 무지막지하게 깔리는 눈의 죽음을 보니 스톱, 하고 큰 소리로 외치고 싶었다. 버스에서 내려 건물 앞에 섰다.

심리 상담 센터

아버지가 말한 곳이다. 1층 유리문을 열고 들어서니 초원이 그려진 벽지가 산뜻하게 눈에 와 닿았다. 상담사는 서른 초반쯤으로 보이는 하회탈 같은 인상의 여자였다. 여자가 웃을 땐 얼굴이 영판 없이 어느 책에서 본 하회 부네탈이다. 형도 방금 왔는지 수건으로 머리를 닦고 있었다.

나도 상담사가 내민 수건으로 젖은 머리를 닦았다.

"이렇게 함박눈이 오는 날 만나게 되어 더욱 반갑네요."

하회 부네탈이 활짝 웃을 때 하얗고 가지런한 이가 보기 좋게 드러났다. 하회탈이 나와 형을 따로 불러 이야기를 나눈 후, 둘을 함께 불렀다.

"아버지한테 두 사람의 이야기를 많이 들었고 오늘 또, 두 사람의 이야길 들었어요. 제가 보기엔 두 사람이 그동안 충분히 이야기할 시간이 없었던 게 문제였던 것 같아요. 그래서 오늘은 상담 첫날이지만 서로에게 충분히 이야기할 수 있는 프로그램을 진행할 거예요. 저를 따라오세요."

이 선생이라고 자기를 소개한 하회탈이 우리를 안내한 곳은 달랑 의자가 두 개 놓인, 조그마한 교실 같은 곳이었다. 하회탈의

지시에 따라 우리는 의자에 앉았다.

"먼저 프로그램 진행을 위해서 지금부터 제가 말씀드리는 세 가지 규칙을 지켜 주셔야 해요. 첫째, 상대편이 이야기하는 중에 절대 끼어들어선 안 돼요. 하고 싶은 말이 있어도 일단 이야기가 끝날 때까지 기다려요. 둘째, 이야기하는 중에 화를 낼 수도 있어요. 그래도 절대 일어서 나가면 안 돼요. 셋째, 정말 화가 나면 앞에 있는 노란 깃발을 들어 주세요. 그러면 잠시 쉬든지 중단하든지 할게요. 그리고 이건 혹시 필요할지 몰라서 제가 두 사람을 위해 만든 질문지예요. 대화 중에 잘 생각나지 않으면 이걸 보면서 이야기해도 돼요. 자, 그럼."

하회탈이 불을 끄고 우리가 앉은 곳에 부드러운 백색 조명을 켰다. 사방은 컴컴했다. 우리는 마치 연극 무대의 배우들처럼 원형의 은은한 불빛 아래 앉았다.

조용했다.

어색했다.

멋쩍었다.

둘이서 눈길이 마주치자 계면쩍어서 목덜미를 긁으며 서로 눈길을 돌렸다.

"지, 시작하겠습니다. 먼저 동생부터 이야기할까요? 형한테 하고 싶은 말이나 아니면 질문지에 있는 것 중에서 골라 물어보세요."

어둠 속에서 하회탈 목소리가 또박또박 기계음처럼 들렸다. 나는 질문지를 내려다보며 가만히 앉아 있었다. 정말 불편하다. 이 경직되고 어설프고, 낯선 분위기가. 그래, 일단은 빨리 끝내자. 난 피식 웃으며 용기를 내어 먼저 형에게 물었다.

"형, 왜 나한테 자꾸 화내?"

사실은 야 이, 새끼야. 왜 날 자꾸 때리고 괴롭히는 거야, 왜? 하고 묻고 싶은 걸 꾹 참고, 좀 더 강도가 낮은, 형에게 되도록 자극을 덜 주기 위해 수위를 낮춰 물었다. 형이 같잖다는 듯 한번 픽 웃고, 고개를 내렸다가 비스듬하게 얼굴을 돌리며 퉁명스럽게 말을 뱉었다.

"뭘, 내가 왜 화를 내?"

조명 때문인가? 형의 저 비웃는 것 같기도 하고 조롱하는 것 같기도 한 모습이 무척 거만하게 보였다. 나는 갑자기 속이 격해지면서 욱 하고 소리가 올라왔다.

"형이 내가 무슨 말 하면 자꾸 소리치고 욕하고 때리잖아."

"아, 씨. 그건 기분 나쁘니까. 아니, 내가 너 때문에······."

"왜, 말을 해 봐."

내가 형을 빤히 쳐다보며 눈길을 피하지 않자 형이 아랫입술을 꾹 깨물며 목멘 듯 쉰 목소리를 냈다.

"내가, 내가 너 때문에……."

형도 시선을 고정하고 나를 노려보았다. 네 개의 눈동자가 싸늘한 불꽃을 튀겼다. 형이 다시 목소리를 깔고 숨을 한 번 내쉬고는 갈라지는 잇소리로 말했다.

"너 때문에 힘들다고."

"그러니까 말을 하라고. 왜 나 때문에 힘이 드는지."

"몰라서 물어?"

갑자기 형의 두 눈에 분노가 일면서 물기가 번들거렸다. 그렇게 침묵이 흘렀다. 그때 하회탈 목소리가 들렸다.

"그래, 난 어릴 때부터 너 때문에 억울한 게 너무 많아. 알아? 그래 좀 쪼잔하지만 말해 보자. 난 어릴 때 너 때문에 외톨이였어. 아이들이 놀이터에서 뛰어놀 때도 난 온몸을 긁으며 우는 너를 돌봐야 했어. 그 어린 나이에 널 돌봐야 했다고. 학교에 가서도 마음이 편한 적이 없었어. 공부할 때도 문득문득 네가 우는 소리가 환청처럼 들려서 가슴이 쿵쾅거렸어. 그리고 씨…… 학교에서 선생들이 너 때문에 날 부를 때 쪽팔려서 죽을 것 같았어. 니 때문에 아버지한테 맨날 얻어터지고, 네가 온몸을 긁어 대며 우는 걸 나보고 어쩌라고. 아버지는 완전 너밖에 몰랐어. 너한테 조금이라도 무슨 일이 생기면 나를 쳐 죽일 듯이……. 그래서 난 네가 싫어. 정말 싫단 말이야! 왜, 내가 너 때문에 이렇게 살아야 하냐고……."

하회탈 목소리를 따라 형 얼굴이 실룩거렸고 두 눈동자가 일렁거렸다. 난, 무서워서 몸이 떨렸다. 목소리가 멈추자 형이 주먹을 부르르 떨며 벌떡 일어나 소리쳤다.

"씨, 너만 아들이야! 난 쓰레기고……."

형의 고함 소리에 내 속에서도 갑자기 소리가 터져 나왔다.

"나는 뭐, 나는 뭐 좋은 줄 알아……. 나도 알아, 그래서 나도 아버지가 싫다고. 내 편만 드는 아버지가 싫다고. 아버지가 형 때리는 것도 싫고, 형이 나 때리는 것도 싫다고! 그래서 죽여 버리고 싶었다고. 나는…… 뭐, 씨. 나는 뭘 잘못했다고……."

내 눈에서도 물기가 핑핑 돌았다. 나는 어금니를 꽉 깨물고 형의 눈을 피하지 않았다.

"그래도 인마, 넌 아버지가 있잖아. 난, 난, 아무도 없어. 내 편은 아무도 없다고! 형이라고 무조건 참고 터져야 하냐고?"

형의 차오르는 숨소리가 팽창한 풍선처럼 느껴졌다. 뾰족한 바늘 끝을 갖다 대기만 해도 뻥 하고 터질 것 같은. 나도 형의 숨

소리와 눈빛에 굴하지 않았다. 이때껏 그렇게 날 괴롭혀 놓고 뭐가 잘났다고! 그동안 날 때린 걸 생각해 봐라, 이 양심도 없는 놈아! 나는 속으로 쏟아지는 말들을 가까스로 참으며 형을 계속 노려보았다. 형은 그런 내가 가소롭다는 듯 입꼬리를 싸늘하게 올리더니 고개를 숙였다 들었다. 허공을 향하는 형의 눈동자가 무섭도록 붉어졌다. 그렇게 한참이 지났다. 등줄기가 서늘했다. 아씨, 왜 이런 데를 와 가지고······.

엄,

마.

이 시점에 왜 엄마 얼굴이 눈앞에 떠오르는지. 씨, 엄마는 왜 죽어 가지고. 엄마가 보고 싶은데······ 엄마가······ 나는 견딜 수 없어서 자리에서 벌떡 일어났다. 캄캄했다. 두리번거렸지만 나갈 문이 보이지 않았다. 숨을 몰아쉬며 다시 자리에 앉았다. 그리고 바닥에 놓인 노란 깃발을 들었다.

"자, 노란 깃발을 들었으니 잠시 쉬도록 하겠습니다. 수고하셨습니다. 십 분 후에 이 자리에서 다시 만나겠습니다."

불이 켜졌다. 환했다. 아니, 횅했다. 형이 벌떡 일어나 거칠게 문을 열고 밖으로 나갔다. 나는 그 자리에 가만히 앉아 있었다. 뭐야? 이게 무슨 상담이야. 괜히 형하고 더 어색해지기만 하고.

이딴 건 필요 없다. 그만 가야겠다. 나도 벌떡 일어나 문 쪽을 향했다. 그때 하회탈의 목소리가 들려왔다.

"남강민, 그냥 가면 안 돼. 잠시 기다려."

명령이었다. 하회탈의 목소리는 아까와는 사뭇 달리 강하고 날카로웠다. 기분이 팍 상했다. 네 까짓 게 뭔데? 내가 고개를 돌려 노려보자 하회탈이 다가와 내 손을 꽉 잡았다.

"남강민. 잠깐만 기다려. 그리고 나를 한 번만 믿어 줘. 널 돕고 싶어. 언제까지 그렇게 아픈 상처를 가지고 살래? 아프면 아프다고 말해! 그리고 너 이대로 가 버리면 간곡히 부탁한 너희 아버지한테 내가 할 말이 없어. 그러니까 앉아. 프로그램 한 가지만 더 하자, 응? 자, 진정하고 자리에 앉아."

아픈 상처? 아프다고 말해? 뭘? ……말을 하면 뭐가 달라지는데. 이건 거짓말, 사기야. 순 사기라고! 나도 모르게 주먹에 잔뜩 힘이 들어갔다. 아버지, 아버지한테 할 말이 없다? 그래, 아버지한테 할 말이 없다잖아. 아버지 얼굴이 떠올랐다. 지금도 LPG 가스통을 잔뜩 실은 용달차를 끌고 이 집 저 집 배달하고 있을 그 모습도. 좋아, 기왕 온 것, 조금만 참자. 나는 다시 자리에 앉았다. 주먹에 힘이 스르르 풀어졌다.

십 분 후, 형이 들어와서 앉았다.

"이번에는 아까와 달리, 역할을 바꿔 보는 프로그램을 진행할 거예요. 형은 일어나서 제가 있는 쪽으로 와 주시고, 동생은 아까 형이 앉았던 자리에 앉도록 하겠습니다. 그리고 지금부터는 형이 되어서 그 빈 의자가 동생이라고 생각하는 겁니다. 말을 해도 좋고 생각만 해도 됩니다. 생각이 나지 않거나 중단하고 싶으면 아까처럼 노란 깃발을 들어 주십시오."

형이 걸어 나가자 다시 불이 꺼졌고 의자를 바꿔 앉은 내게만 불빛이 비쳤다. 씨, 뭘 생각하라는 거야? 아, 참 내가 형이지. 내가 형이라면…… 야, 라면 좀 끓여라. 새끼야, 그것도 제대로 못해. 병신 새끼. 죽을래?…… 몸이 떨리고 목구멍에서 꾹꾹 소리가 치밀었다. 에이 씨, 내가 왜 이러는 거야. 미친…….

그때였다. 하회탈의 말소리가 들려왔다.

"강민아, 먹어. 야, 이것 다 먹으라고. 그래야 약 먹지. 너 가렵잖아. 아, 착하지 남강민. 너 정말 이럴래? 이것 먹고 형하고 게임하자. 강수 너, 인마. 형이란 게 동생 약도 안 먹이고 애가 온몸이 이게 뭐야? 넌, 형이잖아. 니가 동생을 돌봐야지. 동생이 불쌍하지도 않아, 응? 강민아, 많이 아파? 야, 남강민. 정말 많이 아파? 아버지한테 전화했으니까 참아. 아이, 나도 몰라. 나보고 어떡하라고……. 개새끼, 너 죽인다. 한번만 내 동생 놀리면. 야, 너 죽인다 그랬지! 괜찮아, 괜찮아. 알았어. 형이 할게. 형이 다 해 줄게……. 야, 내가 왜 너 땜에 얻어터져야 하는데…… 넌 뭐야? 뭐냐고? 아버지 눈에는 강민이밖에 안 보이지? 내가 엄마야, 엄마냐고? 왜 내가 동생 때문에…… 그래, 아버지는 강민이 하고 잘 살아. 왜, 난 포기 못해. 아버지가 뭔데 내 꿈을 포기하라고 해. 난 기타 안 치면 죽을 것 같아. 그래도 기타가 날 살린 거야. 기타를 칠 때는 세상을 다 잊을 수 있거든. 날 아버지가 이렇게 만든 거야. 다 꺼져, 꺼지라고. 난 죽을 것 같단 말이야. 아니 죽어 버릴 거야!"

나는 소리를 듣지 않으려고 고개를 흔들었다. 이것은 하회탈의 말소리가 아니다! 시퍼렇게, 시퍼렇게 멍든 소리들의 아우성이다. 그 시퍼런 소리들이 허공에서 두서없이 뭉쳐져 귓속으로 마구 달려들었다.

그만해, 그만하라고! 나는 두 손으로 귀를 막았다. 그러나 뭉쳐진 소리들이 고막, 저 깊은 곳으로 사정없이 달려들었다. 숨이 턱, 턱, 막혔다. 고막으로 쳐들어간 소리들이 이내 심장을 뚫고 속에서 차올랐다. 견딜 수 없어서 눈을 감고 입술을 깨물었다.

됐어.

그만하라고.

제발!

제발…….

아, 결국 노란 깃발을 들고 말았다. 이마에 땀이 맺혔다.

"역할을 바꿔 보니 어땠어요?"

"안 할래요."

"뭘요?"

"……"

"뭘 안 해요?"

"나 같은 동생을 둔, 형요. 형, 안 할래요."

"왜요?"

"답답해서……."

이거, 최면술인가요, 하고 물어보고 싶은 걸 꾹 참았다. 꼭 지옥문 앞에 갔다 온 것 같아서. 이번엔 형이 내가 앉았던 의자에 앉았다. 어둠에서 빛으로 향하는 형의 그림자가 검은 기둥처럼 길게 붙어서 따라 움직였다.

"자, 지금부터 형이 아닌, 동생이라고 생각해 보세요."

형은 멍하니 불빛을 주시하다가 고개를 떨구었다. 잠시 그렇게 있던 형이 고개를 들면서 마음을 단단히 다잡으려는 듯 씩 웃었다. 그러나 형의 쓸쓸한 표정은 역력히 그대로 드러났다. 형은 자신 속에서 일어나는 감정의 균열을 웃음으로 덮으려는 듯 자꾸만 피식피식 웃었다. 눈가엔 붉은 것이 보이는데……. 형이 고개를 숙였다. 무슨 생각을 하는 걸까?

또다시 하회탈의 목소리가 연극의 대사처럼 들려왔다.

"형, 미안해. 내가 잘못했어. 아버지, 형 때리지 마. 형이 안 그랬어. 내가 그랬다니까. 내가 약 안 먹었어. 제발 아버지…… 아버지…… 인마, 너도 달려들어 봐. 날 쳐 보라고. 못 쳐. 이 병신 새끼야. 내가 너 때문에 얼마나 쪽팔리는 줄 알아. 아버지한테 또 일러바쳤지. 이 간신 새끼. 아니긴 뭐가 아니야. 죽어 버려. 엄마가 어딨어. 엄마…… 우린 엄마 없다고. 죽었다니까. 한 번만 더 내 앞에서 엄마 찾으면 죽여 버린다. 재수 없는 새끼…… 형, 때리지 마. 내가 다 잘못했어. 아프다고! 아파서 죽을 것 같다고. 형, 제발!"

형이 감정에서 빠져나오려고 눈초리에 꼿꼿하게 힘을 주는 게 보였다. 아유, 쪽팔리게……. 나도 형의 모습에 어떤 일이 곧 일어날 것 같은 불안이 느껴져서 자꾸만 고개를 가로저었다. 그때였다. 형은 마치 자신의 감정을 노출시키기 싫은 듯 입술을 한 번 굳게 다문 후, 망설이지 않고 노란 깃발을 들었다. 잠시 정적이 흘렀다. 나는 가슴을 꾹 누르고 눈을 감았다. 불이 들어왔다.

"자, 수고하셨습니다. 이쪽으로 와서 앉아 보세요."

하회탈이 떨어져 있던 의자 하나를 들어서 형이 앉은 의자 가까이로 붙여 놓았다. 나와 형이 의자에 앉았다. 하회탈이 우리 앞에 앉아서 그 특유의 미소로 부드럽게 말했다.

"아까, 동생은 자기 같은 동생을 둔 형은 안 한다고 했는데 형은 어땠나요?"

"뭐, 그렇죠 뭐."

형이 심드렁한 표정을 보고 하회탈이 형 얼굴 가까이 얼굴을 내밀며 애교스럽게 작은 소리로 물었다.

"그래도 동생이 좋죠?"

"흐!"

형이 오른손으로 내 머리를 헝클었다. 하회탈이 그런 형의 얼굴을 빤히 쳐다보며 양손으로 우리 둘의 무릎을 짚었다.

"저도 더 이상은 말하지 않겠습니다. 오늘 수고 많았어요. 이건, 집에 가서 각자 읽어 보시고, 이 책도 읽어 보세요. 그럼, 이만 일어서고 다음에 만나죠."

형과 나는 일어섰다. 눈길이 마주쳤지만 멋쩍어서 서로 고개를 돌렸다. 밖으로 나오니 함박눈이 계속 내리고 있었다. 온 천지가 눈으로 덮였다. 건물도, 도로도, 나무도 소복소복 흰 눈을 한 아름씩 안고 있었다. 우리는 말없이, 멀찍이 떨어져 버스 정류장으로 걸어갔다.

집으로 돌아오는 버스 속에서도 형은 나에게 한마디 말도 건네지 않았다. 어색했다. 뭐라고 말을 붙여야 하나, 나는 형의 눈치를 봤다. 병원에 있을 때는 형이 그래도 많이 참아 줬다. 형이 계속 음악을 할 수 있도록 아버지가 양보했기 때문일까? 나는 슬쩍슬쩍 곁눈질로 형을 살폈다. 형은 무심한 눈길로 창밖만 내다보고 있었다. 버스에서 내려서 걸으면서도 한마디도 하지 않았다. 나는 사정없이 머리와 어깨에 내려앉는 눈을 쓸어내며 걸었다. 형은 쌓이는 눈을 그대로 둔 채, 주머니에 손을 넣고 무표정한 얼굴로 걸었다. 집으로 들어가는 골목 입구까지 왔다. 형이 제과점을 힐긋 보며 입을 뗐다.

"뭐 먹을래?"

"아니…… 응."

형이 그 자리에 서서 주머니에 손을 넣은 채, 머리를 흔들어 눈을 털어 냈다. 나는 얼른 다가가 형의 어깨에 쌓인 눈을 손으로 털어 주었다. 형이 제과점 안으로 들어갔다. 나도 따라 들어갔다. 형이 빵을 담는 쟁반과 집게를 내밀었다. 나는 쟁반과 집게를 받아 들고 빵을 살폈다. 형이 좋아하는 소보로빵 한 개를 담으며 형을 쓱 쳐다봤다. 역시 아무 표정이 없다. 언젠가 텔레비전에서 본 아프리카 목각 인형 같다.

나는 뭘 먹을까 잠시 생각하다가 찹쌀 도넛 한 개를 담았다. 그리고 계산대 앞으로 갔다.

"아버지 건?"

형이 퉁명스럽게 말했다.

"아."

나는 다시 쟁반을 들고 가서 단팥빵을 한 개 집어 담았다. 형이 지갑을 꺼내 계산했다. 가게를 나와 골목을 접어들었다. 이미 골목길도 다닥다닥 붙은 집들도 다 눈으로 덮여 있었다. 나는 고개를 들어 하늘을 올려다보았다. 무수하게 날아오는 눈송이들이 내 얼굴에서 차가운 물방울로 맺혔다. 나는 빵 봉지를 든 시린 손을 바꿔서 주머니에 넣으며 속으로만 말했다. 형, 축하해. 대학 붙은 거. 사실, 그동안 몇 번이나 이 말이 하고 싶었는데……. 저만큼 앞서 걸어가는 형의 모습이 눈발 속에 흐리게 보였다.

22

누나, 만날 수 있어요?

강민에게서 문자가 왔네요. 마침, 나도 녀석이 궁금했는데 한 번 만나 봐야겠어요. 녀석을 만나면 왠지 내 가슴에 아픔도 조금 나눌 수 있을 거라는 기대도 있어요. 혹, 모르는 일이잖아요. 녀석도 강아지를 죽이고 나처럼 이렇게 마음 아파하고 있는지도요. 아니죠. 오 원장님이 그러는데 녀석은 그냥, 짜증 나서 강아지를 죽였다고 했어요. 그럴 거예요. 그 녀석 비쩍 마른 그 자체가 고약한 성깔의 소유자란 걸 말해 주고 있으니까요. 엄마가 없다는 게 좀 불쌍하게 생각되기도 하지만, 뭐 세상에 엄마 없는 애가 어디 한둘인가요? 그래요, 오늘 만나면 좀 따끔하게 말해야겠어요. 내가 그동안 많이 참았잖아요. 녀석이 애들한테 맞아서 병원에 갔다는 게 면죄부가 될 순 없죠.

언제 어디서 네가 정해.

ㅎㅎ 공원 옆 엄마 분식요. 6시.

ㅎㅎ의 의미는 무엇일까요? 지난번 그곳에서 만났을 때 자기가 한 일이 양심에 찔린 모양이죠.

나 6시에 퇴근이야. 6시 30분에 만나자.

알았어요.

저도 여동생이나 남동생이 있었으면 좋겠다는 생각을 가끔 하는데요. 정말 녀석 같은 동생 있음 골치 아플 거예요. 외숙모와 윤아 말로는 녀석의 형, 강수가 동생을 괴롭힌다고 하지만, 오죽하면 그러겠어요. 그 녀석 짜증 난다고 자기가 키우던 강아지도 죽인 놈이에요. 그러니 형한테도 뻔하죠, 버릇없이 막 대들다가 맞겠죠, 뭐. 아, 벌써 퇴근 시간이네요. 이번 달에는 정보 신문 이용자도 줄었어요. 날씨가 추우니 모든 게 다 꽁꽁 얼어붙나 봐요. 외삼촌이 요즘 우거지상이잖아요. 하여튼 우리 외삼촌, 사업이 좀 되면 헤벌쭉하고 좀 안 되면 저런다니까요. 외숙모한테 남자가 밖으로 표내지 말고 무게를 잡고 살라고 그렇게 잔소리를 들어도 그때뿐이에요. 나는 가방을 챙겨 들고 일어섰어요.

"사장님, 퇴근 안 해요?"

"아주, 칼퇴근이네."

사장이 내 말에 짜증스럽게 대답을 하네요. 지난번에 아파트 부녀회장 인터뷰 건으로 아직 꽁해 있는 모양이에요. 물론 나는 우발적인 그날의 내 행적에 대해 말하지 않았어요. 쪽팔려서. 그날은 정말 모든 게 다 귀찮더라고요. 회사고 인터뷰고. 나중에 들어 보니 허둥지둥 연우 씨가 나가서 인터뷰하고 왔다는데 사장은 그날 나 때문에 무척 열 받았나 봐요. 내가 뒤늦게 문자 한 통만 달랑 보냈거든요. 나는 토끼눈이 정상으로 돌아오고 얼굴에 부기가 가라앉을 때까지 커피숍에 죽치고 앉아 있다가 저녁에 집으로 바로 들어갔어요.

"약속이 있어서 먼저 갈게요."

"맘대로 해."

내가 책상 가까이 가서 말했지만 사장은 고개도 안 돌리고 퉁명스럽게 대답을 하네요. 마침 자리에서 일어서려던 연호 씨와 정 씨 아줌마, 아니 미세스 정이 움칠하며 눈치를 봤어요. 하여튼 저 심보, 애들 같으면 한 대 쥐어박았으면 딱 좋겠어요. 정말 저런 사장 밑에서 직장 생활을 하는 내가 불쌍하죠. 나는 문 쪽으로 걸어나가다 말고 돌아섰어요. 갑자기 거리낌 없는 저항으로 내 존재를 확인시키고 싶었거든요.

"연호 씨, 미세스 정, 안 가요?"

쌤통이다. 나는 사장 들어 보라고 일부러 큰 소리로 말했어요.

"으, 응."

"가야지."

대답은 그렇게 하면서도 선뜻 일어나지 못하고 또 우물쭈물하는 두 사람. 내가 문고리를 잡고 움직이지 않자 사장도 마지못해 껄끄러운 한마디를 던졌어요.

"퇴근들 해요."

진작에 그렇게, 좀 더 기분 좋게 말하지. 하긴 내가 이러면 안 되는데요, 요즘 자주 병원에 들락거리느라 지각에 조퇴에 무단 뺑소니에 결근까지 했거든요.

"야, 내가 너 때문에 못산다, 못살아."

며칠 전에는 사장이 그렇게 푸념을 다 하더라니까요. 정말 생각해 보면 외삼촌과 외숙모한테 미안한 일이 많죠. 그런데 나도 어쩔 수가 없어서 그래요. 온몸에 열이 오를 땐 정신이 하나도 없으니까요. 정신과에 갔다 온 이후로도 몇 번이나 그런 증상이 또 나타났어요. 오 원장님 처방은 식구들을 만나서 다 털어 내야 한다는데. 이제 얼마 있으면 설날이니까 그때까지 꾹 참아야죠.

회사에서 나와서 버스를 탔어요. 공원 입구 분식점으로 갔어요. 며칠 전 내린 눈이 아직도 군데군데 쌓여 있네요. 분식집 앞에 녀석의 길쭉한 모습이 보였어요. 일찍 나왔네요. 아주 막돼먹은 녀석은 아닌가 봐요. 하긴, 녀석의 눈동자가 참 맑잖아요.

"기다렸어?"

"예."

"제법이다."

내 말에 운동화 뒤축으로 바닥을 긁고 있던 녀석이 고개를 들며 씩 웃었어요. 진짜 이 녀석 키가 크긴 크군요. 나도 작은 키는 아닌데 내가 고개를 쳐들어야 얼굴이 선명하게 보이네요. 녀석이 분식집 안으로 먼저 들어가며 주문을 했어요.

"아줌마 여기, 김떡순 2인분요."

어쭈, 김밥, 떡볶이에 순대까지 주문을.

"누나, 배고프죠?"

"어떻게 알았어? 이제 몸은 괜찮아?"

"퇴근하고 바로 온 거잖아요. 저는 다 나았어요."

제법 귀여운데요. 예전의 그 반항적인 표정이 좀 순해진 것 같아요.

"왜, 날 만나려고 했는데?"

좀 추웠는데 따뜻한 데 앉으니 아, 피곤이 한꺼번에 몰려오네요. 녀석과 오래 시간을 끌지 않기 위해 단도직입적으로 물었어요.

"그게. 그러니까 지난번엔 미안했어요. 핸드폰도 그렇고."

알긴 아는군!

"그럼 많이 미안해야지. 만나자고 한 이유부터 말해."

내가 너무 싸늘한 건가요. 녀석이 무척 미안한 표정을 짓고 있는데도 별로 정이 안 가네요. 내가 비쩍 마른 사람은 일단 경계한다고 했잖아요.

"그게…… 찡코요. 찡코가 누나한테 무슨 신호를 보냈다고 했잖아요. 그거 더 자세하게 말해 주면 안 돼요? 애니멀 커뮤니케이터한테 저도 상담을 받아 보고 싶어서……"

"그거, 아니야. 이젠 신호도 안 오고 괜찮아. 그리고 애니멀 커뮤니케이터한테 가 봤자 똑같은 소리만 할 거야. 찡코는 행복하게 잘 있다. 원망하지 않는다. 그리고 주인을 사랑한다, 뭐 그런."

"정말 찡코가 저를 사랑한다고 했……."

이런, 녀석이 갑자기 말을 잇지 못하고 울먹울먹하더니 입술을 깨무네요. 두 눈에 눈물도 글썽하고요. 저 큰 눈에 눈물이 고이니 아고, 가슴이 찡하네요. 내가 녀석한테 너무했던 것 같아요. 사실 찡코가 보낸 신호를 알려 주려고 그 난리를 피웠지만 결국, 그건 찡코 때문에 다시 찾게 된 내 과거의 이야기였는데. 그래요, 솔직하게 말하는 게 나을 것 같아요. 괜히 녀석에게 찡코를 죽인 것에 대한 가책을 주긴 싫으니까요.

"미안하다. 그게 찡코의 얘기가 아니었어. 나도 그땐 몰랐지. 그런데 나한테 문제가 있었던 거야. 그러니까. 그게…… 나도 어릴 때 강아지를 키웠거든, 그 강아지를 무척 좋아했는데…… 내가 그 강아지를…… 흑."

이런, 갑자기 이렇게 감정에 빠지면 안 되는데. 나는 눈물이 나오지 않게 하려고 한참 동안 눈만 깜빡거렸어요. 침을 꿀꺽 삼킨 후 목소리를 가다듬었어요.

"그래, 내가 그 강아지를 죽였어. 그런데 강아지에 대한 기억을 잃어버렸어……."

아, 기어이 눈물이 후드득 떨어지네요.

"왜요? 왜 죽였어요?"

"……."

녀석도 갑자기 목소리가 격해지더군요. 저는 더 이상 대답할 수 없었어요. 그 긴 이야기를 어떻게 다 말할 수 있겠어요. 참다못한 녀석이 얼굴을 바짝 들이밀며 다시 묻더군요.

"싸웠나요? 아니, 누나, 누구한테 맞았죠? 누가 누나를 괴롭혔어요?"

녀석의 눈빛이 점점 날카로워졌어요.

"응."

"누구요?"

"오빠."

"그래서 강아지를 죽였죠. 그 강아지가 누나 오빠한테 막 대들었죠?"

"어떻게? 네가 그걸……."

나는 녀석의 정확하고 매서운 판단에 가슴이 섬뜩했어요. 잠시 녀석의 시선이 허공을 응시했어요. 멍하게. 그리고 한참 후, 녀석이 주먹으로 붉어진 눈가를 꾹 누르더군요.

"씨이, 우리 쩡코도 그렇게 죽었어요…… 씨, 아버지하고 형이 싸우는데 녀석이 나한테 달려들었어요. 내가 형하고 아버지를 죽이려고 했는데…… 녀석이 못 나가게 할퀴었어요. 죽여 봐, 하면서…… 씨, 완전 미친 것 같았어요."

녀석의 두 눈에서도 물방울이 후드득 떨어졌어요.

"너도…… 그랬구나! 나도 오빠가 무서워서……."

복받치는 슬픔 때문에 도저히 말을 이을 수 없었어요. 왜 자기 감정을, 아니 자기 눈에서 나오는 눈물을 맘대로 조절할 수 없는 건가요? 참 민망하네요. 어린애 앞에서 손끝으로 눈물방울을 꼭꼭 찍어 내려니, 안 되겠네요. 벽에 걸어 놓은 휴지를 풀어서 코를 휑 풀고 눈물을 쓱쓱 닦았어요. 그런 나를 붉어진 눈으로 바라보고 있던 녀석이 고개를 끄덕이며 말했어요.

"맞아요. 이제 알 것 같아요. 우리 찡코가 날 말리려고 한 거예요. 그래서 내가 문고리를 잡을 때 달려들었어요. 나쁜 녀석, 자기가 대신 죽으려고 했던 거예요. 흑……."

아, 정말 뚝뚝 떨어졌어요. 녀석의 눈물이 탁자 위로. 그 눈물은 꾹꾹 눌러 놓았던 고통이 비명으로 터져 나온 거예요. 나는 녀석 옆으로 옮겨 앉았어요. 녀석의 흐느끼는 어깨를 꼭 보듬어 주었어요. 그래, 울어라, 아니 우리 함께 울자. 얼마나 힘들었니? 얼마나…… 강민아, 실컷 울어. 미나야, 실컷 울자. 강아지들아, 미안해…… 정말 미안해…….

분식집 아줌마가 깜짝 놀란 표정으로 우릴 보더군요. 얼마나 그렇게 앉아서 울었을까요? 결국 앞에 놓인 음식을 먹지도 못하고 휴지만 탁자 위에 수북이 쌓아 놓은 채, 계산을 하고 나왔어요. 우리 둘은 공원을 걸었어요. 별이 유난히 총총하게 빛나는 밤이었어요. 강민이도 나도, 그렇게 묵묵히 걸었어요. 생각해 보면 살아 있는 모든 것은 서로의 교집합인 것 같아요. 뚝뚝 분질러서 흩어 버릴 수 없는.

집 앞에 이르러 나는 강민의 손을 끌어다 내 손 안에 꼭 쥐었다 놓았어요. 그리고 말 없이 한번 웃어 주고는 녀석과 헤어졌죠. 돌아서 걸으며 하늘을 올려다보니 총총히 빛나던 별들이 내 눈 속에서 마구 으스러졌어요. 골목을 휘몰아서 나가는 바람결이 오늘따라 몹시 차갑군요. 눈가를 닦고 목도리로 얼굴을 감싼 후, 대문을 열었어요.

"미나니?"

깜짝 놀랐어요.

"뭐야, 엄마? 언제 왔어?"

"조금 전에. 연락할까 하다가 너 깜짝 놀라게 해 주려고."

"치. 연락을 하고 오지."

반가웠어요. 오랫만에 엄마 얼굴을 보니.

"외삼촌은?"

"아직 안 왔어? 난 다른 데 들렀다 오느라고. 그런데 엄마, 갑자기 웬일이야? 들어가자."

나는 엄마와 함께 집으로 들어왔어요. 맛있는 냄새가 나는 걸 보니 외숙모가 손위 시누이를 위해 뭔가 특별식을 만들었나 봐요.

"너 추운데 멋 부린다고 그런 얇은 코트 입고 다니지 말고, 오리털 점퍼 입고 다녀. 올겨울엔 왜 이리 날씨가 추운지."

엄마가 내 방으로 따라 들어오며 잔소리를 했어요. 이 몸에 무슨, 누가 멋을 부린다고.

"어, 너 왜 그래? 울었어? 왜?"

이런 들켜 버렸네요.

"아, 오면 온다고 연락을 하고 와야지 이렇게 불쑥……"

내가 무안을 감추려고 짜증을 냈지만 엄마는 그 자리에서 서서 유심히 나를 살폈어요.

"무슨 일 있어?"

"무슨 일은…… 왜 왔냐고?"

나도 모르게 큰 소리가 나왔어요.

"그, 그게 네 오빠가 휴가 나와서 이리로 온다고 해서."

"왜 이리로 와?"

"중이염 때문에 큰 병원에 가서 검진 받아야 한다고."

그럼, 그렇지. 우리 엄마, 딸이 직장 생활하느라 고생한다고 응원해 주러 왔겠어요. 또 속에서 뾰족하고 큼직한 가시가 돋아나네요.

"흥, 그럼 그렇지 뭐. 엄마가……."

내가 비꼬는 투로 말하자 엄마가 화를 벌컥 냈어요.

"말하는 것 하고는…… 기집애, 그저 지 오빨 못 잡아먹어서."

아, 전 엄마의 그 한마디에 폭발하고 말았어요. 뇌관이 터졌다고요. 석 달 만에 만난 엄마 앞에서.

"그래. 잡아먹고 싶어. 내가 누구 때문에 이 모양 이 꼴이 되었는데. 엄마가 알기나 해. 알기나 하냐고. 내가 어떻게 사는지? 내가 얼마나 아픈지…… 다 엄마 때문이야. 엄마 때문이라고! 엄만 내가 이러는 게 꼴 보기 싫지? 싫을 거야. 나도 엄마가 싫어, 아니 다 싫어. 인간들이 다 싫다고! 가, 가라고. 왜 여기까지 와서 날 비참하게 만들어. 가란 말이야."

나도 모르게 속사포로 악다구니가 마구 튀어나왔어요. 정말 돌아 버릴 것 같았으니까요. 외숙모가 놀란 눈으로 문을 열고 들어오려다가 다시 문을 닫았어요. 모녀지간의 일에 끼어들고 싶지 않았을 테니까요. 평소에 내가 엄마한테 반감을 가지고 있는 것을 외숙모도 알고 있어요.

"뭐가 비참하다는 거야, 응? 네가 비참하면 나만큼 비참하겠니? 오랜만에 딸 만나자마자…… 그래, 말 좀 해 보자. 뭐가 그리 불만이고 비참한데?"

엄마가 내 팔을 잡았지만 나는 엄마 손을 뿌리쳤어요. 속에서 끓어오르는 말을 어떻게 쏟아 내야 할지 몰라서 숨이 턱턱 차올랐거든요.

"가, 가라고, 듣기 싫어. 가 버리라고 왜 여기까지 와서 그 자식을 만나야 하느냐고. 그 인간이 뭐라고."

"그래. 맘대로 생각해라. 나도 모르겠다. 아니, 나도 이젠 지쳤다. 너희 남매, 어떻게 해야 남들처럼 우애 있게 살 수 있을지. 너한테 네 오빠 얘기 꺼낼 때마다 네 그 쌩한 눈빛 보면 가슴이 철렁한다. 너희 오빠가 너한테 죽을 짓을 했다고 해도 그건 어릴 때 얘기고 지금은 네 오빠도 너한테 미안해하잖아. 군대 갈 때도 네 눈치 보면서 편지로라도 사과하려고 애썼고, 휴가 나와서도 네 눈치 보느라고 식구들이 둘러앉아서 밥 한번 제대로 못 먹었어. 넌 밥상머리에 앉아서도 삐딱하게 돌아앉고 네 오빠 얼굴 한번 바로 쳐다보지 않잖아. 너한테 네 오빠 면회 한번 간다고 말하기도 겁났다. 부모란 게 그래. 널 보면 저게 얼마나 오빠한테 당하고 마음이 아프면 저럴까 하고 속이 저리다가도 또 네 오빠가 네 눈치 슬슬 보면서 마음고생하는 것 보면 또 그놈이 안쓰럽고, 괜히 미안하고. 휴가 나와서 뭘 좀 챙겨 주려고 하면 네 눈치 보여서……."

어련하시겠어요? 어디 나 때문에 마음 저렸다고요, 흥, 아들이 이 못난 딸 때문에 불편하게 지내는 게 속상했겠죠.

"너도 네 오빠도 내 몸에서 나온 자식인데 누가 더 좋고 덜 좋고가 어디 있겠니? 엄마는 다 똑같아. 네가 오빠한테 상처 받고 아파하는 것 보면 네가 안쓰럽고, 네 오빠가 네 눈치 보면서 안절부절못하는 것 보면 또 걔가 안쓰럽고. 다 엄마 잘못이고 죄인 것 같아서 정말 나도 힘들어……."

힘들어요? 물론 힘들겠죠, 그럼 나는요? 나는 병이 들었다고요. 치료를 받아야 할 만큼. 화병이래요. 당신들 때문에 내 마음이 병들고 내 인생이 시퍼렇게 멍들어서 죽을 것 같다고요.

"미나야, 따져 보면 네 오빠가 어릴 때 너를 그렇게 때린 것도 다 가난한 부모 때문에 그렇게 된 거야. 엄마 아빤, 한 살이라도 젊었을 때 집 한 칸이라도 장만해 보려고 어린 너희를 돌보지 못하고…… 민욱이가 그런 애들하고 노는 줄도 모르고……."

아, 또 그 말씀이군요. 엄마 아빠가 맞벌이를 하는 사이에 오빠가 동네의 나쁜 애들하고 돌아다니면서 나쁜 짓을 배웠고, 그래서 동생을 때렸다고. 그건 나도 알아요. 큰 애들이 우리 집에 모여서 게임을 하며 시시덕거리고 있는 걸 본 적이 한두 번이 아니니까요. 오빠가 그 애들한테 맞는 것도 봤어요. 오빠 눈 위의 그 흉터, 그것도 그때 동네 애들한테 맞아서 그렇게 된 거잖아요. 그렇다고, 그렇다고 동생을 그렇게 마구 때리면 안 되잖아요. 난 오빠가 날 때릴 때마다 얼마나 무서웠고 아팠는지 아세요? 알고 있냐고요?

"미나야, 이제 다 지나간 이야긴데 이 엄마를 용서하고 잊어버리면 안 되겠니?"

잊으라고요. 정말 쉽게도 말씀하시네요. 나도 그러고 싶어요. 정말이에요. 그런데 이 가슴에 똘똘 뭉쳐 있는 덩어리가 풀어지지 않아요. 용서할 수 없는데 어떻게…… 어떻게 잊어요?

"난, 너희 둘 밥상머리에 앉아서도 서로 외면하고 원수처럼 말 한마디 안 하는 걸 보면…… 내 속에서 나온 자식인데도 내 맘대로 할 수 없는 심정을 너희가…… 그래, 엄마 이해해 달라고 말하진 못하겠다. 나는 어떻게 되어도 좋으니 너희 남매 서로 의좋게 살 수 있으면…… 정말, 엄마는…… 어디 가다가도 두 남매가 사이좋은 걸 보면 그게 어찌나 부러운지……"

꿈 깨세요. 어머니. 사이좋은 남매요? 그렇게 얻어맞고 이렇게 만신창이로 살아가는 초라한 딸을 보면서도 그런 말을 할 수 있나요? 오죽했으면 내 강아지…… 강아지가 죽었다고요. 아니 그 어린 계집애가 죄 없는 강아지를…… 나 때문에…… 아니 강아지를 죽인 건, 그 인간이에요. 난 그 인간이 무서워서…… 죽였어요. 죽였다고요. 그런데요, 그 강아지가 나를 사랑한대요. 원망하지 않는대요. 인간보다 개 새끼가 더 낫다고요!

"미나야? 미나야? 제발……"

엄마, 이 손 놓으세요. 사정해 봐도 소용없어요. 엄마 말 몇 마디에 내 깊은 아픔이 치유될 수 있다면 나도 좋겠어요. 내가 안 보이세요? 내 마음속에 끓고 있는 이 시커먼 불덩이가 내 가슴을, 아니 온 몸뚱이를 다 살라 버리고 말 거예요.

"미나야, 엄마 좀 봐. 응. 미나야."

엄마가 내 얼굴을 두 손으로 감쌌어요. 난 엄마의 손을 힘껏 뿌리쳤어요. 그리고 벌떡 일어났어요.

"놔, 그거 알아? 그 인간 때문에 내가 그 어린 손으로 강아지까지…… 흑."

결국 나는 말을 마치지 못하고 화장실로 뛰어들어 갔어요. 문을 잠가 버렸어요. 비바람과 폭풍우에 흔들리는 나뭇가지처럼 몸이 마구 흔들렸어요. 정말 남의 집만 아니었다면 나도 악다구니를 부리며 엄마하고 한바탕하고 싶어요. 아니, 이렇게 눈물만 쏟아지지 않았다면요. 그래요. 엄마 입장에서는 내 마음보다 엄마 마음이 먼저겠죠. 그래도 어쩜, 저렇게 자기 변명만, 자기 생각만 늘어놓을 수 있을까요? 오 원장님, 괜히 나한테 미움 받고 있는 엄마와 오빠를 이해하고 용서하라고 하셨던가요? 저렇게 자기 말만 쏟아 내고 있는 엄만데도요. 난 이해할 수 없어요. 물론 용서지도 않을 거고요. 원장님은 날마다 두려움에 떨어야 했던 내 개 같은 날들을 겪어 보지 않아서 모를 거예요.

외삼촌이 들어오는 소리가 들리고 윤아가 저녁 먹으라고 몇 번이나 부르러 왔지만 나는 죽은 척 이불을 덮어 쓰고 엎어져 있었어요. 늦은 밤, 내 침대 밑, 바닥에 잠자리를 마련한 엄마의 한숨 소리가 들렸어요.

나도 마음이 무척 아파요. 나도 자식인데 왜 엄마가 불쌍하지 않겠어요. 딸한테 이렇게 당하고 사는 엄만데요. 그래요 내가 나쁜 딸이죠. 엄마가 무슨 죄가 있겠어요. 그런데 다 알면서도 왜 이렇게 원망이 쏟아지는 걸까요? 엄마라서…… 엄마는 무엇이든 다 해 주고, 다 들어줄 것 같아서. 엄마니까…….

엄마가 잠든 모양이에요. 숨소리가 고르네요. 밤이 깊었어요. 이제 그만 자야겠어요. 엄마, 안녕히 주무세요. 이 추운 겨울이 지나면 곧 따뜻한 봄이 오겠지요. 오늘은 슬픈 어둠 속에서 이만 안녕!

23

폭력 금지, 비폭력 언어 사용

아버지가 온 집 안에 써 붙인 글자들이다. 냉장고에도 거실 벽에도 안방 서랍장 위에도 화장실에도 다 붙어 있다. 우리 아버지 뭔가 좀 변했다. 주먹이 올라가다가도 소리를 꽥 지르려 하다가도 주먹이, 목소리가 힘없이 흐물거리며 내려온다. 그 모습을 보면 엄청 우습지만 그 노력하는 자세는 괜찮은 것 같다. 우리 집의 일차적 변화는 식탁에서 일어나고 있다. 아침은 아버지가 일찍 먹고 가게로 나가면 나와 형이 일어나는 순서대로 알아서 찾아먹는다. 형은 주로 나한테 라면을 끓이라고 소리치지만. 그런데 저녁만은 식구가 모여 먹는 일이 잦아졌다. 아버지가 퇴근하고 부지런히 준비해서 형이 저녁 아르바이트 나가기 전에 같이 먹는다. 형은 밤 9시부터 새벽 5시까지 동네 편의점에서 알바를 한다. 형이 사람을 치었다던 오토바이 사고는 형의 말대로 그 사람들이 놀라서 지레 겁을 먹고 신고한 해프닝이었다. 괜히 사고 쳤다고 형을 닦달한 아버지만 형한테 미안하게 된 셈이다.

오늘도 아버지는 퇴근하자마자 주방에 들어가서 능숙한 솜씨로 저녁을 차렸다.

"자, 먹자. 오늘의 특별식은 신김치 돼지 갈비찜."

"와, 맛있겠다!"

냄비째 올라온 갈비찜에 침이 꿀꺽 넘어갔다. 형이 먼저 큼직한 갈비 하나를 들고 뜯으며 뜬금없이 아버지한테 물었다.

"아버진 연애 안 해?"

"연애? 누가 나 같은 사람하고 연애해?"

"하긴, 저 얼굴에 연애는 좀 그러네."

"이 자식이."

"어허, 비폭력 언어 사용! 아버지 그러지 말고 예쁜 여자 친구, 아니 애인 하나 모셔 와."

"딴소리 말고. 참. 강수, 넌 이제 상담 끝났다면서. 며칠 전에

이 선생이 전화 왔더라. 강민이는 몇 번 더 남았다던데."

아버지가 내 밥그릇에 갈비 하나를 얹어 주었다.

"몰라, 아버지. 그런데 그 하회 부네탈이 날 좋아하나 봐. 날 자꾸 오라고 하는 걸 보면, 뭐 보고 싶대나. 하긴 뭐, 요즘 연상이 대세긴 한데 말이야."

내가 능청을 떨자 아버지가 맞장구를 쳤다.

"좋지, 나이 차이가 꽤 많긴 하지만 그 선생, 귀엽잖아."

아버지가 허허허 웃자 형이 퉁명스럽게 한마디 했다.

"야, 차라리 옆집 미나 씨가 낫겠다."

"미나 씨, 그래, 나도 미나 씨라면 오케이다. 일단은 한 덩치 하잖아. 정의의 여장부고! 강민이 너, 하나쯤 충분히 지켜 줄 수 있을 테고."

"아버지!"

내가 아버지 말에 화난 표정을 짓자 형이 옆에서 실실 웃으며 덧붙였다.

"왜, 미나 씨는 네 생명의 은인이잖아."

그 말에 생각난 듯 아버지가 나를 쳐다보며 말했다.

"참, 강민이 너 오 원장님께도 안부 전화 드려라. 요즘 어떻게 지내시는지. 오 원장님도 네 은인이라고 생각해야 해. 난 의사 정도 되는 사람들은 뭔가 건방지고 우리 같은 사람들과는 다를 줄 알았는데 그 양반은 그렇지 않더라. 참 좋은 사람이야. 언제 한번 모시고 식사라도 대접해야 할 텐데."

"옆집 누나도 그 병원에 다니나 봐. 그때 병원에서 둘이 이야기하는 걸 보니 잘 아는 것 같던데. 비만도 정신과에서 고칠 수 있나?"

정말 옆집 하마, 아니 미나 누나를 생각하면 미안한 게 많다. 그날 저녁 그 누나와 만나서 울었던 걸 생각하면 창피하기도 하고. 내가 그 강아지를…… 죽였어, 라는 한마디에 나도 걷잡을 수 없었다. 찡코가 생각나서. 사실, 난 요즘 골목에서 혹시 미나 누나를 만날까 봐 가슴 졸인다. 내가 우는 걸 보고 그 누나가 날 찌질한 애로 생각할 것 같아서. 그러나 한편으로는 그 누나를 만나서 함께 울었던 일을 생각하면 어떤 부드러운 손길이 내 마음을 어루만져 준 것 같은 느낌이 들었다. 아마, 비슷한 경험을 한 사람들만이 나눌 수 있는 공감에서 오는 위안, 그런 것이 아닐까? 언젠가 좀 더 감정이 정리되면 미나 누나와 만나서 오랫동안 이야기를 나누고 싶다. 그날 난 미나 누나를 만나서 애니멀 커뮤니케이터에 대해서 물어보려고 했었다. 그런데 그 누나는 애니멀 커뮤니케이터한테 찡코가 사랑한다고, 원망하지 않는다는 말만 듣고 왔단다. 그래서 갈 필요가 없다고 했지만 그래도 궁금하다.

저녁을 먹고 그동안 몇 번이나 검색했던 애니멀 커뮤니케이터 사이트에 다시 들어갔다. 누나는 어디 가서 직접 상담을 받았는지 모르지만 애니멀 커뮤니케이터들은 대부분 온라인으로 상담 신청을 받고 있었다. 강아지 사진과 상담 받으려는 사연, 강아지한테 물어보고 싶은 질문을 올리고 상담비를 입금하면 답장을 보내 준다고 했다. 상담 받을 사연이라?

제가 찡코를 죽였는데요. 궁금해서 물어볼 게 있는데.

이건 아니다. 애니멀 커뮤니테이터는 동물을 사랑하는 사람일 텐데 내가 죽였다고 하면 나쁜 놈이라고 상담을 거절할지도 모른다. 어떻게 한다?

실수로 찡코가 죽었는데…….

이것도 아니다. 실수로 죽을 순 없는 거다. 생명이 있는 강아지가 장난감도 아닌데 실수라니! 그냥 죽었다고만 쓰자.

제가 키우던 강아지 찡코가 죽었어요. 그런데 궁금한 게 있어서요.

그래, 이정도로 보내자, 다음은 질문 4가지. 곰곰이 생각해서 적었다.

1. 너 정말 그날 저녁에 왜 나한테 그처럼 사납게 달려들었니?
2. 이 형아를 용서해 줄 수 있겠니?
3. 넌, 지금 어디에 있니?
4. 보고 싶다. 우린 이제 다시 만날 수 없는 거니?

3번은 정말 궁금한 거다. 그날 형이 찡코를 안고 나간 것은 봤는데 쓰레기통에 버렸다면 어디 쓰레기 하치장 같은 곳에 꽁꽁 언 채로 있을지도 모른다. 어디든 찡코가 알려 준다면 찾아가서 정성껏 장례를 치러 줄 거다. 4번을 쓸 땐, 내 자신도 황당해서 몇 번 다른 것을 썼다가 지웠다가, 다시 썼다. 정말 보고 싶으니까. 정말 다시 만나고 싶으니까.

찡코 사진을 파일로 첨부하는데 녀석의 그 푹 찌그러진 코가 안쓰럽게 보였다. 이 녀석 돈 벌어서 성형 수술이라도 시켜 줬어야 하는 건데. 늘 못생겼다는 소리만 듣고.

며칠 후에 답장이 왔다. 상담비를 입금시키란다. 정말 상담비가 만만치 않다. 그래도 찡코의 대답을 들을 수 있다니 마음이 설렌다. 한 달 용돈과 꽤 묵직한 돼지 저금통을 깨서 합쳤다. 아, 찡코는 애니멀 커뮤니케이터를 통해 무슨 대답을 보내올까? 정말 궁금하다. 녀석이 아직도 날 많이 원망하고 있으면 어쩌지? 아니 당연히 원망하고 있겠지. 녀석이 얼마나 아팠을까……

벌써 며칠째 눈뜨면 메일부터 열어 봤는데 아직 답장이 없다. 이거 사기 아니야? 전화를 했다. 수화기 저쪽에서 어린아이들 목소리가 들리는 것 같더니 푹 잠긴 목소리의 여자가 전화를 받았다.

"언제 메일 보내 주실 건가요?"

"신청한 순서대로 해 드리니까 좀만 더 기다려요. 하루에 그렇게 많은 교감을 할 수 없거든요. 애니멀 커뮤니케이터들은 동물과 한 번 교감을 하고 나면 에너지가 많이 소진되니까요. 이메일 보내고 핸드폰 문자로 알려 드릴게요. 참, 그 강아지 아기 때부터 분양받아서 키운 거예요?"

"아니요. 좀 커서 주워 왔어요."

"아, 그렇구나! 알았어요."

"네, 안녕히 계세요."

이런, 아, 빨리 좀 보내 줘요. 궁금해서 미칠 것 같단 말이에요, 라는 말이 목구멍으로 올라왔지만 나는 수화기를 잡은 채 고개까지 숙여서 정중하게 인사를 하고 말았다. 그만큼 긴장하고 기다리고 있다는 거다.

오늘은 형과 함께 병원에 갔다. 퇴원하면서 늑골에 있던 깁스를 풀고 보조기를 하고 있었는데 오늘, 그것마저 풀어 준단다.

"자, 이제는 자유다. 그러나 앞으로도 늘 조심해야 돼. 한번 골절되었던 뼈가 다시 부러지면 큰일이다."

의사는 내 등을 한 번 두드려 준 후, 눈길을 형에게 돌렸다.

"자네가 형이지. 형이 잘생겼어. 꼭 연예인 같아."

의사의 말에 형이 씩 웃었다. 나도 형을 쳐다보았다. 하얀 피부, 눈썹까지 내려오는 긴 머리에 달랑거리는 링 귀고리, 그리 크지 않은 키와 적당한 몸매. 정말 형은 객관적으로 봤을 때, 멋있다. 그런데 왜 난, 한번도 형이 멋있다는 생각을 못 했을까?

"저보다야 제 동생이 더 잘생겼죠."

뜻밖의 말이다. 형이 웬일?

"허긴, 동생도 잘생겼어. 그런데 좀 잘 먹어야겠어. 살이 좀 찌게. 아주 훌륭한 형제야."

의사가 허허 웃으며 칭찬하자 형의 얼굴이 금세 붉어졌다. 훌륭한 형제. 형제…… 그래, 우린 형제다. 이 세상에서 둘도 없는…… 뭐야, 이건 무슨 영화 제목 아니었나? 나는 형을 힐끔 쳐다보며 킥, 웃었다. 내가 느끼기에 형이 요즘 조금 변한 것 같다. 아니, 확실히 변한 건 아버지다. 가끔 가다 벌컥 화를 내고 소리를 지르기도 하지만, 확실히 전보다는 부드러워졌다. 어느 땐 뭔가를 표현하려고 생뚱맞고 당황스럽게 오버하기도 하지만 어쨌든 애를 쓰고 있는 건 분명하다. 아버지가 변하면, 형이 변하고, 그러면 내가…… 그런데 그게 참 잘 안 된다. 나도 뭔가를, 마음속에 고인 말들을 얘기하면서 살고 싶은데, 입을 열려면 자꾸만 쑥스럽고 창피한 생각이 들어서. 그래서 그 상담 선생, 하회탈이 아직 난 멀었다고 한 건가? 병원 엘리베이터 안에서 형과 눈이 마주쳤다. 형이 불쑥 말했다.

"남강민, 축하해. 늑골 보조기에서 완전히 해방된 거."

"으응!"

대답을 미처 준비하지 못한 내가 당황스러워하자 형이 픽 웃었다. 버스를 탔다. 버스 안에서 나란히 섰지만 둘 다 무심히 창밖만 내다보았다. 버스에서 내려 골목을 걸었다. 제과점 앞을 지나며 형의 얼굴을 힐긋 쳐다보았다. 그러나 형은 그대로 제과점을 지나쳤다. 좀 섭섭한 마음이 들었지만 묵묵히 형을 쫓았다. 정말 멋쩍은 동행이다. 군데군데 눈을 쌓아 놓은 골목 안으로 찬 바람이 훅, 불어왔다.

집에 오자마자 컴퓨터를 켰다.

아, 드디어 왔다.

애니멀 커뮤니케이터 상담 내용입니다.

초고속, 빛의 속도로 메일을 열었다.

안녕하세요?
귀하가 질문한 상담 내용입니다.
사랑하는 강아지를 잃고 얼마나 마음이 아팠습니까?
정성껏 교감한 내용을 보냅니다.
안녕히 계십시오.

첨부 파일을 열었다.

1. 너 정말 그날 저녁에 왜 나한테 그처럼 사납게 달려들었니?

형, 나도 내 행동을 제어할 수 없을 때가 있어. 난 형하고 둘이 만 있고 싶은데 사람들 소리가 나면 화가 나. 그래서 나도 모르게 막 짖게 되고 달려들게 돼. 그날 저녁에도 무섭고 겁이 났어.(사람들도 그렇지만 이 아기들도 저녁이 되면 우울하고 불안할 수 있지요.) 그래서 형한테 달려들었나 봐. 미안해. 난 형이 화를 내면 불안해. 그리고 난 아가 때 한번 버림을 받은 적이 있어서 또 버림받을까 봐 그것도 항상 불안하고.(찡코가 그날 저녁의 일이 생각나는지 교감 중에도 정말 떨고 있는 게 느껴지네요.)

2. 이 형아를 용서해 줄 수 있겠니?

그럼, 다 용서했어. 난 형아 원망 안 해. 형아는 참 착해. 날 많이 사랑해 줬잖아. 형아하고 목욕할 때 얼마나 좋은지 몰라. 비누 거품 느낌이 참 좋았어.(찡코가 비누 거품을 내뿜듯이 푸푸 불며 웃는 게 교감 중에 느껴지네요. 이 녀석, 보통 장난꾸러기가 아닌데요. 저한테도 교감 중에 푸푸 하면서 장난을 걸어요. 그래서 너 그러지 말고 정말 형아를 용서했느냐고 정색하고 다시 물었이요.) 그럼요. 전 정말 용서했어요. 형한테 걱정하지 말라고 전해 주세요. 형이 약간 무섭긴 하지만(이 얘기 할 땐 아주 작은 목소리여서 제가 다시 물었어요. 다시 크게 말해 달라고. 그랬더니 찡코가 약간 슬픈 표정으로 다시 말해 주었어요. 역시 힘없는 작은 목소리로.) 형아가 약간 무서워요. (그다음은 더 이상 이야길 하지 않네요. 그래서 제가 너 고집 세지, 하고 물었더니 또 말을 안 하려고 하네요.)

3. 넌, 지금 어디에 있니?

여긴요, 따뜻해요. 공간이 좀 좁아서 답답하긴 하지만 뛰어놀 수도 있어요.(더 자세하게 말해 달라고 했어요. 이 아가들은 죽었어도 교감을 통해 느낌을 전달할 수 있거든요.) 음, 어딘지는 잘 몰라요.(혼자 있니, 하고 물어봤어요.) 아니요, 다른 애들도 있어요. 애들이 다 착해요. 저, 가 봐야 해요. 애들하고 놀기로 했거든요.(옆에 다른 애들도 느껴지네요. 이 녀석 몹시 바쁜 것 같아요. 그래서 이 질문은 여기서 마치고 녀석을 불러서 급히 4번 질문으로 들어갔어요.)

4. 보고 싶다. 우린 이제 다시 만날 수 없는 거니?

(한참 동안 교감이 끊겼어요. 조금 시간이 지난 후 다시 교감을 시도했지만 교감이 안 되었어요. 한 시간이 지난 후, 다시 찡코와 교감이 되었어요. 너 재밌나 보다. 아까 나랑 이야기하다가

그냥 가 버리고) 아, 미안해요.(네 형아가 보고 싶다고, 이제 다시 만날 수 없냐고 묻는데, 이 질문에서는 녀석의 소리가 크게 들렸어요.) 네. 저도 형아 보고 싶어요. 그런데 여기서는 너무 멀어서 갈 수가 없어요. 추워요.(여기서 잠시 신호가 끊어졌음, 찡코는 이상한 아이네요. 추위에 대한 뭔가 안 좋은 기억이 떠오르는지 신호를 끊어 버리네요. 교감이 중간에서 끊기니 정말 힘이 들었어요. 녀석을 한참 달랜 후, 다시 나타났어요.) 아줌마, 저 버림받은 것 아니죠?(한참 후에 나타난 녀석이 뜬금없이 저한테 질문을 했어요. 그래서 절대 아니다. 네 주인인 형아가 널 버리지 않았고 사랑하니까 이렇게 아줌마를 통해 교감을 시도한 거다, 하고 말해 주었어요. 그랬더니 녀석이 금방 즐거운 표정으로 신호를 보냈어요.) 아줌마, 형아한테 보고 싶다고 해 주세요. 저, 가 봐야 해요.(찡코의 소리도 사라졌어요. 그리고 교감이 끊어졌어요.)

명랑하고 천진한 아이군요. 찡코도 형이 자기를 잊지 않고 교감해 준 것을 고마워할 거예요.

자식, 그래도 날 엄청 원망하며 미워할 줄 알았는데 다행이다! 교감 내용을 읽고 나니 어느 정도 위안이 되었다. 나는 이메일을 몇 번이나 읽고 또 읽었다. 녀석이 옆에서 보는 것 같은 착각이 들었다. 애니멀 커뮤니케이터, 정말 매력 있다. 녀석과 오랫동안 같이 살았어도 한마디 말도 할 수 없었는데 애니멀 커뮤니케이터들은 녀석과 말을 할 수 있다. 동물과의 교감, 어떨까? 나도 이다음에 애니멀 커뮤니케이터나 될까? 그래서 커다란 집을 사고 그 집에 찡코 같은 강아지를 한 열 마리 정도 키우면서 그들과 이야기하고, 가끔 다른 강아지들 상담도 해 주면서 돈도 벌고……
한창 생각에 빠져 있는데 형이 불쑥 내 방 문을 열고 고개를 내밀었다.

"왜?"

"아니."

뭐야. 왜 남의 방문을 열어 보는 거야. 저 탐색의 눈빛. 씨, 뭐 내가 야한 사이트에라도 들어갔을까 봐, 치사하게.

"야, 남강민."

"……."

아, 씨. 할 말 있으면 하든지 왜 자꾸 신경 쓰이게 부르고 그래.

"자식, 너 좋겠다!"

뭐가? 뒤돌아보니 형이 픽 웃었다. 정말 헷갈린다, 요즘 우리 형 캐릭터! 형에 대한 내 감정도 들쑥날쑥이고. 애니멀 커뮤니케이터한테 온 이 메일을 보여 줄까? 아니야, 찡코를 쓰레기통에 처넣은 놈에게 극한 친절을 베풀 순 없지. 아 참, 의사 선생님이 우릴 보고 훌륭한 형제라고 했지. 하회탈은 좋은 형제라고 했고. 좋은 형제는 서로 노력하면서 만들어 가야 한다고 했는데. 노력으로 만들어 간다?

"강민, 야, 남강민. 좀 나와 봐."

싫어, 지금은 이 화면에 뜨는 글씨에만 집중하고 싶다고 제발!

"야! 나……"

"형이 끓여 먹어, 좀!"

나도 모르게 짜증을 팍 냈다. 휴, 다행이다. 나도 이젠 형한테 라면 끓여 바치기 싫다고, 하는 말을 가까스로 꿀꺽 삼켰으니까.

"자식……"

어라, 우리 형, 웬일로 화를 안 낸다. 그런데 뭐야? 허락도 없이 내 방에 들어와 침대에 걸터앉는 건. 그럼 그렇지, 라면 끓여 줄 때까지 내 뒤통수를 노려보며 무언의 압박을 가하겠다? 좋아, 나도 버텨 보는 거야. 그러다 맞으면? 맞으면……아프겠지. 그래, 맞기 전에 끓여 바치는 게 낫겠다. 컴퓨터를 끄고 의자를 거칠게 밀며 일어났다.

"어디 가?"

"라면 끓이라며?"

"누가?"

"형이, 아니야?"

"자식, 뜬금없이 라면은……잠깐만 앉아서 기다려 봐."

하여튼, 사람 헷갈리게 하는 데는 뭐 있다. 머쓱해서 다시 컴퓨터 앞에 앉았다. 손톱으로 책상을 톡톡 두드렸다. 진짜 분위기 어색하다. 이 어색한 분위기를 바꾸려면 어떻게 해야 할까, OUT PUT보다 IN PUT, 'YOU'가 아닌 'I'의 메시지로 말하기……. 하회탈한테 배운 대화법들을 막 생각해 내려는데 밖에서 윤아가 부르는 소리가 들렸다.

"강수 오빠, 강민 오빠."

윤아 목소리가 들떠 있다. 쟤가 무슨 일이지?

"강민 오빠, 빨리 좀 나와 보라니까."

소리가 가깝다. 대문 안, 마당에서 나는 소리다.

"나가자!"

형이 씩 웃으며 내 어깨에 팔을 둘렀다. 형, 왜 이렇게 달달하게 나오는 거야? 적응 안 되게. 혹시, 형의 이 달달한 친절이 유나의 저 들뜬 목소리와 상관이 있나? 아님, 모종의 음모? 에이, 설마. 우리 형인데……. 나는 갑작스러운 혼란을 수습하지도 못한 채, 형을 따라 현관문을 열었다. 마당에 서 있는 두 여자, 윤아와 하마, 아니 미나 누나. 윤아와 미나 누나가 우리를 보고 활짝 웃고 있었다.

24

 설 휴가예요. 우리 회사는 다른 회사보다 하루 일찍 쉬어요. 그러니까 닷새 휴가가 난 거죠. 우리 사장, 닷새 휴가에 감읍하라는 눈치지만 명절에 정보 신문 이용할 사람들이 어디 있나요. 이미 귀성 전쟁이 시작되었어요. 벌써부터 고속 도로 통행이 원활하지 않다네요. 나는 오늘 오후에 출발하려고요. 외숙모가 모처럼 여자 셋이 뭉쳐서 목욕탕에도 가고 맛있는 것도 먹자고 해서요.
 늦은 아침을 먹고 목욕탕에 갔어요. 은근히 걱정되었어요. 같이 사는 식구라고 해도 원시적 노출은 좀 그렇잖아요. 외숙모와 윤아의 눈치를 보며 옷을 벗었어요. 목욕탕 수건들, 왜 그리 사이즈가 작아요, 정말. 한쪽 다리 가리기도 힘드네요. 뿐인가요. 잔

뜩 몸을 구겨서 탕에 들어가는데도 옆 사람들 눈치가 장난이 아니에요. 젠장! 아, 사람 처음 봐요, 하고 소리치고 싶네요. 아, 아니죠. 남의 눈치 안 보고 사는 것도 자신감인데 쫄면 안 되죠. 그래도 외숙모가 부럽네요. 때밀이 아줌마에게 몸을 맡기고 누워 있는 저 모습, 전신 마사지까지 꼼꼼하게 받네요. 나도 언젠가는 저런 호사를 한번 누려 보고 싶어요. 알알이 맺혀 있는 이 지방 덩어리 셀룰라이트가 좀 정리되면요.

목욕을 마친 후, 우리 외숙모 제대로 인심을 쓰네요. 이 동네에서 꽤 유명한 장어집에 우릴 데리고 갔거든요.

"미나야, 그동안 외삼촌 돕느라고 고생 많았어. 이번에 집에 가서 푹 쉬고 와."

"고생은요. 외숙모가 고생 많았죠."

"지난번에 보니까 형님도 나이가 들어서 그런지 많이 외로워하시더라. 엄마한테 잘해. 엄마한텐 딸이 친구잖아."

외숙모의 말에 양심이 쿡 찔렸어요. 난 한 번도 엄마의 친구가 되려고 한 적이 없거든요.

"치, 딸이 친구면 엄마도 친구한테 좀 잘해 봐. 맨날 잔소리만 하면서."

윤아가 외숙모 말꼬리를 잡고 끼어들었어요. 하긴 그래요. 외숙모, 말로는 한석봉 어머니와 공자 어머니도 감히 하지 못한 방치 교육을 하고 있다고 하지만 글쎄요, 제가 보기엔 우리 외숙모도 만만치 않아요. 다른 아이들보다 학원 적게 보내고 학교 성적 신경 안 쓴다고 방치가 아니죠. 윤아가 받는 예능 교육만 해도 피아노, 발레, 미술……. 정말 골치 아플 것 같아요.

"이 아가씨야, 엄마도 이하 동문입니다."

"이하 동문, 이하 동문이 뭐야?"

윤아가 눈을 동그랗게 뜨고 되묻고 있을 때, 윤아 핸드폰이 진동했어요.

"어, 같이 있는데. 왜 오빠? 알았어. 언니 바꿔 줄게. 잠깐만."

전화를 받던 윤아가 다짜고짜 핸드폰을 내 귀에 갖다 댔어요.

"여보세요. 누구?"

"누나, 저, 옆집 강수인데요. 저, 부탁이 있는데."

"부탁?"

순간, 당황했어요. 얘가 날 언제 봤다고 부탁씩이나?

"누나, 지금 내 친구 집에 가서 찡코 좀 데려다 줘요."

"찡코?"

어라, 이건 또 무슨 오밤중에 홍두깨 내미는 소리!

"미안해요. 갑자기 이런 부탁 드려서. 지금 동생 데리고 병원에 왔는데 친구하고 약속 시간이 다 되어서요. 그럼 누나, 제 부탁 들어주시는 거죠. 문자로 친구 집 약도 찍어 보낼게요."

이런이런, 천하에 황당한 녀석을 봤나요? 찡코, 친구집, 약도……. 갑자기 눈앞에서 글자들이 아우성을 치면서 흩어지네요.

드르륵, 완전 빠르네요. 이 녀석 문자 보내는 속도가.

27번 타고 샘마을에 내려서
자전거 점포 골목으로 200미터 들어가서 초록 대문집
1층 벨 누르면 됨.

그렇다면, 정말 찡코가 살아 있다는 말씀? 와, 완전 빅뱅감이네요. 나도 모르게 벌떡 일어섰어요.

"무슨 일이야?"

외숙모가 무르춤해서 물었어요.

"외숙모, 죄송해요. 잠깐, 윤아 데리고 찡코 데리러 갔다 올게요."

"찡코? 옆집 강수네 찡코? 왜 찡코를 네가?"

"그게…… 강수가 부탁을 해서……. 자세한 건 나중에 말씀

드릴게요."

외숙모의 대답을 들을 겨를도 없이 윤아 손을 잡고 나섰어요. 윤아도 어리둥절한 표정으로 따라나섰어요. 사실, 외숙모도 윤아도 찡코에 대한 일을 알지 못해요. 윤아에겐 가면서 설명해야 할 것 같아요. 죽은 찡코가 어떻게 그 초록 대문집에 갔는지는 나도 잘 모르지만요.

버스에서 내려 골목으로 들어가 초록 대문집 앞에 섰어요. 무슨 보물찾기 하는 것처럼 가슴이 쿵쿵 뛰었어요.

1. 2. 초인종에 층수가 표시되어 있어요. 떨리는 손으로 1을 눌렀어요.

"누구세요?"

"찡코 데리러 왔는데요."

대답 대신 덜컥, 문이 열렸어요.

조금 있으니 어떤 얼굴이 하얀 남자애가 강아지를 안고 마당을 걸어 나왔어요. 정말 찡코일까? 나도 모르게 가슴이 쿵쿵 뛰었어요.

남자애가 안고 있던 강아지를 내밀었어요.

"와, 찡코다!"

윤아가 강아지를 냉큼 받아 안으며 소리쳤어요. 맞아요. 찡코! 저 쑥 들어간 못생긴 코와 튀어나온 두 눈! 어. 그런데 그 검고 투명하던 눈동자가 온통 빨갛네요. 남자애가 내 표정을 물끄러미 보며 말했어요.

"아, 얘 눈, 원래 이랬어요. 강수가 데리고 올 때부터."

나는 그제야 정신을 차리고 쿵쿵거리는 가슴을 손으로 눌렀어요. 찡코와 눈이 마주쳤어요. 녀석은 눈길을 돌리고 끙끙대며 윤아 품으로 파고들었어요.

"찡코, 잘 가라. 형이 보러 갈게."

남자애가 찡코에게 입을 맞추며 말했어요.

"윤아야, 언니가 안고 갈게."

나는 찡코를 받아 안았어요. 아, 부드러운 이 느낌! 찡코, 너 정말 살아 있었구나! 눈물이 핑 도네요. 더없이 소중한 보물을 안은 것처럼.

찡코를 품에 안고 돌아오는데 마음이 참 행복했어요. 아, 머루도 이렇게 돌아올 수 있다면…….

강수에게서 또 문자가 왔어요.

강민에게는 비밀입니다. 놀라게 해 주려고.^^

이미 내 얘기를 들은 윤아가 얼른 답문을 보냈죠.

알았음. ㅋㅋ

또 문자가 왔네요.

참 누나 강아지 무지 좋아한다면서요. 강민이가 그러던데~

아하, 그래서 강수가 나에게 다짜고짜 심부름을 시켰군요. 하긴 찡코를 위해 골목의 한판 격투도 불사하고 핸드폰도 박살 났으니, 왜 아니겠어요. 호호호.

버스에서 내려 골목을 돌아서 강민이네 집 앞에 이르렀어요. 가슴이 심히 떨렸어요. 강민이가 얼마나 좋아할까? 생각만 해도 가슴이 벅찼어요. 그날 그 공원 분식집에서 찡코 얘기를 하며 흘리던 강민이의 그 굵은 눈물방울을 전 알고 있잖아요. 크게 숨을 한 번 들이마신 후, 강민이네 대문을 들어섰어요.

"윤아야, 네가 불러 봐."

"알았어. 언니, 잠깐만 찡코 이리 줘 봐. 자, 이렇게 숨기고……. 어때, 완벽하지?"

윤아가 패딩 점퍼 속에 찡코를 넣었어요. 좀 불룩하게 보이긴 해도 옷이 두꺼워서 괜찮네요.

"언니, 강민 오빠 나오면 이렇게 짠 하고 보여 주는 거야. 알았지. 찡코 너도 소리 내지 말고 가만히 있어."

하여튼 우리 윤아, 어리지만 영리하게도 이렇게 감동과 이벤트를 안다니까요. 윤아가 목소리를 높여 부르자 현관문이 열렸어요. 강민과 강수가 우릴 보고 우뚝 멈췄어요. 재빨리 강민의 뒤에 있는 강수에게 살짝, 웃음으로 임무 완수를 알렸어요. 강민 녀석, 나를 보더니 무척 계면쩍은 표정을 짓네요. 대한민국 남자들, 눈물 이데올로기 쩔잖아요. 남자가 눈물을 흘리는 것은 부끄러운 일, 남자는 세 번만 울어라, 참 웃기는 생각들이죠. 그 강박증 때문에 얼마나 많은 남자들이 자신의 감정을 억압당하고 살아가는 줄도 모르면서.

윤아가 강민을 빤히 쳐다보며 콧소리를 섞어 투정을 부렸어요.

"아, 오빠, 좀 빨리 나오지, 왜 이렇게 꾸물거려. 이리 가까이 좀 와 봐."

"왜?"

강민의 어김없는 저 불퉁한 한마디.

"가까이 와 보라니까."

발을 가지런히 모으고 서 있는 윤아의 저 깜찍한 표정과 끼잉 낑거리는 찡코의 소리에 왠지 가슴이 조마조마했어요. 순간, 강민이 고개를 갸웃했어요.

"오빠, 가까이 와 보라니까. 미나 언니하고 내가 얼마나 멀리까지 갔다 왔는데, 뭐야?"

강민이 쉽게 다가서지 않자 윤아가 또 투정을 부렸어요. 윤아의 투정 소리에 맞춰 또 오옹, 낑낑······찡코의 소리가 들렸어요.

"설마······."

강민이 미심쩍은 표정으로 중얼거리며 눈을 크게 뜨고 주위를 살폈어요. 그러다가 표정을 고치며 뜬금없이 내게 물었어요.

"누나, 설에 고향 안 가요?"

"응, 조금 있다가 가려고."

"아, 예."

곧 얼굴이 빨개지며 쑥스러워하는 저 모습, 정말 순진무구 그 자체네요.

"강민아, 설날 지나고 한번 만나자. 내가 맛있는 것 사 줄게. 너한테 고마운 게 많아서."

고맙다. 남강민, 너와 찡코 때문에 나도 용기가 생겼어. 이번에 고향 가면 뭔가 잘해 볼 수 있을 것 같아, 라는 말은 속으로만 했어요.

깽, 끼잉, 오옹…….

강민이 나를 보고 무슨 말을 하려고 입을 열려는데 찡코가 또 소리를 냈어요. 이번엔 제법 크게요.

"이리 줘."

강수가 앞으로 나서며 윤아에게 손을 내밀었어요. 나는 강민의 표정을 놓치지 않았어요. 이 가슴 떨리는 기쁨과 감격의 순간을 선명하게 기억하고 싶거든요.

"싫어. 그냥 주면 안 돼. 강민 오빠 돌아서 봐. 빨리 돌아서 보라니까. 아이, 잠깐이면 돼."

윤아의 재촉에 강민이 멍한 표정으로 돌아섰어요. 지금 강민의 두 눈에 어떤 확신과 비확신의 고뇌가 서려 있는 게 또렷이 보이네요.

"자, 이제 됐어. 돌아서 봐. 짠~."

이 순간, 왜 내 심장에서 툭, 뭔가가 끊어지는 것 같은 소리가 날까요? 훅, 숨이 멈췄어요.

"자, 찡코!"

윤아가 찡코를 내밀자 강민은 그대로 얼어붙었어요.

"인마, 받아. 내가 살렸잖아. 아니, 수의사가 살렸어. 너 다신 안 주려고 친구에게 갖다 줬는데……."

강수가 설명하는 사이, 윤아가 강민에게 다가가 찡코를 안겼어요. 강민이 품에 안긴 찡코를 가만히 내려다보았어요.

"아, 찡코 눈, 눈은 그때 핏줄이 터져서 어쩔 수 없어. 빨간 눈도 괜찮잖아. 어쨌든 살아 돌아왔으니 됐지 뭐."

강수가 강민의 등을 감싸며 부드럽게 말했어요. 아, 정말 감동이네요. 강민의 저 표정 좀 보세요. 금방이라도 울음을 터트릴 것 같은, 입은 굳게 다물었지만 두 눈엔 벌써 눈물이 그렁하네요. 하긴 폭풍 감동에 무슨 말이 필요하겠어요.

"고마워요. 누나, 윤아도 고마워."

강수가 씩 웃으며 나와 윤아에게 인사했어요.

"우리도 좋았어."

"나도!"

나와 윤아가 동시에 대답하면서 웃었어요.

"그럼 우린 들어갈게요. 안녕!"

강수의 깍듯한 인사가 참 맘에 들었어요. 강수도 오늘 가까이서 보니 꽤 괜찮은 녀석이네요. 그러게 사람은 겪어 보기 전에는 함부로 말해선 안 된다니까요.

"안녕!"

나도 짧고 간결한 인사를 하며 윤아의 손을 잡았어요.

그때였어요.

"누나!"

강민의 눈빛이 내게로 향했어요. 누나, 하고 부르는 강민이의 목소리가 떨리네요. 찡코를 안은 강민이 내 앞으로 다가섰어요. 나는 활짝 웃으며 손을 내밀었어요. 강민이 내 손을 꼭 잡았어요. 가슴이 먹먹하고 콧등이 시큰했어요. 우린 물기 어린 눈으로 마주 보며 말없이 웃었어요. 고마워요. 고마워! 소리로 나오지는 않았지만 분명 우리 둘은 그렇게 마음으로 인사를 나눴어요.

나는 강민의 손을 놓고 돌아섰어요. 내 가슴속 저 깊은 곳에서 알 수 없는 그 무엇이 일렁이는 것 같아요. 일렁거림, 맞아요. 맑고 투명한 그 무엇⋯⋯.

"강민 오빠, 이제 찡코 때리지 마. 알았지?"

대문을 넘던 윤아가 고개를 돌려 소리쳤어요. 정말 깜찍하네요, 우리 윤아! 그래 윤아야 네 말이 맞아. 때리면 안 돼. 그 누구도 때리면 안 돼. 이 세상 그 누구도⋯⋯.

알고 있니? 최민욱, 나 이제 용기가 생겼어. 더 이상 비겁하게 피하지 않을 거야. 혼자서 아파하지도 않을 거고. 상처를 안고 살아가는 건 몹시 외로운 일이래. 나 이제 말할 거야. 더 이상 외롭

게 살긴 싫으니까. 알아, 가끔은…… 아주 가끔은 무늬처럼 내 눈 속에 새겨진 찡코의 붉은 눈동자가 떠오를 때도 있겠지. 그러나 그 무늬가 결코 날 아프게 하진 못할 거야! 오늘 내 가슴 깊은 곳에서 일렁이는 이 맑고 투명함을 꼭 기억하며 살아갈 테니까!

아, 하늘이 가깝게 내려오네요. 금방이라도 눈이 내릴 것 같아요. 고속버스에서 내려 집으로 갈 때 함박눈이 펑펑 내리면 좋겠어요. 그러면 난 눈길을 달려가서 우리 집 대문을 활짝 열고 들어서며 힘껏 외칠 거예요.
"엄마, 아빠 나 왔어. 내가 집에 돌아왔어요!"

작가의 말

하나,

이 년 전이다. 언제나 싱글벙글 웃는 은성이와 우리 집 거실에서 교육 대학 입시를 위해 면접 연습을 했다.

"어어, 학생은 왜 초등학교 선생님이 되려고 하세요?"

"선생님들이 멋있게 보여서요."

"선생님들이 멋있게 보여서요? 선생님들이 멋지게 보인 계기라도 있나요?"

"음, 그건, 그냥……."

"아아, 그냥이 어딨어? 왜 그런 거 있잖아. 초등학교 다닐 때 어떤 선생님이 너한테 어떻게 해주셨는데 그 모습이, 뭐……그런 거 생각 안 나?"

"네."

"얘는 생각이 안 난다니……다시 잘 생각해 봐."

뭔가 골똘히 생각하던 은성이가 갑자기 두 눈에 눈물이 글썽해지더니 이내 굵은 눈물방울을 뚝뚝 떨어뜨렸다. 그러고는 자신도 당황스러운지 호호 웃으며 손가락으로 물방울을 찍어 냈다.

"선생님, 저, 초등학교 다닐 때 기억이 없어요. 죄송하지만 정말이에요."

"어, 어……뭐, 그럴 수도 있겠지. 알았어. 그럼 다음 질문으로 넘어가겠습니다요……."

은성이의 갑작스러운 눈물에 당황해서 나도 얼른 얼버무리고 말았다.

초등학교 때 기억이 없다? 기억이 없다? 결국 난 문을 나서는 은성이에게 묻고 말았다.

"은성, 아까 그 눈물은? 나, 무척 당황했잖아."

"아, 그거요. 초등학교 때 오빠한테 너무 맞아서 기억을 잊어버렸거든요. 호호호."

호호호. 녀석의 환한 웃음이 오랫동안 내 마음을 아프게 했다.

둘,

우리 동네에 밝고 아름답고 귀엽고 사랑스러운 여인이 있었다. 이 여인에게는 두 아들이 있었다. 큰아들은 영리하고 작은아들은 늘 엄마한테 사랑한다고 속삭이던 정이 많은 아이였다. 그런데 이 녀석들이 지독하게 싸웠다. 아니 형이 동생을 툭하면 때렸다.

형한테 물어보면 "그 새끼가 재수 없게 말을 안 듣고 개긴다."고 했고 동생한테 물어보면 "괜히 때려요. 왜 때리는지 나도 몰라요."라고 했다.

이들의 엄마인, 그 밝고 아름답고 귀엽고 사랑스러운 자그마한 여인은 두 아들의 싸움 때문에 늘 속상해하고 힘들어했다.

"선생님, 정말 애들 두고 집을 못 비우겠어요. 무슨 일 날까 봐 겁이 나서……."

종종 같이 만나 밥을 먹고 이야기를 하다가도 아이들이 학교에서 올 시간이 되면 부리나케 일어나서 자전거를 타고 달려갔다. 그 밝고 아름답고 귀엽고 사랑스러운 여인은 지난해 하늘나라로 갔다. 그렇게 사랑하던 두 아들을 남겨 두고서. 그 밝고 귀엽고 사랑스러운 여인이…….

셋,

오랜만에 초등학교 동창생을 만났다. 우린 어린시절의 기억을 더듬으며 즐거워했다. 그런데 이 친구가 이야기 끝에 슬그머니 말했다.

"나, 우리 애들 때문에 속상해 미치겠어."

"애들? 왜?"

"집안일이라 창피해서 어디 가서 말도 못하겠고. 넌 청소년 소설을 쓰니까 애들을 잘 알겠다."

"……"

"내가 딸 둘을 키우잖아. 그런데 애들이 이마만 맞대면 싸워. 싸우는 이유도 들어 보면 별거 아니야. 엄마는 너만 좋아하잖아, 아빠는 네 편이잖아. 왜 자꾸 언니 따라 해, 언니는 왜 잘난 척해, 네가 언니를 무시했잖아. 그러다가 치고 박고. 정말 하루도 조용한 날이 없어. 혼을 내기도 하고 타일러도 봤지만 돌아서면 또 마찬가지야."

"그렇구나, 우리 애들도 어릴 때 참 많이 싸웠는데……. 녀석들, 저희들이 싸울 때 부모 마음이 얼마나 아픈지 알면 안 그럴 텐데……."

친구와 헤어지고 돌아오는 발걸음이 몹시 쓸쓸했다.

이런 이야기들이 모여서 내 안에 오롯이 고였다. 가득 고인 이야기들을 쏟았더니 책이 되었다. 나는 책 속으로 걸어 들어가 세상의 모든 강민이와 강수, 미나와 민욱을 진심으로 위로하고 싶었다. 아니, 이 세상의 모든 형제, 자매, 남매들에게 사랑을 전하고 싶었다.(형제, 자매, 남매가 없는 외동이들도 굳세고 행복하길!)

한 권의 책이 세상에 나올 때까지 함께한 분들이 많다. 비룡소의 모든 식구들, 바쁘신 중에도 꼼꼼히 원고를 읽고 추천사를 써 주신 유성호 교수님과 백화현 선생님, 언제나 든든한 힘이 되어 주는 가족, 완성되지 않은 원고를 읽어 준 푸른 친구들, 늘 응원해 주는 '난다' 동지들, 그리고 이 추운 겨울, 따뜻한 곳에서 글을 쓸 수 있도록 해 주신 분들, 진심으로 감사드린다. 나보다 나를 더 사랑하시는 주님께 내 마음을 올려 드린다.

2012년 초봄 연희문학창작촌에서
이옥수

블루픽션 61

개 같은 날은 없다

1판 1쇄 펴냄	2012년 4월 20일
1판 24쇄 펴냄	2025년 4월 16일
지은이	이옥수
펴낸이	박상희
편집	박지은
디자인	박진범
펴낸곳	(주)비룡소
출판등록	1994.3.17. (제16-849호)
주소	(06027) 서울시 강남구 도산대로1길 62 강남출판문화센터 4층
전화	02)515-2000
팩스	02)515-2007
홈페이지	www.bir.co.kr

제품명 어린이용 반양장 도서 제조자명 (주)비룡소 제조국명 대한민국 사용연령 3세 이상

ⓒ 이옥수, 2012. Printed in Seoul, Korea.

ISBN 978-89-491-2318-9 44810
ISBN 978-89-491-2053-9 (세트)

| 블루픽션 시리즈

1. 스켈리그 데이비드 알몬드 글/ 김연수 옮김
안데르센 상, 엘리너 파전 문학상, 카네기 상, 휘트브레드 상, 마이클 L.프린츠 상,
어린이도서연구회 권장 도서, 책교실 권장 도서, 중앙독서교육 추천 도서

2. 운하의 소녀 티에리 르냉 글/ 조현실 옮김
소르시에르 상, 어린이도서연구회 권장 도서

5. 희망의 섬 78번지 우리 오를레브 글/ 유혜경 옮김
안데르센 상 수상 작가, 밀드레드 L. 배첼더 상, 머더카이 상, 아침햇살 선정 좋은 어린이 책,
중앙독서교육 추천 도서, 책교실 권장 도서, 책따세 추천 도서

6. 뢱스 극장의 연인 자닌 테송 글/ 조현실 옮김
프랑스 '올해의 청소년 책', 소르시에르 상, 어린이도서연구회 권장 도서, 열린 어린이가 뽑은 좋은 책

10. 초콜릿 전쟁 로버트 코마이어 글/ 안인희 옮김
미국 도서관 협회 선정 도서, 뉴욕타임스 선정 도서, 어린이도서연구회 권장 도서

11. 전갈의 아이 낸시 파머 글/ 백영미 옮김
뉴베리 상, 국제 도서 협회 선정 도서, 마이클 L. 프린츠 상, 책교실 권장 도서, 어린이도서연구회 권장 도서

13. 나의 산에서 진 C. 조지 글/ 김원구 옮김
뉴베리 상, 미국 도서관 협회 선정 도서, 어린이도서연구회 권장 도서,
열린 어린이가 뽑은 좋은 책, 책교실 권장 도서

18. 킬리만자로에서, 안녕 이옥수 글
학교도서관저널 추천 도서

20. 기억 전달자 로이스 로리 글/ 장은수 옮김
뉴베리 상, 보스턴 글로브 혼 북 명예상, 어린이도서연구회 권장 도서,
열린 어린이가 뽑은 좋은 책, 교보문고 추천 도서, 학교도서관저널 추천 도서

22. 내 인생의 스프링캠프 정유정 글
세계청소년문학상, 문화관광부 교양 도서, 어린이도서연구회 권장 도서,
교보문고 추천 도서, 학도넷 추천 도서

23. 줄무늬 파자마를 입은 소년 존 보인 글/ 정회성 옮김
아일랜드 '오늘의 책', 행복한 아침독서 추천 도서, 교보문고 추천 도서

25. 파랑 채집가 로이스 로리 글/ 김옥수 옮김
어린이도서연구회 권장 도서, 전국학교도서관담당교사모임 추천 도서

26. 하이킹 걸즈 김혜정 글
블루픽션상, 한국문화예술위원회 우수문학도서, 책따세 추천 도서, 학도넷 추천 도서

27. 지구 아이 최현주 글
제11회 블루픽션상 수상작

28. 나는 브라질로 간다 한정기 글
황금도깨비상 수상 작가, 소년조선일보 추천 도서, 중앙일보 추천 도서

29. 키싱 마이 라이프 이옥수 글
한국문화예술위원회 우수문학도서, 어린이도서연구회 권장 도서, 교보문고 추천 도서,
전국독서새물결모임 추천 도서, 학교도서관저널 추천 도서, 서울시 교육청 추천 도서

30. 꼴찌들이 떴다! 양호문 글
블루픽션상, 행복한 아침독서 추천 도서, 교보문고 추천 도서, 책따세 추천 도서,
경기도학교도서관사서협의회 추천 도서, 중앙일보 북클럽 추천 도서

31. 우연한 빵집 김혜연 글
문학나눔 선정 도서, 학교도서관저널 추천 도서, 책따세 추천 도서, 아침독서 추천 도서,
어린이도서연구회 추천 도서

33. 두 개의 달 위를 걷다 샤론 크리치 글/ 김영진 옮김
뉴베리 상, 미국 어린이 도서상, 스마티즈 북 상, 영국독서협회 상 수상작.
경기도학교도서관사서협의회 추천 도서, 학도넷 추천 도서

36. 서쪽 마녀가 죽었다 나시키 가오 글/ 김미란 옮김
소학관 문학상, 일본 아동문학가협회 신인상, 한국간행물윤리위원회 청소년 권장 도서.
어린이도서연구회 권장 도서, 아침독서 추천 도서, 책따세 추천 도서

37. 닌자걸스 김혜정 글
전국학교도서관담당교사모임 추천 도서, 아침독서 추천 도서

38. 첫사랑의 이름 아모스 오즈 글/ 정회성 옮김
안데르센 상, 제브 상

39. 하니와 코코 최상희 글
블루픽션상, 사계절문학상 수상 작가, 학교도서관저널 추천 도서

40. 파랑 치타가 달려간다 박선희 글
제3회 블루픽션상 수상작, 학교도서관저널 추천 도서, 아침독서 추천 도서,
어린이도서연구회 권장 도서, 책따세 추천 도서, 문화체육관광부 우수교양도서

41. 나는, K다 이옥수 글
학교도서관저널 추천 도서

42. 어쩌자고 우린 열일곱 이옥수 글
한국도서관협회 우수문학도서, 학교도서관저널 추천 도서

43. 앉아 있는 악마 김민경 글

44. 최후의 Z 로버트 C. 오브라이언 글/ 이진 옮김
뉴베리 상 수상 작가

46. 줄리엣 클럽 박선희 글
제3회 블루픽션상 수상 작가, 대한출판문화협회 선정 올해의 청소년 도서,
한국도서관협회 선정 우수문학도서

47. 번데기 프로젝트 이제미 글
제4회 블루픽션상 수상작

50. 판타스틱 걸 김혜정 글
제1회 블루픽션상 수상 작가, 대한출판문화협회 선정 올해의 청소년 도서,
고래가 숨쉬는 도서관 선정 도서, 한국도서관협회 선정 우수문학도서,
경기도학교도서관사서협의회 추천 도서

51. 어쨌거나 스무 살은 되고 싶지 않아 조우리 글
제12회 블루픽션상 수상작, 아침독서 추천 도서

52. 우리들의 짭조름한 여름날 오채 글
마해송 문학상 수상 작가, 한국도서관협회 선정 우수문학도서,
국립어린이청소년도서관 추천 도서, 경기도학교도서관사서협의회 추천 도서,
2017 순천시 One City One Book 선정 도서

53. 웰컴, 마이 퓨처 양호문 글
제2회 블루픽션상 수상 작가, 대한출판문화협회 선정 올해의 청소년 도서,
경기도학교도서관사서협의회 추천 도서

56. 메신저 로이스 로리 글/ 조영학 옮김
뉴베리 상, 보스턴 글로브 혼 북 명예상 수상 작가, 경기도학교도서관사서협의회 추천 도서

61. 개 같은 날은 없다 이옥수 글
2013 서울 관악의 책 , 목포시립도서관 추천 도서, 울산남부도서관 올해의 책,
책따세 추천 도서, 한국간행물윤리위원회 청소년 권장 도서, 한국도서관협회 우수문학도서,
국립어린이청소년도서관 추천 도서

63. 명탐정의 아들 최상희 글
제5회 블루픽션상 수상 작가, 문화체육관광부 우수교양도서

68. 반드시 다시 돌아온다 박하령 글
제10회 블루픽션상 수상작, 학교도서관저널 추천 도서, 세종도서 문학나눔 선정 도서

69. 원더랜드 대모험 이진 글
제6회 블루픽션상 수상작, 국립어린이청소년도서관 추천 도서, 아침독서 추천 도서

71. 칸트의 집 최상희 글
제5회 블루픽션상 수상 작가, 아침독서 추천 도서, 세종도서 문학나눔 선정 도서

72. 태양의 아들 로이스 로리 글/ 조영학 옮김
뉴베리 상, 보스턴 글로브 혼 북 명예상 수상 작가

73. 마법의 꽃 정연철 글
푸른문학상 수상 작가, 세종도서 문학나눔 선정 도서, 학교도서관저널 추천 도서

74. 파라나 이옥수 글
학교도서관저널 추천 도서, 사계절문학상 수상 작가, 책따세 추천 도서, 국립어린이청소년도서관 추천 도서, 세종도서 문학나눔 선정 도서, 아침독서 추천 도서

75. 그 여름, 트라이앵글 오채 글
마해송 문학상 수상 작가, 국립어린이청소년도서관 추천 도서, 아침독서 추천 도서

76. 밀레니얼 칠드런 장은선 글
제8회 블루픽션상 수상작, 학교도서관저널 추천 도서, 아침독서 추천 도서

77. 아르주만드 뷰티 살롱 이진 글

블루픽션상 수상작가, 한국출판문화진흥원 우수 콘텐츠 제작 지원 당선작

78. 굿바이 조선 김소연 글

80. 당첨되셨습니다 - SF 앤솔러지 길상효 오정연 전혜진 정재은 홍준영 곽유진 홍지운
이지은 이루카 이하루 글

81. 순례 주택 유은실 글

2021 중구민 한 책 선정, 2022 광주시 동구 올해의 책, 2022 미추홀구의 책,
2022 양주시 올해의 책, 2022 원 북 원 부산 올해의 책, 2022 원 북 원 포항 올해의 책,
2022 원주시 한 도시 한 책 읽기 선정 도서, 2022 익산시 올해의 책,
2022 전남도립도서관 올해의 책, 2022 전주시 올해의 책, 2022 평택시 올해의 책,
국립어린이청소년도서관 추천 도서, 문학나눔 우수문학 도서,
서울시 교육청 어린이도서관 추천 도서, 아침독서 추천 도서, 2022 대구 올해의 책,
2023 청주, 구미, 금산군 올해의 책, 2024 음성군, 수원시, 제주시 올해의 책

82. 녀석의 깃털 윤해연 글

학교도서관저널 추천 도서, 문학나눔 우수문학 도서

83. 모두의 연수 김려령 글

2023년 올해의 청소년 교양 도서, 문학나눔 우수문학 도서, 학교도서관저널 추천 도서,
아침독서 추천 도서, 어린이도서연구회 추천 도서

84. 최초의 아이 로이스 로리 글/ 강나은 옮김

뉴베리 상, 보스턴 글로브 혼 북 명예상 수상 작가, 학교도서관저널 추천 도서,
아침독서 추천 도서

85. 남극 펭귄 생포 작전 허관 글

⊙ 계속 출간됩니다.